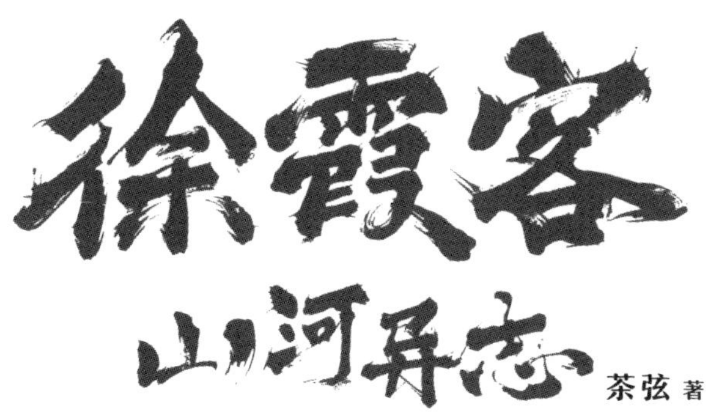

2

大明暗卫

人民文学出版社

图书在版编目（CIP）数据

徐霞客山河异志. 2 / 茶弦著. -- 北京 : 人民文学出版社, 2020

ISBN 978-7-02-015145-5

Ⅰ. ①徐… Ⅱ. ①茶… Ⅲ. ①长篇小说—中国—当代 Ⅳ. ① I247.5

中国版本图书馆 CIP 数据核字 (2019) 第 060779 号

责任编辑 **卜艳冰 张玉贞**

出版发行 **人民文学出版社**
社　　址 **北京市朝内大街 166 号**
邮政编码 **100705**
网　　址 **http://www.rw-cn.com**

印　　刷 **杭州钱江彩色印务有限公司**
经　　销 **全国新华书店等**

开　　本 **890 毫米 ×1240 毫米 1/32**
印　　张 **9.5**
字　　数 **220 千字**
版　　次 **2020 年 7 月北京第 1 版**
印　　次 **2020 年 7 月第 1 次印刷**

书　　号 **978-7-02-015145-5**
定　　价 **49.00 元**

人物表

- **徐振之**　号霞客，自幼喜好搜罗奇书，偏爱各类地理方志、山海图经。并练就了一身攀岩登高、观测山脉水势的本事。

- **许蝉**　外号“小知了”，徐霞客之妻，出身书香世家，偏偏痴迷于刀剑功夫。一心想为四处冒险的徐霞客保驾护航。

- **汤显祖**　身手不凡的戏剧作家，已完成《紫钗记》《邯郸记》《南柯记》《牡丹亭还魂记》四部杂剧传奇，但常常苦于故事还没写完，就被听书的客人纠缠不放，只得施展拳脚，逃之夭夭。

- **朱常洛**　万历的庶出长子，太子，因自小得不到父爱、饱受冷眼而备发勤政。

- **朱常洵**　万历的三子，福王，年纪不大但一身脾气。其母郑贵妃是万历最宠爱的妃子。

● **马千乘** 石砫土司，白杆兵首领。闷头闷脑，话语极少，闲来无事便埋头打制各种结实的铁器。

● **秦良玉** 大明女将军，与马千乘伉俪情深。为人豪爽、健谈，身手极好。

● **客印月** 朱常洛之子朱由校的乳母，一直期望朱常洛能纳自己为妃。擅长易容术，模仿他人时惟妙惟肖。

● **赵士桢** 明代火器研制专家，所发明的迅雷铳、掣电铳、火箭溜、鲁密铳、鹰扬炮影响巨大，著有《神器谱》等。

● **许学夷** 许蝉之父，明代诗歌评论家，与徐霞客翁婿情深，时常结伴出游。

● **钱谦益** 东林党人，明代万历三十八年探花，为人纵诞而坦率。

● **俞百川** 明朝开国将领俞通海之后，鄱阳湖水寨寨主。为人心胸狭窄，个性粗莽。

● **虎墩兔憨** 蒙古名义上的大汗，尊号“呼图克图汗”，《明史》中译为虎墩兔憨。因羽翼未丰，惯常扮猪吃老虎。

目录

会聚篇

离散篇

会聚篇

第一章 旱骨桩

暮色四合，残阳如血。龟裂的大地，好似那饱经风霜的老人脸，放眼望过去，条条道道的沟壑就像疤痕一般，迂折遍布，纵横交错。

临近金秋，本应期待着收获，然而此地历经数月干旱，庄稼得不到灌溉，早已枯死了大半。仅存的些许稻谷与杂草相间混杂，无精打采地耷拉着干瘪的穗子。

虽是傍晚时分，却仍无一丝凉意。余晖映照下，层层热浪袭面而来，不需片刻，便可使人汗流浃背。如此天气，寻常农户早就避着酷热、忍着饥渴，躲回自家屋中藏头不出了。可汤显祖并非寻常农户，此时，他正风尘仆仆地走在这乡间阡陌上。

汤显祖生性洒脱，素来不修边幅，如今在这蒸笼般的境地里急行慢赶了一通，身上道袍溻透不说，胡须、头发也打起了绺，越发显得邋里邋遢。

又行出一阵，田地也到了尽头，前方生着几株歪脖树，勉强能作个遮阴歇脚处。汤显祖早便唇干舌焦，一来到树荫里，就将干粮袋往地上一抛，解下腰间牛皮水囊“咕嘟嘟”猛灌起来。

几口凉水下肚，燥热的肠胃登时熨帖不少。汤显祖喝舒服了，索性一屁股蹲下，顺手脱了十方鞋，磕打出几粒小石子来。鞋中有沙石，脚底难免会磨出些小水泡，他有心除下袜来摆弄几下脚丫子，不想一低头，差点被足上散发出的浓烈气味冲昏了头，赶紧一手掩着鼻子，另一手掏出玄铁大扇，朝着自己双脚呼呼狂扇。

折腾了老半天，那熏人的味道总算稍稍散去，汤显祖又累又饿，便打算摸块黍糕来垫垫腹饥。谁承想手刚伸到干粮袋中，便触到一团毛茸茸的东西。汤显祖一怔，手指又不由自主地抓了几抓。

许是用力太大，袋中那东西吃痛，开始吱吱尖叫，唰唰乱扭。

“还是个活物？”汤显祖打个激灵，指尖忽又摸到一截长尾巴，赶紧三下五除二地，将那东西从袋里拖拽出来。

拎在手上，汤显祖这才瞧清，面前这活物遍体生着灰褐色的短油毛，两颗大门牙频频外吐，一双小眼睛滴溜乱转，分明是只肥大的田鼠。

汤显祖愣了一会儿，终于反应过来：准是它趁自己不备，钻进了干粮袋偷吃。见那袋子已被咬破，里面的黍糕想必也糟蹋了不少，汤显祖不禁把眼睛一瞪，朝那田鼠厉声质问：“小东西胆子倒肥！说吧，想让老夫如何处置你？”

岂料那田鼠竟不惧人，四只小爪拼命挥蹬几下，龇着牙咧起嘴，似是在耀武扬威。

见它这嚣张模样，汤显祖气不打一处来：“硕鼠啊硕鼠，无食我黍！敢吃老夫的黍，哼哼，就别怪老夫把你来煮！”

吃心一动，汤显祖脑子里就开始盘算，他一面摇头，一面自言自语：“不行，不能煮。听说这鼠肉肥瘦相间，烤起来方能可口……

喷，可烤之前又得剥皮褪毛，着实有些麻烦……要不试着用叫花鸡的做法，拿泥巴糊了煨它一煨？”

汤显祖左思右想，正琢磨着如何将这田鼠炮制成美味，身后突然传来一声大喝。

“兀那老道，速速住手！”

听得有人叫唤，汤显祖急忙回头去瞧。只见不远处一伙人大呼小叫着，朝自己这边匆匆奔来。

这伙人有男有女，男的大多光着膀子扛个锄头，女的不少挽起裤角挎着篮子，瞧打扮像是附近的村民。其间还有一名秀才模样的人，跑得鞋子都快掉了，一边提着衣摆，一边拭着汗水，生怕落在人后。

到了切近，村妇们便齐齐板起脸，操着方言俚语朝汤显祖指指点点。那些村汉脾气更急，挥起锄头就想张牙舞爪地下架子。

这么一来，汤显祖闹了个丈二和尚摸不到头脑：“哎？无缘无故的，你们把老夫围起来做甚？”

“谁让你没安好心！”

“瞧你做的好事！”

村民们你一句我一句，纷纷指责不停。

就在这时，那秀才气喘吁吁地赶上前，伸开双臂，将众村民挡下：“诸位乡邻，且听我一言，有道是君子动口不动手，大伙先把锄头放下……哎呀，放下吧。”

看来这秀才在当地还算有点威信，村汉们听了他的话，狠狠瞪了汤显祖一眼，这才不情不愿地放下了锄头。

“那行吧，张秀才喝过墨水，能说会道，就让他替咱们审审这牛鼻子！”

“承蒙乡亲们看得起，小生自是义不容辞。”张秀才说完，一指汤显祖手中大田鼠，“敢问老道爷，你这是要做什么？”

汤显祖挠了挠头，实话实说：“老夫见这田鼠肥美，打算吃了它……”

一名村汉瞋目切齿道：“你敢？”

“那有什么不敢的？”汤显祖想也未想，张嘴便道，“你们尽管放心，别瞧这田鼠脏兮兮的，只要收拾干净些，可是一道好菜呢。不信是吧？要不这样，你们再去附近捉些来，待会儿老夫一并烹调了让你们尝尝？”

那村汉怒不可遏，当即扬起锄头：“我打死你这贪嘴的馋老道！”

“吴大哥息怒，待小生与他理论。”张秀才赶紧稳住村汉，又朝汤显祖道，“老道爷，这就是你的不对了。你说你一个出家之人，怎么还茹荤沾血呢？”

“嗐！”汤显祖摆了摆手，满脸的不在乎，“酒肉穿肠过，佛祖心中留嘛……”

“还佛祖？”张秀才直皱眉头，“你到底是道士还是和尚？”

汤显祖急忙打个哈哈，掩饰自己的窘态：“那个……那个都一样、都一样，佛道本一家嘛。再者说，老夫修的是天师道，不光能吃肉，还能讨老婆呢。”

话刚落地，方才那村汉又把锄头举了起来：“这老道真是满嘴疯话，秀才你也别拦了，还是让我打他一顿吧！”

那张秀才看上去也被气得够呛，待他稍加平复，便跟那村汉低声道：“别冲动，神鼠还在他手里头攥着呢，万一误伤了神鼠，那可就不妙了。”

听了这番提醒，村汉只得作罢。张秀才又深吸几口气，换上了一副和颜悦色的模样。

“区区一只田鼠，又能有几两肉？多它一口不多，少它一口不少，并且这上天素有好生之德，依小生之见，老道爷不如顺应天意，放这可怜的田鼠一条生路吧。”

汤显祖低头一看，发现那田鼠还在凶巴巴地盯着自己，不由得来气：“哼，它还可怜？这小东西简直就是可恨！老夫一没招它二没惹它，它却把老夫一袋干粮全给糟蹋了！”

众村民一听，七嘴八舌道：“这牛鼻子真是小气！不就是袋干粮嘛，给它吃了又能怎样？”

“就是，老道快把它放了，要粮要米，我们尽数赔给你！”

汤显祖有些发蒙：“这唱的是哪一出啊？难不成……这鼠是你们养的？”

趁他这一愣神，那张秀才连忙使个眼色。村民们立马会意，猛然发难，当即便把汤显祖扑倒在地。他们有的抱住腰，有的揽住臂，有的按住腿。张秀才腾出手来，连抠带掰地，将那田鼠从汤显祖掌中抢下。

村妇们见抢回了田鼠，赶紧从篮子里取出各色米果，急急抛撒在地上；众村汉也都撇开汤显祖不理，朝着被张秀才捧在掌心的田鼠齐齐叩拜。

张秀才不敢多耽搁，也弯腰跪倒，小心翼翼地将田鼠托送至地上。那田鼠乍得自由，本想撒开腿脚溜走，可一见周围有吃的，居然也不急着逃窜，大起胆子这里嗅嗅那里闻闻，从米果中翻了枚大核桃便啃将起来。

见田鼠肯吃东西，众村民暗自窃喜。然而他们唯恐惊扰了田鼠进食，皆毕恭毕敬地伏着身子，不敢大声喧哗。

趁这工夫，汤显祖灰头土脑地爬将起来。被人莫名其妙地扑倒，他心里当然不会痛快，奈何面对的尽是些普通百姓，汤显祖就算再恼再怒，也不愿对他们恶语相加、拳脚相向，唯有长叹一声，自认倒霉。

然而汤显祖虽不追究，心下却愈发纳闷。这伙村民虽不至于瘦得皮包骨，但每人皆是脸带菜色、衣衫破旧。如今正值大旱，庄稼势必歉收，可这伙缺吃少穿的村民，不想着留点存谷过冬，却偏要把那大好的口粮喂鼠，当真奇哉怪也。

过了一会儿，那田鼠总算是吃饱用足，甩了甩尾巴，大摇大摆地向草窠爬去。众村民又磕了几个头，这才站起身来，目送它远去。

等那田鼠的身影消失不见，村民们齐舒一口气，个个笑逐颜开。

"太好了，神鼠吃了供品，就不拿咱们的怪了。"

"也幸亏咱们及时赶到，才没有酿成大错啊。"

汤显祖彻底糊涂了，忍不住上前插话道："我说各位，喊打喊杀总得给个理由吧？为只田鼠搞出这么大阵仗，方才吃你们一扑，我这把老骨头差点没散了架。哎哟，老夫的腰啊，到现在还疼！哎哟哟，是不是断了？完了完了，老夫这条老命，怕是要交待在你们手上了……唉，老夫也不用你们偿命，只求咽气之后，你们别让老夫暴尸荒野，好歹给凑副棺材板……"

这装凄扮惨，原就是汤显祖的看家本领，一见村民被唬住，他更加来劲，干脆顺着歪脖树坐在地上，嘴巴一张一翕，有进气没出气，好似随时都会蹬腿归西。

村民们淳朴老实，见汤显祖这奄奄一息的模样，都有些慌了，你瞧我我瞧你，不知该如何是好。

那张秀才察言观色，发觉他并没什么大碍，不过是在无病呻吟。可人家毕竟年纪一大把，之前自己和村民又扑又压的，确实有些没深没浅。想到这儿，张秀才满腔歉意，朝汤显祖一揖到地：“老道爷，方才多有得罪，小生给您老人家赔礼了。”

汤显祖白眼一翻，并不买账：“哼，一句赔礼就想敷衍过去吗？没那么容易的事儿！”

张秀才有些为难：“那……那该如何是好？”

一名村妇献策道：“我家里还有些鸡蛋，一个不落地全赔给他成不成？老道啊，你要没事就快些起来，别在那儿挺尸吓唬人……”

“也别鸡蛋了，干脆把母鸡杀了给他炖汤喝。老道你等着，我这就回家杀鸡去！”一名村汉说完，调头就要走。

“那倒也不必。”见他们当了真，汤显祖赶紧一个鲤鱼打挺立了起来，“老夫就是想问问，这老鼠过街，人人喊打。可你们却又拜又供的，还称那大耗子为神鼠，这到底是为了什么？只要你们将这里头的道道儿讲明白了，那刚才的事，老夫就不追究了。”

“这……”村民们目光躲闪，不约而同地闭了嘴。

“嘿？”汤显祖犟脾气登时上来，“你们越是藏着掖着，老夫越要打破砂锅问到底！那秀才，瞧你是个识趣的，你来讲！”

张秀才讪笑几声，吞吞吐吐道：“老道爷多虑了，其实……其实也没什么原因，就是……就是这里的乡亲们心地善良，见不得有人杀害生灵……”

汤显祖摆手打断：“真是书呆子，编个瞎话也不会。行，老夫也懒得跟你们废话，既然你们不肯给个说法，那老夫就只好到衙门里讨去！都等着吧，老夫这就去报官，告你们这些人不敬老，合起伙来欺负我这年迈之人。嗯，还要告你们私养蛇虫鼠蚁，也不知打算做什么见不得人的勾当……哎？我鞋呢？谁把老夫的鞋给藏了？哼，你们以为藏了老夫的鞋子，老夫便不能去报官了？告诉你们，老夫就算是爬，也照样能爬了去！”

被这通连唬带闹，村民们手足无措，齐齐望着张秀才，想让他给拿个主意。张秀才犹豫再三，终于松了口风：“这件事对我们全村人十分要紧，若小生如实相告，老道爷能保证不再跟外人讲吗？”

村民们也道：“是啊，老道你可千万别往外传，我们这一大村子人，就指着这个度荒年呢。”

汤显祖一拍胸脯：“只要你们的所作所为不伤天害理，那老夫就能保证守口如瓶！”

“那好吧。”张秀才轻叹一声，又道，“不瞒老道爷说，我们之所以供鼠敬鼠，是因为它们确实有神通。”

“神通？”

“是啊，其实也就是最近的事。半月前，小生三生有幸，得遇神鼠将军指点，自那之后，周围原本寻常的鼠类便开始大显神通，令我们受益匪浅。如今在我们眼中，它们就是送财的神鼠，见老道爷要加害，又岂能袖手旁观？”

听他说得郑重，汤显祖撇了撇嘴：“你好歹是个读书人，怎么还信这种不经之谈？”

“小生亲眼所见，焉能不信？这样吧老道爷，正好我们要去祭拜鼠将军，那地方就在附近，你一同去瞧瞧就知道了。”张秀才说完，扯起汤显祖衣袖便走。

“哎哎，老夫还光着脚呢……我说，到底是谁藏了老夫的鞋子？快些交出来！”

话音刚落，两只十方鞋便一前一后地从人群里飞出来。汤显祖急着去瞧个究竟，也顾不上追究那藏鞋之人，赶忙趿拉上鞋子，随众村民往那祭拜之处赶去。

正如张秀才所言，祭拜的地方果然不远。约莫一盏茶光景，一行人便来到一处低矮的土冈。

冈下开阔的平地上，坐落着一座半人高的小庙。虽说是庙，修得也着实寒碜了些，一瞧便是临时赶工、匆忙搭建。墙壁是由土坯草草垒砌；檐顶也不知是拆了谁家的旧床板，勉强拼凑而成；两侧耳窗、门上辅首，皆是拿笔墨画上去充数的；里面供奉的泥胎神像内着铠甲，外披战袍，右臂搭一柄长如意、左手托一枚大元宝，结合了文武财神爷的扮相，只不过换了个老鼠头，加了条老鼠尾；匾额上“鼠将军庙”四个大字中规中矩，章法体度尚可，根骨灵气不足，想必出自那张秀才的手笔。

到了小庙前，众人各司其职。村汉抡起锄头，去清除附近杂草；村妇则从篮子里掏出供品、香烛，虔诚地祭在打扫出来的空地上；张秀才肃整衣冠，冲着鼠将军行过三跪九叩大礼后，又从袖中摸出份拟好的奠草宣读，其文乏善可陈，无非是思恩念德、伏惟尚飨云云。

汤显祖耐着性子，等他们按部就班地做完这些，却发觉四下安静如常，并无什么异样：“喂，你们拖老夫过来，就是为了看这泥耗子吗？日头都快落山了……”

“嘘！”张秀才做个噤声的手势，赶紧奔到汤显祖身边，“老道爷少安毋躁，之后究竟如何，你只需拭目以待。”

言讫，张秀才抬起头看了看天色，又冲众村民招手道：“时辰差不多了，大伙都随小生来。”

村民们见他招呼，无不言听计从，皆跟着张秀才退到数丈之外。众人以野草为屏，弯腰伏身，只露出半个脑袋。汤显祖还在傻站着，张秀才急忙一拽，拉他蹲下。

又等了一会儿，周围还是静悄悄的，汤显祖正想再问，却听到冈上窸窣之音由远及近，直奔小庙而来。

那动静越来越大，越来越急，紧接着，草丛里蓦地涌出一大群毛乎乎的老鼠。鼠群密密麻麻、乌泱乌泱，转眼工夫，就将那庙前空地遮了个严严实实。

乍见这般景象，足以叫人头皮发麻。汤显祖抻着脖子，张着嘴巴，好半天没回过神来。更令他惊奇的是，那些老鼠竟无一例外地叼着财物，有的是几枚铜钱，有的是两片玉坠，还有的是一颗浑圆的珍珠。

群鼠绕着小庙转了几圈，便把口中所衔之物吐在地上，齐刷刷围住一堆堆供品，开始大吃大嚼。

那供品虽多，老鼠也不少。鼠群所经之处，有如风卷残云，眨眼之间，诸般米果便被一扫而光。享用完毕，群鼠也不多停留，呼啦跃入草丛中，跑了个干干净净。

直到这时，众村民方才现身，兴冲冲地奔到小庙前，七手八脚地拾取那些铜钱、珠玉。

若非地上还散落着财物，汤显祖只当方才是自己眼花："乖乖，还真有老鼠送钱呀！"

那张秀才有些小得意："怎么样老道爷，小生所言不虚吧？"

"不虚不虚，"汤显祖搓着双手，望着一地财物，心下十分羡慕，"唉，老夫咋没摊上这等好事呢？"

身旁一名村妇边拾边道："这是鼠将军赐给我们大伙的钱，你这老道可别打什么歪主意！"

"真是笑话，老夫像那种见钱眼开的人吗？"汤显祖被戳中心事，正想说几句冠冕堂皇的话遮掩过去，突然瞥见村妇手中铜钱，顿时瞪大了眼睛，"你你你，快把那些制钱给老夫瞧上一瞧，快快快！”

那村妇猛然警觉，慌忙把双手藏在身后：“还说不是见钱眼开？你那眼珠子都快瞪出来了！”

汤显祖急道：“老夫又不要你的，你快些拿过来啊！”

那村妇又后退两步，眉毛拧成了一团：“又说要又说不要，你到底是要还是不要？”

“乖乖我的娘！”汤显祖气得直跺脚，“跟你说话怎么这么费劲啊……”

说话间，村汉们听到动静，纷纷围了过来：“怎么着？这牛鼻子眼红了想抢钱？”

张秀才也蹙着额头，苦口婆心地劝道：“老道爷，正所谓君子爱财，取之有道……”

“打住打住！”汤显祖扯着嗓子大叫道，“老夫只是想看看而已，压根就没打算抢她的钱！都听懂了没有？”

村民们半信半疑：“真的只是看看？”

“你们这么大帮子人围着，就算老夫想抢，也得有那个胆啊。”汤显祖说着，将手向那村妇一伸，“拿来吧，等老夫瞧完了一准还你。”

那村妇又犹豫片刻，才把拾来的铜币交给了汤显祖。

汤显祖接来，又向其他村民讨了几枚，翻来覆去地瞧了半晌，咬牙抿嘴，若有所思。原来这些铜币中，有“崇宁通宝”“祥符元宝”之类的宋钱，也有“开元通宝”“乾元重宝”样式的唐钱，唯独不见标有大明年号的铸币制钱。

依着大明的规矩，前朝的铜币，在本朝仍可继续使用。然而钱过万人手，若是常在市面上流通的，早就磨得光滑平润，不该像眼前这些痕廓分明、布满铜锈。

汤显祖摆弄着手里的铜币，有时放在鼻下闻一闻，有时还伸出舌尖舔一舔，那副探头缩脑的样儿，把众村民恶心得直起鸡皮疙瘩。

张秀才实在看不下去了："老道爷……你这又闻又舔的，究竟想干什么？"

"没什么，"汤显祖神秘地笑了笑，"老夫就是想验验这批制钱的成色。"

"那你验出来了？"

"验出来了，成色十足！"

村民们还以为汤显祖能折腾出什么花样，不想等了半天，却莫名其妙地冒出这一句，皆觉得有些扫兴，各自要回了铜币散去。

汤显祖拍了拍手上的灰尘，又朝那低冈上意味深长地望了一眼，道："张秀才，这些财物的来历，你们可知道？"

张秀才摇了摇头："不知。"

汤显祖再道："既然那些老鼠自冈上下来，趁它们走时，你们追在后面一探不就清楚了？"

"怎么没追？"张秀才摆手道，"前一次我们也想看看它们是打哪儿来的，奈何那些神鼠来无影去无踪，稍稍靠近，便会一哄而散。"

汤显祖想了想，又道："此地人迹罕至，你又是如何知道，这里会发生'神鼠送财'的异事？"

张秀才笑笑："老道爷忘性倒大，小生之前曾说过，是因得到了鼠将军的指点。"

"啧，"汤显祖嘬着牙花子道，"秀才你跟老夫说实话，那鼠将军什么的，真是你亲眼所见？"

"那还有假？千真万确！"

“不会走眼？”

“绝无可能！鼠将军还请小生喝酒吃肉呢！”

“稀奇，真是稀奇。”汤显祖感慨两声，又觍着脸央求道，“小老弟，老夫最爱听那稀奇古怪的事，要不你受受累，把这前因后果、来龙去脉给讲上一讲？”

“可此事说来话长……”

“话长不打紧，反正老夫有得是闲工夫，你就慢慢说、从头讲嘛。”

张秀才扭不过他，只好点了点头：“好吧，那小生便从头讲。说来惭愧，小生虽十来岁就进了县学，却迟迟中不了举。今年的秋闱，小生又硬着头皮参加了，本以为这届好歹能中个名次，不想却再一次名落孙山……唉，哀莫大于心死啊，放榜那天，我万念俱灰、百无聊赖，自觉无颜面对乡亲们，便想着寻处没人的地方一死了之……”

汤显祖气道：“你这呆子，念书念傻了？这次考不中，等上三年再考就是，难不成乡亲们还逼你去死？”

张秀才长叹道：“老道爷见教得是。可当时小生钻了牛角尖，死活都转不过来。要知道，小生家境贫寒，肩不能担、手不能提的，无法从事耕种。这些年来，吃的用的，全靠乡亲们接济。乡亲们说，一连好几辈，全村就只出了小生一个读书人，他们还等着小生金榜高中，光耀门楣呢，可小生却不争气，屡次三番地落第。本想着今年破釜沉舟，借科考一飞冲天，日后好平步青云，岂料又是竹篮打水一场空。”

汤显祖不屑道：“世间不如意事，十之八九，哪能件件都遂愿？老夫还是两榜进士出身呢，这不也成了走街串巷、四海为家的牛鼻子老道吗？”

“啊呀？”张秀才一怔，眼睛里登时放光，“老道……不，老先生真是深藏不露，失敬失敬！那个……若老先生不嫌晚辈愚钝，还望在八股经义上提点一二，感激不尽、感激不尽……”

“少来这套！”汤显祖大手一挥，“赶紧说正事！”

“好吧好吧，既然老先生不肯赐教，那晚辈便不强人所难了。”张秀才怅然若失，又悻悻地回忆起前事，“落榜那天，晚辈悲从中来，不由得泣下沾襟，就像丢了魂儿似的，一个人在村外胡乱游荡，不知不觉间，夜色已深。晚辈又走了一阵，没来由地打个激灵，抬眼一瞧，便看见了几株歪脖子树。”

“歪脖子树？老夫与你们初遇之处倒也有几株。”

“正是那里。那会儿晚辈鬼迷心窍，一心寻死。见有歪脖树，心想这或许就是天意，便打算选株合适的上吊，来它个‘徘徊庭树下，自挂东南枝’……”

汤显祖好气又好笑：“不愧是个酸秀才，连寻死都要搞些情调出来。”

“老先生休得取笑，不堪回首，着实是不堪回首……”张秀才面露羞赧，继续道，“那夜晚辈抱着树干痛哭了一阵，发了些怀才不遇的牢骚，便将心一横，解下腰带在树上打了个死结。谁知刚把脖子套进去，那腰带居然断了。晚辈其时浑浑噩噩的，只当是腰带不结实，就把断处重新系好。可当晚辈再次上吊时，怪事又发生了……老先生，你猜怎么着？”

“还能怎么着？又断了呗！”汤显祖有些不耐烦，掏出那把玄铁大扇亮在秀才眼前，“来来来，你往这儿瞧，老夫这扇子正面‘知天晓地’，反面‘谈古唱今’，说明什么？说明老夫我除了能掐会算外，还擅长说书讲故事，你在老夫面前吊胃口、卖关子，那不是鲁班门前弄大斧、关公面前耍大刀吗？行了，接下来你竹筒倒豆子，直来直去地讲就完了！”

“是是，”张秀才诺诺连声，不敢再绕弯子，“正如老先生所言，那腰带再度断了。晚辈感觉不对劲，便抬头瞧去，只见那树枝上不知何时趴了一只大鼠。晚辈对着那断口稍加琢磨，方知是那大鼠两番咬断了腰带，正当晚辈愣神时，大鼠却从树枝上疾疾跃下，朝一旁奔去。待晚辈顺着它跑走的方向看时，这才发觉不远处还蹲着一个身影。”

“那人就是鼠将军？”

“不错，只是那时晚辈还不知他老人家的身份。那只大鼠跑过去，径自蹿上了他的肩头。晚辈跟过去定睛一瞧，发现他老人家原来不是蹲着，而是在那儿威风凛凛地站着！”

“站着？”

“对，他老人家身量虽不足三尺，可往那儿一站，却叫人感觉气度非凡。还没等晚辈开口，他老人家扔下句‘随我来’，转身便走，晚辈也不敢多问，只得紧随其后。行了一阵，我们便到了这处低冈，那会儿冈下还建有一间挺大的木屋，屋前燃着几堆篝火，火旁围着好些汉子。那些汉子一见他老人家，纷纷以‘将军’相称，故而晚辈也跟着叫他为‘鼠将军’。”

汤显祖笑道：“那些汉子想必是鼠兵鼠卒了，他们也跟鼠将军一样小巧玲珑吗？”

听他语带戏谑，张秀才有些不悦：“他们的身高皆与常人一般无二。老先生，鼠将军可是我们所景仰的神灵，你言语上最好恭敬些！”

“行行，老夫不打岔了，你接着说、接着说。”

张秀才点点头，这才把之后的事统统道出。

原来，张秀才上吊前那番哭啼，被鼠将军无意间听到。鼠将军过去查探时，正赶上他把脑袋朝套儿里钻，当即出手将他救下。

再后来，鼠将军唤张秀才进了木屋，问他因何想不开。张秀才好不容易遇上个能吐露心扉的人，便一把鼻涕一把泪，将胸中苦闷一股脑儿地倒了出来。

鼠将军听罢，勃然大怒，一面拍打着桌子，一面痛骂张秀才糊涂。张秀才吃了这通骂，又羞又愧，遂打消了寻死的念头，并表示要越挫越勇，继续发奋读书，直至金殿传胪、封官入仕。

见张秀才孺子可教，鼠将军这才面露笑意，又得知他家徒四壁，当即拍着胸脯，说要送他一笔钱财，好让他安心念书。

面对金钱，张秀才却固辞不受。只因张秀才觉得鼠将军绝非凡人，便想请他施展神通，以助全村的百姓平安度过荒年。

鼠将军闻之大悦，夸赞张秀才知恩图报，并对他说，每月逢初一、十五，便带着乡亲重回此地，只要不对外宣扬，届时自有好处。

听到这里，汤显祖不禁连连点头：“看来这位鼠将军，确有些菩萨心肠啊。后来呢？”

张秀才又道：“后来鼠将军让手下端来酒菜，他老人家亲自作陪，与晚辈开怀畅饮。经此际遇，晚辈如同死而复生，再加上鼠将军答应帮助乡亲们，心中越发高兴，便忍不住多贪了几杯，最终喝了个酩酊大醉、人事不省。再等醒来，已是隔天清早，晚辈发现自己居然醉卧在冈下的草地上，别说是鼠将军和他的一干手下，就连那大木屋都消失得无影无踪。”

汤显祖沉吟道：“人能抬脚走，可屋子总不能长腿跑啊……张秀才，依老夫看来，你那晚若不是在做梦，八成就是遇见鬼了。”

“什么鬼？”张秀才正色道，“鼠将军是神灵！不过刚开始，晚辈也以为是黄粱一梦，可衣衫上残存的酒味、腰带间鼠咬过的齿痕，分明证实那晚之事并非虚幻。晚辈记得鼠将军说过的话，便在本月初一那天，带着众乡邻赶到这冈下候着，结果就遇到了‘神鼠送财’的奇事。有了钱财，就能去别处购些粮米，哪怕收成再差，也不用担心饿肚子。自那之后，乡亲们彻底信服了，便搭建了这鼠将军庙。现在虽说简陋了些，但等熬过今年的饥荒，我们就给鼠将军重修庙宇，再镀金身！”

汤显祖刚要开口，耳朵突然动了几动，他稍加思索后，才道：“此非长久之计。不知你们想过没有，万一那神鼠不来送钱了，你与乡亲们不就只能喝西北风了？”

“那不会！”张秀才一摆手，信心满满，“鼠将军答应过晚辈的，老先生不也瞧见了？今天正是十五，那神鼠不又来了吗？”

汤显祖仍然忧心忡忡：“你先别急着嘴犟，待老夫帮你剖析剖析。如今大旱，遭灾的肯定不止你们一个村子，就算别处还有余粮，那价格定然也会抬高。刚才老夫粗略一算，这次神鼠送来的财物全都加起来，所能换来的粮米也十分有限，一旦出点差池，食物难以为继，便可能会有村民饿死。张秀才啊张秀才，你把乡亲们的性命全押在一句承诺之上，不觉得有些太冒险了吗？”

张秀才琢磨了一下，心里也有点发慌：“那晚辈应该怎么办？”

汤显祖将两臂同时一挥：“双管齐下！你们该敬鼠敬鼠、该得财得财，但同时也要治一治地里的旱情，乡亲们皆是农户，还是要以耕作为重。”

张秀才苦笑道：“老先生说得好生轻巧，想治旱灾，需得落雨，除了老天爷，谁能有那个本事？”

“老夫就有啊！”汤显祖一指自己，大咧咧道，“方才老夫掐算过了，你们这里的旱灾不是别的，是因此地出了旱骨桩，只要将那旱骨桩打掉，保管就能下雨！”

“旱骨桩？”

“就是旱魃，旱魃听说过吧？”

张秀才点头道：“可那旱魃是传说中的怪物，老先生怎么还信这个？”

汤显祖嘴角一撇：“你不也信鼠将军会显灵吗？少打岔，好好听着。遇到寻常的旱魃，已经够喝一壶了，你们这里的更不得了，那可谓是旱魃之王！”

“旱魃……之王？”

“可不是嘛！这旱魃王，是由一个十恶不赦之人所化。他生前不男不女，死后又被千刀万剐，最后一副烂骨架让人运出，偷偷移葬在这儿。那人死无全尸，一腔怨毒始终未绝，不断地吸取着山川灵气、日月精华，又经历整整一百年，骨架上竟重生出不腐的皮肉，成了为祸一方的大魔头。现在懂了吧？你们遭遇的这场旱灾，就是它在作祟施虐！”

听他说得吓人，张秀才不禁打了个寒战：“我们这里民风淳朴，从没听说葬过什么十恶不赦之人啊……老先生，你说的那个恶人究竟是谁？”

汤显祖一字一顿道：“刘瑾！”

这刘瑾的名号，张秀才自然不陌生。这人是本朝正德年间有名的巨宦，官拜司礼监掌印太监，曾深得明武宗朱厚照宠爱。因明武宗昏聩荒诞，刘瑾渐渐把握了军政，将大权独揽，可谓呼风唤雨、只手遮天。刘瑾权倾朝野，不光作威作福，就连各级官员的生杀予夺也全凭他一句话。当是时，人们私下皆称“朝有二帝”，明武宗为“坐皇帝”，刘瑾为“立皇帝”。

刘瑾十分贪财，时常鱼肉民间，大肆搜掠，弄得百姓怨声载道。后来，他更是无法无天，竟在家中偷制伪玺、玉带，意图弑君谋反。东窗事发后，明武宗总算醒悟过来，当即下令擒拿刘瑾，定了大罪十七条，判以凌迟处死。有传言说，刘瑾足足被割了三千多刀，割下来的肉片，也让痛恨他的百姓抢走吃掉了。

张秀才嘴巴空张了半晌，才道：“是大太监刘瑾啊，那他真算是十恶不赦了……哎？晚辈记得他籍贯貌似在陕西，怎会葬在我们这里？”

汤显祖道：“都说是偷着移葬过来的嘛，那刘瑾臭名昭著，家乡的父老怎肯让他入祖坟？”

张秀才四下望望，挠头道：“那他葬在哪儿了？”

“唔……”汤显祖想了想，又道，“老夫打西边过来，途经一座大山，离这儿大概十来里路。”

张秀才道：“那定是馒头山了，那就是个荒山野岭，平时连打柴的都不愿意去，没听说上面有什么坟墓啊。”

“等等，馒头山？”汤显祖眼珠子转了几转，突然一拍巴掌，“这就对了。张秀才，你可知那山为何唤作馒头山？”

“人们都这么叫，晚辈也未曾细想。莫非是因那山势呈弧状，远远看起来像只大馒头？”

“非也非也。”汤显祖摇头道，“曾有人将那圆圆的坟包，比作土馒头，而那坟中尸骨，则为馒头馅。若不出老夫所料，正因那山中葬了刘瑾这老馒头馅，故而才有那馒头山之名啊。好了，闲话不提，言归正传，想要化解旱灾，你们就去那山上把刘瑾墓找出来，砸烂棺椁，捣毁尸身，再淋上些混有童子尿、黑狗血的燃油一烧，那旱骨桩就算是打掉了。”

张秀才闻之色变：“那可不成，按大明律法，发冢见骨都是重罪，更别说是砸棺毁尸了。不行不行，此举万不可行！”

汤显祖锲而不舍地劝诱道：“只要能除去旱灾，纵使担些风险又如何？再说了，那刘瑾生前搜刮了无数民脂民膏，他虽然不得善终，但瘦死的骆驼比马大，他那墓里，定然会有几样奇珍异宝，随便拿出一件卖了，都能令你和乡亲们下半辈子衣食无忧。”

张秀才铁了心，任汤显祖巧舌如簧，始终不为所动：“有命拿没命花，掉脑袋的营生，我们坚决不碰！”

汤显祖见状，悄悄松了口气，又笑道：“嘿嘿，老夫早就猜到你们不敢去。”

张秀才哼了一声，反唇相讥：“我们是没那胆子。老先生，你敢你去啊，事成之后，晚辈和乡亲们给你立生祠，早晚三炷香，拿你当祖宗一般供养！”

“别别别，老夫也不敢。”汤显祖讪笑两声，“那啥，这天不早了，老夫还得赶夜路，该动身了。”

张秀才冷冷道：“老先生曾答应不将‘神鼠送财’之事透露出去，你可别食言而肥。”

“放心，老夫一诺千金，保证不说，告辞告辞。”

“好走不送。”

这时，几个远远等在一旁的村民也围了过来：“秀才，那牛鼻子老道跟你说啥了？怎么还挖坟呀、打旱骨桩的？”

张秀才冲着汤显祖远去的背影啐了一口：“大伙甭理他。还什么两榜进士，呸！八成是个江湖骗子！他的伎俩，我早就看穿了，编出那些闹旱魃的鬼话，无非是想借机骗取钱财。好了，反正咱们也没上当，天就要黑了，大伙再去给鼠将军磕几个头就回村吧！”

等众村民离开，天也彻底黑透。山冈上的草丛里突然闪出一个人来，身子几个起纵，奔向那茫茫夜色。

那人一身短打，袖口、裤腿皆以绑布裹了，行动起来十分利落。他七拐八绕，专挑着小径放足疾奔，不出一顿饭的工夫，便来到一处偏僻的密林中。

林间草木参差，枝丫错综交叠，连月光都难以透下。再往深处，愈发幽寂，影影绰绰地，露出一栋大屋的轮廓。屋后支着帐篷、卸着车驾，隐约还有马匹在咴咴低鸣。

那人又往前走了几步，黑影里突然钻出两名暗哨：“来者何人？”

“别紧张，是我！”那人赶紧亮明身份。

暗哨急忙朝两侧一退，双双行礼：“原来是伍校尉回来了，伍校尉辛苦。”

那伍校尉摆摆手，又问道：“将军歇下了？”

“还没有，八成还在屋中喝酒。”

“那好，我这便找他去。”

说完，伍校尉越过暗哨，直奔前方大木屋。那屋门半掩，里面透着光亮，伍校尉伸手在门上轻敲几下，听得传出个“进”字，这才迈步入内。

屋里无甚摆设，四下角落里堆着数口大箱，中央铺着一块厚实的地毯，毯上一名侏儒盘膝而坐，抱着一只酒坛喝得正欢。

那侏儒虽然身形矮小，但绝非三寸丁、谷树皮那般窝囊模样。

只见他身上套着皮甲，足下踏着马靴，红光满面，神采奕奕，举手投足间，豪气万千，确实有些大将风范。

伍校尉弯腰抱拳：“禀将军，事情已经办妥了。”

“先坐下，边喝边说。”那将军说完，将手中酒坛抛向伍校尉。

“谢将军。”伍校尉接来，仰头喝了一口，便在对面席地而坐。

那将军直了直腰，笑道：“怎么样，那帮鼠崽子还算听话吧？”

“有将军调配的独门秘药，再加上驱鼠铃，群鼠敢不从命？”伍校尉说着，从怀里取出一个药包和一只小铃铛，放还在将军面前，“对了，那秀才得了好处，以为你是鼠神显灵，还带着乡亲们建起了鼠将军庙磕头祭拜。”

“哈哈哈……”那将军一面朗声大笑，一面收好药、铃，“想不到我程五奎，居然还位列了仙班。那穷秀才，哈哈，真有他的！”

见程五奎心里痛快，伍校尉欲言又止：“将军……还有一件事，我思来想去，觉得应该知会你一声……”

“有话直说，不必吞吞吐吐。”

“是。这次去驱鼠送钱，不光秀才和村民在那儿，还多了个来路不明的老道。”

“什么？”程五奎一怔，继而气得直拍大腿，“糊涂！这帮乡民真是糊涂！枉我千叮咛、万嘱咐，他们到底还是把外人引去了！”

伍校尉忙道：“将军不必担心。我乍见有生脸，便多了个心眼儿，一直隐藏在冈上偷听。从他们言谈中得知，那老道仅是无意中路过，倒不是村民有心引去的。我所在意的，是那老道曾提及，这附近貌似有座大墓。”

“大墓？”程五奎脑袋一偏，目中闪出两道精光，“仔细说来！”

伍校尉点点头，便把那刘瑾藏尸、化为旱魃等事原本道出。

程五奎听罢，大皱眉头：“简直是一派胡言，都说世上有什么妖魔鬼怪，可有几个人亲眼见过？”

伍校尉有些尴尬：“其实我也不太信，可那老道说得有鼻子有眼的……”

程五奎摸着唇上两抹髭须，寻思了半天，突然将话锋一转：“闹旱魃八成不真，刘瑾墓怕是不假！哼哼，宁信其有，莫信其无，不论真假，一寻便知。这阵子没怎么沾土，我早就手痒了，若那狗太监真埋在馒头山上，那咱们就把他刨出来，烧了他的臭尸，夺了他的陪葬！”

“对！”伍校尉听得热血沸腾，“那老道也说，要真是刘瑾墓，里面定然会有几样值钱的宝贝，将军下令吧，咱们跟着你大发利市去！”

“那好！”程五奎双手掐腰，号令道，“你这便去把弟兄们都叫起来，咱们拔营起寨，直赴那馒头山！”

伍校尉领命，即刻出屋传令。不消一会儿，屋后的帐篷中便钻出十来个汉子。那些汉子虽从睡梦中初醒，却丝毫没有倦怠之态。伍校尉手一挥，便有几个身强力壮的站了出来，他们分作四组，分别站在了大木屋的四个角上。伍校尉手再一挥，那些汉子便齐齐发力，“呼啦”一下，竟将那大木屋堪堪抬起。

原来这木屋并非筑在地上，它虽然制成了房子模样，但其实是个硕大的厢舆。与此同时，剩下的人也取来四只大轮毂，十分熟练地安装上去。

待“车厢”装完，前面也套好了八匹骏马。转眼工夫，一驾大马车便横空出世，整个过程一气呵成，没有半点拖泥带水。

等帐篷之类也收好装车后，汉子们便整装待发。程五奎扬鞭一挥，大马车缓缓前行。

不得不说，这伙人行事格外谨慎。马车在行进间，前方有“斥候”探路，两侧有“羽翼”警戒，就连车后，也安排了几个“剪尾”。剪尾们手持着大扫帚，一边跟随，一边将那车辙蹄印，仔细地抹去清除。

月落星稀，东方欲晓。经历了半宿奔波，程五奎一行终于抵达馒头山下。

这馒头山虽不说高耸入云，可也是重峦叠嶂、堆峰聚岭。山中古木参天，不少大树虬扎在岩缝里，盘根错节，如龙似蛟。这里鲜有人迹，想找个隐蔽的地方不难，程五奎稍加挑选，就寻了处幽静的山谷让队伍驻扎下来。

听说有大墓可挖，一行人早就摩拳擦掌，哪还顾得上歇息？刚安顿好，便喊着要去搜山寻墓。程五奎也恰有此意，遂点了三人留守，自己则率领其余手下进山。

山中并无路径，荆棘遍布、藤蔓杂缠，众人只得深一脚浅一脚地小心蹚行。

再往前走，草木更茂。程五奎个子矮，若高草遮住寻常人的膝盖，便起码能没了他的腰。为了照顾他，伍校尉和几个手下皆拔刀斩草，好帮程五奎开出一条道来。

见前面又是一丛高草，伍校尉想也没想，当先挥刀砍去。岂料那草中竟有硬物，随着“当”的一声大响，他的手腕被震得生疼。

众人以为找到了线索，赶紧拨开高草去瞧，只见一截石碑斜斜竖在那里，几近歪倒。碑身污迹斑驳，表面都裂出了几道细痕，显然是年头久远。又经长时间的日晒雨淋，所刻的字迹都有些模糊，但稍加擦拭，依稀能辨出是“曼陀山极乐界”六个字。

“曼陀山？”程五奎自念几遍，恍然大悟，“原来这山叫曼陀，并不是什么馒头、包子。”

程五奎猜测得不错。此山古称“曼陀”，只不过后来被目不识丁的乡民叫白了，这才以讹传讹，成了馒头山。

伍校尉也指着碑上的字迹，道：“这‘曼陀山’下面还跟着‘极乐界’。常言说西方极乐、往生净土，摆明了与那身后之事有关。”

“不错。”程五奎大悦，“弟兄们，都把招子放亮些，哪个先寻到墓穴，我定会重重有赏！”

众手下欢呼一声，继续卖力地寻找。然而事与愿违，他们饿着肚子搜索了整整一天，也没发现什么蛛丝马迹。眼瞅天渐渐黑了下来，一行人只得作罢，各自拖着疲倦的身躯，回到了山谷中的驻地。

胡乱吃了些食物，众人多少缓过劲来，围着程五奎议论纷纷。

“将军，这山太大了，就算那刘瑾墓真在这儿，可单靠咱们这点人手，无异于大海捞针啊。”

“是啊将军，咱们往日倒的那些官斗，皆是有碑有冢。可听说那种藏着无数财宝的大墓，却要不树不封，以防被人找到。那刘瑾墓只怕就是这种不设标志的，咱们总不能将这山上的地皮都铲一遍吧？”

“唉！”程五奎叹了口气，无不懊恼道，“可惜咱们之间，没有那懂风水的高人，若不然，靠着什么‘分金定穴’‘观星寻龙’的手段，便可轻而易举地将那墓穴找出来……”

“懂风水？”那伍校尉似是想起了什么，赶紧道，“我老家有一个远房亲戚，好像就是风水先生。”

程五奎精神一振：“此话当真？”

伍校尉点头道："论辈分，我得叫他三叔。不过他平时就给人批个八字、选个阴宅的，也不知会不会那分金定穴……"

程五奎当即拍板道："会与不会，请来一试便知。并且有这层亲戚关系，再多许他些封口钱，想来不至于走漏了风声。对了，伍校尉，我记得你老家距此地不算太远吧？"

"是的。"伍校尉掰着手指算了算，"我若连夜骑马去请，明日晌午应该赶得回来。"

"那好。你我兄弟多年，客套话无须多讲，伍校尉，那就有劳你辛苦一趟。"

"将军哪里话，事不宜迟，我这便动身。"

那伍校尉雷厉风行，翌日巳时刚过，便带着一个老头风尘仆仆地驰了回来。

不必说，这老头就是伍校尉口中的三叔。一瞧这伍家三叔道骨仙风，程五奎本已大悦；再听他说分金定穴、观星寻龙是自己的拿手本领，程五奎更是喜不自胜，索性让出了大木屋供他下榻。

见将军如此器重，手下人更不敢怠慢，都跟着伍校尉三叔长、三叔短地叫着，唯恐缺了礼数。

被众人这么一捧，那伍家三叔愈发地飘飘然，不由得端起了高人的架子，一会儿要好酒好菜，一会儿要沐浴更衣。程五奎毕竟有求于他，任他如何折腾，都是无一不应。

众人耐着性子，等着三叔吃饱喝足洗干净，正打算进山寻墓，他却直喊路上颠簸，要先行歇息。这三叔说完，便径自钻入木屋反闩了门，倒头大睡起来。

三叔这一觉，直接睡到了天黑。众人实在等不住了，跑去砸了半天门，那伍家三叔这才慢吞吞地开门现身。

他这一亮相，众人也跟着眼前一亮。只见那三叔换了身宽袍大袖，腰里别着丁兰尺，手里托着大罗盘，端的是派头十足。

见他装腔作势，伍校尉脸上有些挂不住了："三叔，你若准备好了就快些出发，这都耽搁一下午了。"

"急什么？"三叔一捋山羊胡，若无其事道，"既然是观星寻龙，自然要等到晚上。"

"那现在已经是晚上了，星星也都出来了，赶紧的吧！"

"好吧好吧，头前带路。"

听他答应动身，程五奎便让手下打起火把照路。一行人排着长队，缓缓向高处登去。

又走了一会儿，三叔连呼脚疼，程五奎无奈，只得命手下轮流背着他。

三叔足不沾地，可是害苦了程五奎那帮手下，好不容易爬到山顶，他面不红心不跳，手下们却一个个气喘吁吁、汗流浃背。

程五奎早瞧出他是偷懒耍滑，见他没事人一样，便冷冷道："如今地方已到，三叔也别愣着了，还请一展身手吧。"

那三叔道声好，便踏起了天罡步，一面仰头观星，一面念起了口诀："大率行龙有真星，星峰磊落是音身……高山须认星峰起，星辰下照山成形……"

见他有模有样，众手下皆窃窃私语。

"瞧着挺像那回事儿啊，这三叔果真是高人。"

"没错，你们听见没？他念的那些词儿还一套套的，这次准能把那狗太监的墓穴找出来。"

可众人翘首等待了半天，那三叔还是仰着脖子，望着天上星斗出神。程五奎见状，忍不住开口问道：“怎么样？看了这么久，也该看够了吧？”

“啊……别急别急，待我再推算推算。”三叔回过神来，忙摆弄起手里的罗盘，“天地左右旋，七十二龙盘。坐艮向坤，可以兼寅申；坐坤向艮，申寅不相兼……在哪儿呢？那该死的墓究竟在哪儿呢？”

伍校尉离得近，听到了三叔最后这句嘀咕，不由得心头一紧。他忙扯了扯三叔的袖子，悄声道：“三叔你到底行不行？不行早说，我们另想办法。”

那三叔道：“瞎说什么？有你三叔出马，自然是十拿九稳。”

程五奎干咳一声，上前道：“既然十拿九稳，那就别磨蹭了。赶紧点出穴来，我们好下墓。”

见他催促，三叔也不好再拖拉，只得眯起眼，朝山下俯视。借着月色星光，黑压压的山脉一览无余。三叔又望了一阵，把心一横，手指一处地方道：“那里……差不多就是在那里……”

程五奎听他说得有些含糊，不禁皱起眉头：“当真？”

那三叔拭了拭额头，挤出点笑意：“当真当真，你们去那里找就行了。对了好汉，小老儿胆子小，就不跟你们下墓了……嘿嘿，你看是不是把费用给结了，好让小老儿先行回乡？”

“不着急。”程五奎打个响指，唤来几名手下，“你们去三叔点出的地方瞧瞧，待会儿以火把为号，若发现墓葬，将火把左右横挥；若没发现，便将火把上下竖晃。”

“是。”

待几名手下去后，程五奎便屹立山顶，目不转睛地留意着山下的动静。大约过了半个时辰，山下陡然亮起一团火光，不用说，那定是前去打探的手下发出的信号。

见那火光一上一下地摆动，程五奎一把拖过了伍家三叔："瞧见没？我手下按你所说，却是一无所获。哼，你那分金定穴，好像不怎么灵验啊！"

三叔兀自嘴犟："哎呀，小老儿的本事那可是实打实的……他们八成是粗心大意没找准地方……"

"他们找不准，那你便亲自去！"程五奎说着，抬手在伍家三叔腰上一推，"走吧！"

其实这伍家三叔并没有什么真才实学，无非是读过些《撼龙经》《青囊术》之类的风水书，平时给村民选个吉时、相个阴宅还能勉强对付过去，可一动真格的，就得彻底露馅。也怪他自己贪财，一听伍校尉许他银两不菲，便大包大揽，如今却骑虎难下，少不得提心吊胆。

等到了地方，程五奎也不跟他废话："三叔，瞧你的了。"

"好好好……"三叔唯唯诺诺，开始装模作样地这里翻翻、那里找找。

他这一磨蹭，又耗费掉两炷香的工夫，那程五奎实在按捺不住，厉声质问道："你不是断准位置了吗？墓呢，到底在哪儿？"

三叔忙扮出一副困惑的样子："不应该啊……从星象上看，那墓就在此处，莫非遇到鬼遮眼了？"

"放屁！"程五奎勃然大怒，"我生平最恨被人骗，若今晚找不出墓葬，信不信老子当场宰了你？"

一帮手下也铁青着脸，个个将手按在了腰间的兵刃上。

他们目透凶光，分明起了杀心。那三叔本以为能浑水摸鱼，此时方知面对的是一伙杀人不眨眼的凶神，吓得腿脚直哆嗦，又可怜巴巴地看向伍校尉。

见他看来，伍校尉叹了口气："三叔，这次我也帮不了你。我们做的是没本钱营生，成天把脑袋别在裤腰上。要是你之前不夸下海口，我也不会冒着走漏风声的危险拉你过来。将军没吓唬你，若你真敢糊弄我们，也用不着弟兄们出手，我头一个便要大义灭亲！"

三叔瞧这架势，知道求饶也没用，干脆把腰一挺，佯嗔道："你们别动不动就翻脸啊，我几时说过找不到墓了？就算碰上了鬼遮眼，我也照样能给它破了。"

"那敢情好，赶紧干吧！"

三叔不敢再耽搁，又掐起指诀，踏起罡步，嘴里还喃喃有声："真龙落处阴阳乱，五行官鬼无相战。水龙剥作火龙出，鬼在后头官出面……大抵真龙无鬼山，有鬼不出半里间。横龙出穴必有鬼，送跳翻身穴后环。鬼星若长夺我气，鬼短贴身如抱拦……"

他一面念叨着游走，眼睛还一面乱瞟。众人被那种古里古怪的步法和说辞所吸引，都没留意到他已渐渐地退出数丈开外。

见众人不曾察觉，三叔暗道声"此时不跑，更待何时"，当即撒开脚丫子，夺路而逃。

"别让他溜了！"

众人反应过来，纷纷追赶。那三叔为了活命，使出了吃奶的力气，又蹦又跳的，蹿得比兔子还快。

可他毕竟上了年纪，用时一久，体力便觉不济。眼见地上横着根大藤，他又想一跃而过，谁知跳得低了些，脚尖在藤条上绊了一下，直接摔了个狗吃屎。

这一跤摔得不轻。当他挣扎着从地上爬起时，身后追兵的脚步声也由远及近。

“完了完了，这下完了！”三叔头昏目眩，慌不择路。岂料才奔出两步，额头又“咚”的一声撞上了硬物，疼得龇牙咧嘴，两眼直冒金星。

可当他看清自己所撞之物时，竟不由得笑了。原来眼前居然有两扇古朴的石门，石门上一左一右，各刻了接引仙童的形象，分明就是墓门。

一时间，三叔也不知暗念了多少次“老天保佑”，只觉得自己背也直了，腰也挺了，索性转过身去，只等程五奎一行到来。

须臾光景，程五奎一行堪堪追到，还没等他们喝问，三叔便朝身后的石门一指：“睁大你们的眼睛，好生瞧瞧！”

“这是墓门？”众人先是一怔，继而欢呼起来，“太好了，真的找到了！”

三叔神气活现地走到程五奎面前，将手一伸：“墓穴我可帮你们找到了，许我的银子也应该兑现了吧？”

程五奎眯眼打量一阵，确定是墓门无疑，这才换上副笑脸：“三叔放心，银子少不了你的。待你随我们入墓一探后，我保证亲手奉上。”

“什么？”三叔大惊失色，“我也要下墓？你们之前可没这么说啊……”

“现在说也不晚。”程五奎冷笑道，“实话说了吧，咱们之间没那过命的交情，你就算肯发毒誓，我们也不会放心。要想保守这个秘密，只有请你一同下墓，那样一来，你便成了我们的同犯，我们才能彻底安心。”

“啊？”三叔傻了眼，“好汉你可饶了小老儿吧，听说那古墓中有旱魃，小老儿比不得诸位好汉，受不起那惊吓啊……银子不要了，你们放小老儿走吧……”

“别啰唆！今天你下也得下，不下也得下！”程五奎说完，招呼手下道，“走，都跟我去推门！”

众人齐应，在程五奎的带领下，一起发力去推那墓门。不想那墓门十分沉重，众人推了老半天，才勉强露出条小缝。

“还差点意思。”程五奎擦了擦汗，眼角瞥见那三叔在一旁干愣着，便朝他一挥手，“那伍家三叔，你也过来搭把手。”

三叔虽不情愿，却不敢违拗程五奎，只得走上前，敷衍地推了起来。

众人再度发劲，“嘿呀嘿呀”又推了几下，门后“咔嚓”一声，墓门也同时大开。

听见那声响,众人还以为里面有机关,皆吓了一跳。待看清楚后，众人却哑然失笑，原来墓门后的地面上，横着两截断掉的大木棍。

“怪不得这么难推，敢情是这根木棍在门后顶着。走吧，大伙进去瞧瞧！”程五奎说罢，当先踏进门去。

伍校尉一伸手:“三叔，你也请吧。”

“请就请，还好我早有准备……”三叔嘟囔一声，摸了摸胸前，这才安心进去。

其余人紧随其后，举起火把鱼贯而入。火把一照，里头的情形渐渐明朗，这墓穴本应是个狭长的山洞，再往前，是一条长长的墓道，蜿蜿蜒蜒，直通黑暗处。

趁他们四下打量，三叔从怀中摸出支蜡烛，借火把点燃了，悄悄安放在东南一角。

程五奎一转身，发现他有些不对劲，几步上前，指着地上的蜡烛道:“你在这儿搞什么鬼？”

三叔煞有介事地冲四方拜了拜，这才道：“既然是下墓，那就得守下墓的规矩啊。有道是人点烛、鬼吹灯，鸡鸣灯灭不摸金。先点根蜡烛等等看，一会儿若不灭，咱们再往前探；若是灭了，就说明这墓里有恶鬼，在暗中吹着咱们的灯……”

“吹吹吹，吹你个大头鬼！”程五奎火气“噌”地蹿上来，抬脚便将那蜡烛踩了个稀巴烂，“少整这些虚头巴脑的，老子刨坟掘墓这么多年，别说是恶鬼，就连鬼影都没瞧见过一回！”

三叔忙道：“好汉休恼，小老儿也是一片好心。之前没遇过鬼，只能说明你们原来运气好。可这人哪，总有个时运高低，万一走了霉运、沾染了晦气，就要惹来恶鬼缠身了。再说这古墓中不止有鬼，还有那僵尸、怨灵、白毛怪。好汉啊，你可别以为我在瞎说，那书里头都是有记载的……”

“住口！”听他喋喋不休，程五奎暴跳如雷，“再敢乱我军心，老子就把你留在这墓里当人祭！赶紧走！”

见程五奎动了真火，三叔哪敢再啰唆，急忙捂了嘴，跟着众人继续前行。

墓道里黑漆漆的，纵然举着火把，也只能照亮周遭几尺见方。前方深邃的阴暗，仿佛没有尽头，一行人就像走在一团浓浓的墨汁中，感觉莫名心慌、压抑无比。

又走了一阵，前面竟出现了一线光亮。众人心里齐打个突，皆不由自主地停下了脚步：“不对劲，这墓里怎会有灯？”

程五奎到底稳重，稍加思索便道：“听说世上有一种长明灯，可经百年不熄。大伙不必心慌，或许这墓里也点着那种灯。”

众人紧绷的心弦刚要松，那三叔又开了口：“小老儿好像闻到一丝酒味，难不成这墓里的主儿还在喝酒？”

“再多嘴，老子割了你的舌头！”程五奎狠狠瞪了三叔一眼，又吩咐手下道，“弟兄们，先把家伙亮出来，管它前面有什么古怪，一发现什么不对劲，拿刀砍了再说！”

不得不说，三叔的鼻子确实很灵。原来这墓道尽头，是一间宽敞的墓室，墓室里酒气弥漫，四角燃着油灯，中央还摆着一口没了盖子的大石棺。

令人称奇的是，那棺外不但丢着几只空酒坛，就连那棺中也时不时飞出几根鸡骨头。棺中半坐半躺着一个白胡子老头，仔细一瞧，竟然是那汤显祖。

汤显祖面色红润，显然喝了不少酒。此刻他正擎着一只小鸡腿，啃得不亦乐乎。又啃了两口，汤显祖耳朵突然动了几动，也顾不得擦擦油嘴，急忙含住那小鸡腿躺下装死。

他刚躺好，程五奎一行便踏进了墓室。众人小心翼翼地打量一圈，将视线齐齐聚在了石棺之上。

伍校尉伸出脚来，拨了拨地上的酒坛和鸡骨头：“不对啊将军，这里有吃有喝的，难道那狗太监真的修炼成精了？”

墓室中空荡荡的，程五奎早就有些失落，又见手下们缩手缩脚，不禁无名火起：“废什么话？老子偏不信这个邪，走，都到石棺那儿瞧瞧去！”

听将军下了令，手下们只得操起兵刃，纷纷围住了石棺。

可当他们朝棺中望了几望，便开始交头接耳。

“这就是那刘瑾化成的旱魃？看上去也没什么吓人的。”

“哎？刘瑾不是太监吗，怎么还长着胡子？”

“我记得那老道曾说，这刘瑾被凌迟后，骨架又吸了什么精气，重新长出了皮肉。既然能长出皮肉，生出胡子也就不足为奇了……咦，这狗太监怎么回事，怎么瞧着有点眼熟啊？”

“你们快看，他嘴巴鼓鼓囊囊的，会不会含着定颜珠之类的宝物？”

那三叔本在一旁不敢靠近，见众人皆若无其事地议论，便大起胆子，向棺中探头探脑地望了一眼。可就是这么一眼，他竟浑身剧颤，猛地跃开老远。

众人被他吓了一跳，赶紧问怎么了。

三叔惊魂未定，指着石棺结结巴巴道：“那尸体的手指头……好像……好像动了一下！”

“我看不是尸体动，而是你这老小子吓得眼花！”程五奎一脸鄙视，“大伙甭理他！那尸体口中的确含着东西，快抠出来看看，说不定真是宝物！”

“好！”

听说有宝，手下们也顾不得许多，有的扯胡子，有的撬嘴巴，七手八脚地开抠。

被他们这么一搞，汤显祖实在装不下去了，“嗷”的一嗓子从石棺中蹦了出来。

“诈……诈尸了？”

众人冷不防，都骇得脸色煞白，齐刷刷退出一丈外，心惊肉跳，如临大敌。

“我说什么来着？我说什么来着？”那三叔吓得声音都变了，不停埋怨道，“不听老人言，吃亏在眼前啊！万幸啊，万幸我提前备好了驱魔法宝……”

“法宝？什么法宝？”

众人一面紧张兮兮地盯着汤显祖，一面偷眼观瞧。只见那三叔怀里就像开杂货铺似的，变着法地往外掏东西，一会儿是串念珠，一会儿是叠道符，一会儿是个银光闪闪的十字架。

明代曾有过海禁，可到了隆庆年间，关口便逐渐放开。如此一来，不止西洋货商，就连一些传教士也纷纷来华。到了万历朝，传教士更是屡见不鲜，其中佼佼者如利玛窦之流，甚至还得过皇帝册封，享受朝廷俸禄。故而众人一见那十字架，便认出是天主教的法器。

三叔手握三教法器，硬着头皮朝汤显祖喝道："阿弥陀佛，阿里路亚，太上老君急急如律令！我身上有三圣加持，区区尸魔，还不速速退散？"

汤显祖嫌他聒噪，用力一吐，嘴里剩的鸡骨头便直冲三叔飞去。

"啪"的一声，鸡骨头正中脑门。三叔顿觉额头发麻，只当是遭了"尸魔"毒手，竟吓得急火攻心，两眼一翻，背过气去。

见三叔倒在地上不知死活，程五奎一行又惊又怒。

汤显祖摆了摆手，轻描淡写道："没事，他准是吓着了，睡一觉就好了。"

程五奎不敢大意，也换上了独门兵器——开山爪："那老头！你是人是鬼？"

看他们被自己吓得够呛，汤显祖心里十分得意，便借着酒劲，继续揶揄道："老夫是猫，专捉你们这群土耗子的猫！哎，不信是吧？那老夫给你们学个猫叫，嗷呜嗷呜、喵喵喵喵喵……"

这几声猫叫，彻底将那程五奎激怒，他双爪一扬，便向汤显祖舍命抓去："管你是老猫还是老狗，老子先戳你几个血窟窿再说！"

"哎？怎么动上手了？且听老夫把话说完啊！"汤显祖一边躲闪，一边大叫道。

见程五奎竟占了上风，手下们士气大振。伍校尉方才便在纳闷，此时又朝汤显祖脸上看了看，猛然反应过来：“我想起来了，他就是我在冈下遇到的那个老道！”

“什么？居然是他在装神弄鬼？”众手下闻言，大感受到愚弄，纷纷举刀杀去，恨不能将汤显祖劈成数段。

“乖乖，一个个的脾气怎么如此暴躁？”汤显祖实在没法，只得施展出真功夫，只见他泥鳅一般，在人缝里滑来穿去。每越过一人，他便用玄铁扇尖，在那人胁下轻点，折腾了好半天，才将程五奎一行全部点住。

“哎呀，可把老夫累死了……”汤显祖拭了拭额上细汗，朝众人环顾一圈，“怎么样，现在服气了吧？”

“服你姥姥！”程五奎仰头怒目，“好妖道，要杀要剐尽管来，老子若皱一下眉头，就不算是好汉！”

“谁要杀剐你了？”汤显祖整了整衣衫，突然冲着程五奎一揖到地，“老夫之所以诓诸位前来，是因有要事相求！”

第二章 探花郎

秋池潋滟映烟树，橹声摇曳出芦花。江南芳菲犹未尽，又有丹桂醉万家。

一踏入这山环水抱的南旸岐村，汤显祖便觉神清气爽。一条曲折的河道上，架着一座弯弯的石拱桥，桥下埠头边，三五少女拿着木槌，一边轻轻哼着歌儿，一边用心地捶打着湿衣。

汤显祖笑呵呵地走上前，冲那几个少女唱了个肥喏："诸位小娘子有礼，老夫跟你们打听个事儿。"

谁知那几名少女没一个搭话，皆红着脸朝他啐了一口，抱起湿衣服齐刷刷跑远了。

汤显祖挠着头，不解道："怎么都跑了？喂，你们跑什么啊？"

"哈哈哈，人家都是没出阁的大闺女，方才没骂你就不错了！"

汤显祖循声一瞧，见河心驶来一条乌篷船。那船身无甚奇异，两侧却各装了一盘轮桨，一个浓眉大眼的汉子坐在船尾，用双脚慢慢蹬着面前的木制轴踏。每蹬一下，那两盘半浸在河中的轮桨便被带得疾疾一转，一阵“哗啦哗啦”的破水声后，那船已堪堪到了岸边。

“哟，这是条车船吧？”汤显祖奇道，“你们这村中，怕是藏了个鲁班不成？船家，如此新奇之物，可是你亲手打造的？”

“我哪有这等本事？”那汉子笑着摆摆手，见汤显祖道人打扮，又问道，“老道爷，你想打听什么？说不定我知道。”

汤显祖大悦：“你这船家真是古道热肠。老夫想问的是，那徐振之家怎么走？”

“道爷是徐二公子的朋友？”那汉子肃然起敬，忙站起身来施了一礼，“真是失敬了。”

汤显祖笑道：“看来振之小友，在村里头颇受敬重嘛。”

“这是当然。”那汉子道，“徐二公子乐善好施，村里哪个没受过他的好处？这条桨轮船，便是他替我改制的。老道爷你稍等，我泊了船亲自送你过去。”

“想不到这振之小友，还有这等木工手艺！船家，你且先忙好了，老夫喜欢自己走，你只需指明道路便可。”

“那好吧，过了这石桥往东一拐，再经两条巷子就到了。徐宅后院有座高高的藏书楼，道爷到了地方准能认出。”

汤显祖道了谢，便依那汉子指引，跨过拱桥，穿过青石小巷，果见前方有一座飞檐翘角的楼阁。

不用说，那里定是徐家老宅。汤显祖三步并作两步，绕到了前面，大袖一撩，哐哐打门。

不大一会儿工夫，院门分左右洞开。徐家主母王孺人在一名丫鬟的陪同下，出现在汤显祖面前。

还没等汤显祖表明来意，王孺人便轻轻一招手。旁边丫鬟会意，忙从荷包里摸出一把铜钱，径直塞在汤显祖手里。

汤显祖托钱在手，掂了几掂，有些不解：“这是何意啊？”

那丫鬟冲汤显祖上下打量了一遍，抿着嘴笑道：“老道长只管安心收下，我们家老夫人持斋礼佛，曾发下善愿，凡有僧道上门化缘，多少都要帮衬一把。”

“拿老夫当要饭的了？”汤显祖嘴里嘟囔一声，却不客气地将铜钱纳入怀中，“这位想来便是徐老夫人了。嘿嘿，正所谓积善之家必有余庆，老夫人有这副好心肠，徐氏一门定当宅户安宁、家业兴旺哪。”

王孺人脸上露出和蔼的笑容：“多谢道长吉言了。”

“不谢不谢。”汤显祖一边摆着手，一边抻着脖子往院里看，“振之小友呢？怎不见他出来迎接老夫？”

王孺人一怔：“道长认得犬子？”

“岂止认得，我们还相熟得很呢。”汤显祖笑道，“我姓汤，与他振之小友可谓忘年之交。”

王孺人恍然，赶紧下阶相迎：“原来是汤老先生到了。振之前几年自京城回来后，便时常提起你……汤先生莫怪老身怠慢，快请进屋坐。”

“叨扰叨扰。”汤显祖拱拱手，大摇大摆地入了院中。

等到了厅上，各分宾主落座。汤显祖饮了一口丫鬟呈来的香茶，又急急问道：“振之小友和馋丫头呢？他俩又出去游山玩水了？”

“那倒没有。”王孺人摇了摇头，“这阵子他们小两口都在家中，不过也没闲着，整天弄些绳索、竹篾、布匹的研究，说是要制什么‘无虞伞’。今天一早，我见他俩带着东西偷偷摸摸地出了家门，估计又是去搞那种玩意儿了。”

“无虞伞？”汤显祖大为好奇，“何为无虞伞？”

王孺人道："汤先生少安毋躁，待老身慢慢讲来。是这样，舍下有座'万卷楼'，里面存着徐家祖上传下的各种书籍。振之这两年，喜欢待在楼中研读。有次他读到一本叫作《桯史》的前人笔记……"

汤显祖学富五车，稍加思索便道："巧了，这本书我也读过，是那岳飞之孙岳珂所著吧？"

"对。"王孺人赞道，"汤先生真是博闻。《桯史》中有一篇《番禺海獠》，里面说南宋时有个窃贼，曾爬到一座高塔中偷东西。结果被其他人发觉了，便堵住入口上塔抓他。谁知那窃贼提前备了两把雨伞，将伞撑开，从塔顶上一跃而下，最后竟平安无事地落到地上逃之夭夭。读完这段记载，振之大受启发，就和蝉儿用帆布特制了几把大伞，还取了名字叫'无虞'。"

汤显祖追问道："那这伞功效如何？撑着它从高处落下，真能令人平安无虞？"

王孺人叹了口气："差强人意吧……刚做出来时，振之曾撑着那种伞从墙上往下跳，可每次都摔了个鼻青脸肿。这两天，又听他说把那伞改进了一通，还拍着胸脯说，就算从万卷楼上跳下去也没事。起初我只当他仅是说说，不想昨日，却真撞见他背着那伞从楼上跃下。我大惊之余，不免责怪了几句。这不，今天他们索性背着我溜出家门，八成是另找地方，试验那无虞伞去了。"

汤显祖担心道："这小子还真是胆大包天，万一摔出个好歹来怎么办？我说老夫人，你这心也太宽了吧？既然知道他们出去试伞，就该赶紧派人把他们抓回来啊。"

王孺人无可奈何地笑了笑："没用的，振之的性子我知道。与其阻着拦着，倒不如让他放手去试。汤先生有所不知，振之小时候调皮，每回见了烛火，都想伸手去抓。当初我怕他灼伤，自然不允。

可先夫却将他抱到烛边，任他去抓那烛火。振之一碰到火苗，便疼得缩手大哭，可从那之后，他再也不吵着去摸烛火了。所以现在老身也想通了，他愿意跳就让他去跳，等摔得实在受不了了，他自然就能消停了。”

“真不愧是亲娘……”汤显祖小声感慨一句，又去摸身后背着的大竹筒，“瞧老夫这记性，光顾着说话，忘记让我的小乖乖透透气了……小乖乖，出来见过老夫人……咦？盖子呢？”

没摸到盖子，汤显祖心里“咯噔”一声，猛地从座位上跳起来，将那大竹筒翻来覆去地查看。

那筒腹空空，并无一物，汤显祖见状，破口惊呼道：“啊呀！丢了丢了，我把小乖乖弄丢了！”

王孺人也起身道：“汤先生是丢了什么？”

“小乖乖啊！”汤显祖急得抓耳挠腮，在地上转了几个圈后，突然一拍巴掌，“想起来了，入村前，老夫内急，曾在一处高崖下出了个恭，准是那时候不小心碰松了竹筒盖子……老夫人，我先去寻它一寻，等寻着了再回来！”

说完，汤显祖抬腿就往厅外奔。

王孺人一头雾水，跟在后面追了几步：“那汤先生慢些，老身先去安排厨下备饭。”

“不必太费心张罗，弄它个四盘八碗的也就是了！”

汤显祖扔下这句，便一道烟跑个没影儿。

江阴叫得出名字的山，共有三十三座半，山一多，也就不乏高崖。此时村外的崖顶上，站着一男一女两个人，正是那徐振之和许蝉。

二人身旁，放置着新改良出来的“无虞伞”。那伞面为细帆布缝就，以扎架的竹篾为骨，做成个倒置的大口袋形状。开口处悬着个大铁盆，盆里燃着松脂木炭。四角坠下几条绳索，索上还系有挂钩。那模样与其说是伞，倒不如说是个硕大的孔明灯。

与几年前相较，徐振之的身形健硕了不少，脸上的棱角也愈发分明。他一身劲装结束，肩头各戴了配有小圆环的臂箍；腰间系着一条皮质蹀躞带，带上五花八门，挂满了算袋、匕首、钩索、多宝囊等物。

徐振之傲立于崖顶，朝脚下的峭壁凝望一阵，又深深呼吸了几下，这才开口道："小知了，去瞧瞧好了没有。"

许蝉答应着，折了条树枝，从那火盆里叉出一根烤熟的玉米："嗯，闻着挺香，应该差不多了，振之哥你要不要尝尝？"

"那还用说？饿了半天了！"徐振之搓着手上前，张嘴便在玉米上咬了一口，"嘶……有点烫……"

"慢点儿，我又不跟你抢。"许蝉将玉米递到徐振之手里，自己又去火盆里扒拉出一根来吃。

这玉米烤得火候正好，一咬下去，甘甜的汁水顿时溅满口腔。转眼光景，一大根鲜嫩的玉米便落了肚，徐振之将吃剩的棒芯往火盆中一丢，扑了扑双手："吃饱了，也该做正事了。"

许蝉捧着半截玉米，不无担忧地看了那"无虞伞"一眼："要不算了吧。我瞧这崖的高度，三个万卷楼叠起来都比不上，万一……"

"你少说了两个字，不是万一，而是万无一失。"徐振之胸有成竹道，"这不，我已按着孔明灯的样子，给无虞伞加了个火盆。多了这股上升的力道，定能将那下落的降势缓和冲抵，放心吧小知了，保准没事的。"

许蝉还是秀眉紧蹙："可咱们也拿不准烧柴的量，要是烧出的热气太多，无虞伞像孔明灯那般只升不降，你不就飞到天上去了？"

"所以我才提前备了一条长绳。"徐振之笑笑，拍了拍腰间蹀躞带，"那长绳一端系在树上，一端连着这条腰带。就算无虞伞只升不降，我也能拽着绳子落回崖上。好了小知了，快些帮我准备吧。"

见徐振之打定主意，许蝉遂不再多说，只好替他把无虞伞下端坠着的几条钩索束成两份，分别扣在了他双肩臂箍上的小圆环上。

趁这工夫，徐振之也拿起系在树上的长绳一端，在腰间的蹀躞带上穿好挂牢。

等这些都弄好，那无虞伞也在热气的蒸腾下，渐渐地鼓胀浮起。见差不多了，徐振之慢慢地走向崖边，正抬腿欲跳，衣襟却被许蝉扯住。

许蝉惴惴不安："振之哥，我怕这一跳，就再也见不到你了……"

"别瞎想了，我这腰间不还系着绳子吗？再说了，我提前打探过，这崖底下还是一片松软的沙地……好了，快放手吧，再磨蹭下去，柴火就不旺了。小知了你只管等着瞧，郎君我给你来个飘飘欲仙！"

说完，徐振之轻轻挣开许蝉的手，伸腿一迈，跃下悬崖。

许蝉只觉眼前一花，徐振之的身影居然"呼啦"一下消失在她的视线中。一瞬间，许蝉的心骤然跳到了嗓子眼，脚底发软，脑中登时空白。

正呆愣着，崖下却传来徐振之的叫声："小知了别慌，我没事！"

许蝉猛打个激灵，赶紧抬眼望去，便见那无虞伞载着徐振之，又晃晃悠悠地飘了上来。

徐振之满头冷汗，看来方才也吓得不轻。可他好了伤疤就立马忘了疼，一见无虞伞真的能将自己托起，便乐得在半空中手舞足蹈：

“小知了你瞧，我像不像在凌虚飞升？”

“你还嬉皮笑脸，我都快吓死了！”许蝉眼中噙着泪花，气得抓起一块石子，作势就要丢过去。

“哎哎！别打别打！”徐振之慌忙摆手。

“你也知道怕？”许蝉“扑哧”一声，破涕为笑，把石子扔在一旁，“好了，别胡摇乱晃了，留心控伞吧！”

“好嘞！”

仿佛翱翔于天际，崖底的一切，尽收眼底。徐振之胸中热血奔涌，忍不住想要放声疾呼。

无虞伞又徐徐升起一丈高后，便开始贴着峭壁缓缓下落。徐振之见未出自己所料，就不顾许蝉拼命劝阻，从蹀躞带上取下匕首，割断了腰间连接的长绳。

没了束缚，徐振之更觉自在，索性把自己幻想成一个临凡的仙人，正踏着云朵，风度翩翩地降入红尘。

徐振之正异想天开，可许蝉却是提心吊胆，她伏在崖顶，探出脑袋，目不转睛地望着下面，在徐振之没有平稳落地前，始终无法心安。

不知不觉，徐振之已降至半山腰，他低头朝下望了几眼，想要估算下距离，可就在不经意间，却见下方那陡峭的崖壁上，似有个毛茸茸的东西缩了几缩。

徐振之仔细一瞧，发觉那是一只从没见过的奇怪小兽。它毛色赤黄交杂，扁头尖耳、粉鼻白颔，看上去似狐类鼠，一条三尺长的尾巴在屁股后紧紧夹着，瞪着一双乌溜溜的大眼睛。

那小兽团缩在一块凸起的岩石上，被山风一吹，瑟瑟发抖。也不知它是如何爬上来的，此时似被困住，上不来下不去，瞧着十分可怜。

徐振之动了恻隐之心，便想助它一臂之力，当身子又下落了几尺后，就伸手向那小兽抓去。

岂料那小兽根本不领情，一见徐振之抓来，居然“唰”地一跳，纵向了半空中。

还没等徐振之为它担心，那小兽胁下竟展开一双肉翅，尾巴一摆，便浮空滑翔起来。

说来也巧。与此同时，正好刮起一阵大风。那小兽禁受不住，被吹得在空中急翻两下，一头撞上了伞下挂着的火盆。

吃这一下，整个火盆登时斜翻出去，几块烧得通红的火炭迸入伞中，将那伞面生生烫出几个小洞。那小兽也撞得晕头转向，胡乱扑棱几下，便无力地掉落下来。

徐振之眼疾手快，一把将它抓住。可还没等他松口气，头顶传来的焦糊气味越来越大。紧接着就听“噗噗”几声闷响，无虞伞逐渐凹瘪撒气，徐振之身子猛地一沉，整个人打着急转，向下方直直坠落。

“振之哥！”

许蝉的惊呼声响彻山野，也把刚赶到附近的汤显祖吓了一跳。他循声抬头，正好望见徐振之裹着一团白影，从半空中生生摔下。

“坏了！”

汤显祖大惊，忙施展轻功，朝徐振之坠崖处疾奔。等到了地方，便见徐振之仰在沙地上一动不动，只露着两条腿，头脸皆覆在无虞伞下，似是盖着一层白布。

“振之小友，你可别吓老夫啊……”汤显祖一把扯开无虞伞，见他双眼紧闭，赶紧去摸他的颈脉。可刚一摸完，便见徐振之胸前还趴着个同样双眼紧闭的小兽。

只一眼，汤显祖便悲从中来，“扑通”跪倒在地，哭得一把鼻涕一把泪：“啊呀……小乖乖哪，你好狠的心呀，怎舍得让老夫白发人送黑发人啊……”

哭到动情处，汤显祖双臂大挥，连拍带打，躺在一边的徐振之大遭池鱼之殃，身上结结实实地挨了他几巴掌。

受这么几拍，徐振之咳嗽两下，迷迷糊糊地睁开了眼睛：“汤……汤先生？”

汤显祖却置若罔闻，一口一个小乖乖哭叫着，泣不成声。

徐振之一阵哆嗦，险些肉麻得背过气去，费力地抬起手来挥摆两下：“别号了汤先生，我还没死呢……”

“谁哭你了？老夫早就知道你没事！”汤显祖白了他一眼，继续呼天抢地，“呜呼哀哉，痛杀老夫也！小乖乖啊小乖乖，你睁睁眼，好歹再见老夫最后一面啊……”

正在这时，许蝉也从崖上踉踉跄跄地赶了下来。走近看见徐振之直挺挺躺着，汤显祖又在一旁哭得上气不接下气，许蝉只当自己的夫君已罹难身亡，顿觉五内俱崩，身子摇了几摇，倒在地上不省人事。

“小知了！”徐振之急了，拼命挣扎了几下，“我被绳索缠住了没法动，汤先生你速去将许蝉救醒！快啊！”

“哦？”汤显祖回过神来，赶忙一抹老脸，从地上搀起许蝉，朝她脸上轻拍，“醒醒！馋丫头，醒醒！”

徐振之气得高声叫道：“别拍脸，掐她人中！”

“对对，老夫急糊涂了。”汤显祖依言照做。

不多时，许蝉“嘤咛”一声，醒了过来，一认出汤显祖的模样，眼泪便哗哗涌出："老糊涂……我振之哥他……"

徐振之怕她伤心过度再次晕厥，连忙大喊道："没死没死，你振之哥我好好的！快些把我解开，还能活蹦乱跳呢！"

听到徐振之的声音，许蝉猛地爬起，一面拭着激动的泪水，一面将他从乱绳中解出。

见汤显祖还拉着一张哭丧脸，许蝉照他屁股上就是一脚："你这老糊涂，明知振之哥没事还鬼哭狼嚎的，成心想吓死我吗？"

"谁吓你了？"汤显祖眼圈又红了，哽咽道，"老夫哭的是小乖乖，这些日子里，它与老夫朝夕陪伴、相依相随……如今却是阴阳两隔……"

"这就是你的小乖乖吧？"徐振之站起身来，把那小兽托在掌上，"它也没死，汤先生你瞧，那胸口还在起伏着呢。"

"真的？快给老夫瞧瞧！"

原来那小兽生性胆小，又撞又摔的，直接吓晕了过去。此刻多少缓过劲来，眼睛半眯着，小爪不时动弹一下，显然是没什么大碍了。汤显祖见状，乐得一蹦三尺高，匆匆接过那小兽抱在怀里，左一个心肝，右一个宝贝。

瞧汤显祖那副宠溺的样子，徐振之与许蝉互视一眼，齐齐打个寒战。

许蝉盯着那小兽看了半天，好奇地凑过去问道："老糊涂，这究竟是个什么玩意儿？"

汤显祖小心地抚摸着那小兽的脑袋："没见过吧？它叫鼯鼠，也便是传说中的'夷由飞生'！"

许蝉没太听清楚："什么鼠？"

"应该是鼯鼠。"徐振之伸出手指，在那小兽的腹上挠了几下，

“那《尔雅》的‘释鸟篇’中曾有记载，说世间有种鼯鼠，状若小狐，像蝙蝠般生着肉翅，食火烟、善攀爬，能仗着肉翅自高处滑翔而下……我本以为那只是前人臆造出来的，不想今日却一睹真颜。早知它是会飞的鼯鼠，我之前也不用多此一举了。汤先生，这异兽你从何处得来？”

汤显祖得意道：“异兽嘛，自然是有异人送来，专程孝敬老夫的。”

许蝉瞧得有些眼热：“什么异人？他那里还有没有？这小东西怪讨人喜欢的，我也想要一只养着玩儿。”

“都说是异兽了，肯定十分稀有了。就这一只，还是老夫趁他……”汤显祖话一多，险些说漏了嘴，赶紧干咳几声，岔开话头，“那啥，也不用细打听了，或许不久之后，你们便可与那异人一会。对了振之小友，你快检查一下，看看身上是否有伤。”

徐振之活动了几下手脚，发觉仅左臂有点隐隐作痛：“貌似就胳膊扭了一下，应该没什么大碍，最多有些瘀青罢了。”

汤显祖道：“那不怕，之后老夫让小乖乖多拉点屎来给你吃，不出三日，那瘀伤准能好……”

“老糊涂你可真是讨厌！”许蝉气呼呼地打断，“这么久没见，还是那么老不正经！”

“老夫可是一片好心，”汤显祖满脸委屈，“这鼯鼠的粪便，叫作‘五灵脂’，正是一味活血化瘀的灵丹妙药啊。当然用的时候得晒干研末，热乎的难免会有些怪味道……”

徐振之一阵反胃，急忙摆手道：“好了，一点皮外伤，就不劳汤先生挂怀了，回头我自己去抹些跌打药酒便好。忘记问了，汤先生是因何到了此地？”

“是啊老糊涂，”许蝉也道，“你这般神出鬼没的，干啥来了？”

“此事一言难尽。”汤显祖将鼯鼠收回大竹筒中，又拍了拍肚子，“这里不是说话处，走吧，令堂喊你们回家吃饭呢。”

王孺人虽勤俭持家，可但凡有贵客临门，出手向来不会含糊。不光整治出一席琳琅满目的菜肴，还捧上了一坛当地有名的黑杜酒。

美味毕陈，鲜香四溢。一踏进家门，许蝉和汤显祖便齐齐提起鼻子，异口同声地喊了句“真香”。

徐振之笑道：“看来我娘备了不少好菜，咱们有口福了。汤先生，请吧。”

“走走走！”

汤显祖一面抹着哈喇子，一面与许蝉争先恐后地奔入厅中。

见他们进来，王孺人忙递箸让座。汤显祖也没客套，撅起屁股往桌前一蹲，接过筷子便大快朵颐。

许蝉笑道：“老糊涂还是跟以前一样，一见好吃的就像饿狼遇上羊、苍蝇见了血……”

“这孩子，”王孺人嗔道，“汤先生好歹是前辈，蝉儿你别没大没小的。”

“没事没事，老夫又不是外人。”汤显祖吃得腮帮子上油光锃亮，大手一挥，倒有些喧宾夺主的架势，“来来来，大伙不用客气，坐下一起吃。”

王孺人笑着摇了摇头，同徐振之和许蝉各自入席。

待诸人坐定，丫鬟便端着个大托盘走来，先将些青菜、豆腐之类的素食送呈王孺人面前，又给其他人各上了一碗热气腾腾的馄饨。

汤显祖守着满桌的大鱼大肉，对那看似寻常的馄饨自然提不起兴致。

许蝉从馄饨碗里舀了一勺，边吞边道：“老糊涂，这么好的东西你怎么不吃？”

汤显祖夹起一截烩鳝段塞在嘴里，嘿嘿笑道：“馄饨司空见惯，老夫还是省下肚子，多吃些别的佳肴吧。”

“此番汤先生可是走眼了。”徐振之微微一哂，又道，“来我们江阴，若不尝尝这碗‘刀鱼馄饨’，那可真算是虚有此行了。”

“刀鱼馄饨？”

“不错。这刀鱼为扬子江特产，与鲥鱼、鮰鱼并称‘江阴三鲜’。将刀鱼周身细刺剔除后，再把那嫩滑的鱼肉剁碎成糜，佐以韭末、姜茸调和为馅，最后包上薄面皮入沸水滚几个开，方得这般美味珍馐。不瞒汤先生说，在振之眼中，这刀鱼馄饨堪称‘天下第一鲜’。每次离家远行，心心念念的都是它的滋味。”

“是吗？那老夫可得尝尝！”汤显祖说着，便端起碗来一嘬，刚嚼了几下，就觉一股醇郁的香味在舌尖绽开，顿时赞不绝口。

许蝉打趣道：“怎么样，我就说你不识货吧？老糊涂你慢些吃，别把自己的舌头也咽下去了。”

汤显祖也顾不上跟她理论，端着碗“吸溜吸溜”一通狠嘬，转眼工夫，就将整碗馄饨连汤吞入肚中：“啊呀，真是过瘾！”

见他吃得香甜，王孺人也十分高兴：“起初还怕这饭菜不合汤先生的口味，现在看来，倒是老身多虑了。振之，再斟些黑杜酒让汤先生尝尝。”

“好。”徐振之取过酒坛，往汤显祖面前的斗笠盏中倒了些酒浆。

盏中酒水视若胶墨，汤显祖啧啧称奇，呷了一口，感觉绵软中还带了一丝甘甜：“这种颜色的米酒，老夫可是头一回见。不错不错，好喝好喝。”

徐振之笑道："此酒亦是江阴特产。这里面还有个典故，传说'酒仙'杜康曾在江阴城东隐居，一日正于灶前忙活，恰逢好友刘伶到访。杜康只顾着待客，却忘了锅中还煮着糯米，这么一耽搁，糯米便被煮糊了。望着一锅黑乎乎的焦米，杜康感觉弃之可惜，就琢磨了一番，拿这锅焦米酿造成酒。因这酒是杜康所创，色泽又是黑中透亮，所以命其名为'黑杜酒'，也正因如此，本地才有了'江阴黑酒饮三碗，醉倒刘伶整三天'的俗谚。"

汤显祖赞道："振之小友，数年未见，你这口才见长哪。有美食佳酿，又有故事可听，这顿饭真是吃到老夫心里头去了。嗯，既然你有这嘴上天赋，不如老夫把那说书的本事传授于你？"

徐振之赶紧摆手："汤先生错爱了，你那嘴上功夫我可学不来。对了，这黑杜酒还有理气养血、舒筋活络之功效，汤先生既然喜欢，不妨多饮些。"

"不学算了。"汤显祖撇撇嘴，"若论活血通筋，这酒可比不上小乖乖所屙的粪便。"

许蝉秀眉一蹙："老糊涂，这可是在饭桌上，你还让不让人吃东西了？"

"小乖乖？"王孺人回想前事，不由得关切道，"这么说来，汤先生丢的东西找着了？"

"找着了。"汤显祖取来竹筒打开，"小乖乖快出来，让老夫人好好瞧你一瞧。"

话音刚落，那鼯鼠探头探脑地钻了出来，见眼前有一堆汤显祖吃剩的骨渣饭粒，嗅了几嗅，用前爪捧了便吃。

它这副憨态可掬的样子，把王孺人逗得眉开眼笑："难怪汤先生叫它小乖乖，果然十分乖巧。振之，你旁边有碟松子，抓一把去喂喂它吧。”

岂料王孺人连唤了数声，徐振之却始终未应。只见他怔怔地望着桌上鼯鼠，好像陷入了沉思。

许蝉见状，便偷偷伸出脚来，轻踢了徐振之几下：“振之哥，怎么突然发起呆来了？娘叫你呢。”

“哦？”徐振之回过神来，“娘有何事吩咐？”

“还吩咐什么，我自己来吧。”王孺人站起身，抓了把松子喂给鼯鼠，“振之，不是娘说你。平时你研究这个、琢磨那个也就罢了，可吃饭时总不能魂不守舍的吧？”

徐振之诺诺连声：“娘教训得是……”

在母亲面前，徐振之低眉顺眼，宛如一个逆来顺受的小媳妇儿，许蝉与汤显祖互望一下，乐得捂着嘴直偷笑。

王孺人轻咳一声，又转向许蝉：“还有你，蝉儿，别以为娘不知道，今日振之溜出去试那什么无虞伞，还是你帮着望风、抬东西的。对了，那无虞伞呢，怎么没见你们带回来？”

怕母亲担心，小两口早已约好，不将从崖上摔落之事说出。故而徐振之稍加思索，避重就轻道：“经过尝试，我发现那无虞伞有些不尽人意，所以就弃之不用了。”

王孺人大松口气：“丢了好，丢了好，那般危险的东西，就应该早些丢掉……”

徐振之看着那鼯鼠，眼中似燃起了一团火光：“不过失之东隅，收之桑榆。无虞伞虽未获成功，可汤先生这只鼯鼠却给我带来了新的启发。你们瞧，它之所以能从高处滑翔而下，全仗胁下那一双肉翅。若我照葫芦画瓢，在衣袍上缝出一对‘布翼’，或许也能御风而翔。嗯，就这么定了，之后我得多观察观察那鼯鼠，争取早日研制出一套‘翼装’来穿！”

王孺人本以为他能消停一阵，谁知却是按下葫芦浮起了瓢，怔了半晌，才叫了声“阿花”。

边上伺候着的丫鬟赶忙上前：“老夫人有何差遣？”

王孺人轻叹道：“家里那些跌打药不多了，你再去镇上的医馆里多抓些来，咱们提前备足了，或许过阵子振之用得着。”

酒足饭饱后，诸人又撤菜换茶，聊了些闲话。王孺人年事已高，徐振之担心时间一久，母亲会困顿乏力，便让她先行回房小憩，自己和许蝉则带了汤显祖，转去别院下榻。临行前，汤显祖怕携带不便，又将鼯鼠托付给徐家的丫鬟照看，千叮咛万嘱咐，这才随徐振之出了家门。

这别院距离徐家老宅差不多十余里地，原是徐氏先祖建来消暑的地方，如今被徐振之重新修葺一番，改成了躲闲会友的“归游居”。

此去归游居，走水路最为便利，沿那条贯穿村中的河道驶至下游，再经半里地即可到达。

三人刚到河畔，便见岸边泊着一艘乌篷船。一名汉子正蹲在甲板上，低头摆弄着一个大鱼篓。汤显祖二话没说，抬脚蹦到了船上。

船只猛然晃动，上面的汉子赶紧抬头一瞧，不禁笑了：“我当是谁，吓我一大跳。”

认出是之前那位热情的指路人，汤显祖也乐了：“原来是你呀，一日之内，两度相逢，可真算是缘分了。嘿，你那鱼篓里不少大鱼啊，看咱们这么有缘，不如送几尾给老夫算了……”

许蝉好气又好笑：“振之哥你瞧，这老糊涂时刻不忘占人家便宜。”

徐振之笑着摇了摇头，冲那汉子道："我们要搭船去我那别院，不知赵四哥是否方便？"

那汉子一挥手："咱们徐二公子开了口，就算不方便也得方便，上船上船！"

待三人都上来后，那汉子将橹一摇，乌篷船便缓缓开动。徐振之和许蝉好端端地坐在船头，汤显祖却不老实，双手扒在那只大鱼篓上，像个老馋猫似的，望着篓内鲜鱼垂涎三尺。

"这条好肥。嗯，那条肚子鼓鼓的，里头鱼子肯定少不了……"

见他样子十分不雅，许蝉都替他害臊："老糊涂你能不能消停一会儿？不是刚吃了中午饭吗？"

汤显祖打个饱嗝，摸着圆滚滚的肚子道："中午是吃了，可晚上不还有一顿么……不得不说，你们这里好吃的真不少。"

船尾汉子闻言，插话道："老道爷说对了，咱们江阴算是鱼米之乡，光是各类河鲜，一年四季吃下来，月月都不带重样的。"

"月月不重样？"

"那是，我说来你听听就知道了。"那汉子掰着指头，如数家珍，"正月塘鲤肉头细，二月桃花鳜鱼肥，三月团鱼补血气，四月鲥鱼加葱须，五月白鱼挑肚皮，六月鳊鱼鲜似鸡，七月鳗鱼酱油焖，八月鲃鱼食肝肺，九月鲫鱼腹塞肉，十月草鱼打牙祭，冬月鲢鱼头笃汤，腊月青鱼专吃尾。"

"乖乖，听着都诱人！"汤显祖擦了擦哈喇子，"还好老夫吃得饱，若是空着肚子，没准能让你给馋死……"

余人听罢，不由得开怀大笑。乌篷船也顺势划开水面，荡起一道道涟漪，众人载着粼粼细波，赏着浮光掠影，泛流而下。

不出半个时辰，河道豁然开阔。放眼望去，岸上苍峦绵延，有如一抹浓黛，一所粉壁青瓦的宅院坐落其间，相映成趣、互得益彰。

还未等乌篷船停稳，汤显祖便抢前冲到鱼篓边，挑取两尾大鱼拎在手上:“船家，这两条肥鱼老夫可拿走了，钱找你们徐二公子要。”

那汉子笑道：“瞧道爷这话说的，既然是徐二公子的朋友，便休提什么钱不钱的，只管拿去尝鲜。”

徐振之摆摆手，从怀中摸出几枚铜钱递去：“赵四哥的美意，振之心领了。已劳你驾船送我们过来，若再白白生受这鱼，振之会于心不安的。”

汉子哪里肯接，只是推来攘去地客让。

徐振之不由分说，直接将铜钱塞入他手中。不等那汉子还回来，徐振之转身疾跃几步，脚尖在船头一点，整个人竟如惊鸿掠水，翩然落至岸上。

见徐振之上岸，许蝉微微一笑，也跟着提气一纵，轻盈地跃到徐振之身边。

汤显祖怔了怔，很是欣慰：“嘿，能耐都见长啊。瞧老夫给你们露一手更厉害的！”

说完，汤显祖双足一顿，身形陡然间高拔，在空中疾打了三个旋后，便飞燕游龙般扑向岸边。

可他光顾着显摆轻功，却忘记手上还拎了两条大鱼。兔起鹘落间，大鱼拼命扭身挣扎，湿漉漉的大尾巴齐齐狂甩，一先一后地，狠狠拍在了汤显祖那张老脸上。

只听“啪啪”两声脆响，汤显祖登时被打蒙了，胸口真气一松，身子再也提不住，“呼啦”往河面上坠去。两条肥鱼也趁机挣脱，钻入水底，远远逃遁。

还好汤显祖武艺超群，急忙将腰肢一弓一挺，凌空翻个跟斗，借势往岸边靠了丈余，这才没直接跌入河中。饶是如此，他两只脚还是未能踏在实地，最后落入了岸边浅水里，被溅了个满头满脸，一身河泥。

汤显祖赶紧从淤泥里拔出腿来，狼狈地爬到了岸上。

许蝉笑得前仰后合："老糊涂，你这招'双鱼掴面'新奇得很，真是让我们大开眼界。"

汤显祖掩面长叹道："别提了，都怪那两条杀千刀的臭鱼，老夫的脸全被丢光了……"

怕他太过难堪，徐振之忙笑着递上一条手帕："人有失手，马有失蹄，汤先生的本事我们是清楚的，就算偶有意外，也不必放在心上。"

"阴沟里翻了船啊。"汤显祖接过手帕抹了抹脸，又向船上的汉子道，"船家，这事就咱们几个知道，你回去后可别拿着当笑话传！"

那汉子哈哈笑道："放心吧，保证不传。对了老道爷，你挑的鱼跑没了，我再从篓里拿些送你？"

"都拿走都拿走！"汤显祖气呼呼地摆手道，"还吃什么鱼？这阵子老夫连见都不想再见！"

辞别了船家，三人便快赶一阵，进了那"归游居"。此处极为宽敞，屋舍连栋，高甍栉比，单庭院就有数亩之阔。院中挖着莲池，池畔堆着假山，几丛翠竹掩映在曲折的回廊下，显得分外雅致。

行在这清幽之境，汤显祖大觉心旷神怡，奈何脚上的湿鞋子发出"呱唧呱唧"的刺耳动静，略嫌美中不足。

见汤显祖满身泥泞，徐振之便先带他去浴房洗漱。等他沐浴更衣后，整个人干净了不少，瞧着也顺眼多了。

这“归游居”顾名思义，为出游归来所居之处。东院一轩，几净窗明，是为徐振之研读各类书籍所用；而西院尚有一大阁，里面置着排排木架，架上陈列着各色物什，像什么太湖的玲珑石、宜兴的紫砂壶、苏州的双面绣，等等，五花八门。至于湖笔端砚、吴扇杭伞，更是琳琅满目、不一而足。

望着这一排排物什，许蝉颇为自豪：“这些东西，都是我从各地带回来的。”

汤显祖摇摇头：“说振之小友老夫还信，可依馋丫头的品位，这架上陈列的怕就不是什么清雅之物，而是些泥猴叫虎、面人糖猪了。”

许蝉妙目一瞪：“你这老糊涂总这样不着调，泥猴叫虎还罢了，那面人糖猪不出几天就化，你给我摆个看看？”

徐振之赶紧打圆场：“故而我家娘子一买到面人糖猪，便纳入腹中‘珍藏’，又看又玩还能吃，也不失为一桩雅趣。”

“不错嘛振之小友，你现在是愈发会疼媳妇儿了。”汤显祖笑罢，又朝架上瞧了几眼，发觉其间还摆着一对胖墩墩的泥娃娃。

那对泥娃娃涂着粉彩，男童脑袋上留个“茶壶盖”，女童头顶梳成两个髽髻，皆抱着一只青饕小兽，眉开眼笑、憨态可掬。汤显祖见多识广，自然知道这是无锡惠山特产的泥塑——大阿福，他越瞧，越是喜爱，忍不住走上前，伸手抚摸起来：“好一对金童玉女啊。对了，振之小友，你和馋丫头成婚得有四五年了吧？怎么还不要娃娃呢？”

汤显祖无意一问，却戳中了小两口的心事。原来，自那年从京城返乡后，许蝉便觉身子有异，请来大夫一把脉，方知是有了两个月的身孕。可她先前历险奔波，胎气受损，纵有百般调治，最终还是小产了。待歇养过来，许蝉仍是元气大伤，而后也没少寻医问药，却一直不见喜信传来。为这事，许蝉总是闷闷不乐，徐振之怕她憋出心病，便有意偕她出去游山玩水。这些年来，夫妇二人登泰岳、拜孔林、泛舟太湖、谒孟母三迁故里……先后游历了不少地方。那对大阿福，便是二人去惠山时特意挑的，想借此讨个吉利，怀个一男半女。只可惜那大阿福也不怎么灵验，小两口一直摆到现在，依旧未能如愿。

许蝉默默望着那对可爱的大阿福，眼神有些黯淡。徐振之支支吾吾，也不知该如何作答。

汤显祖老于人情，一瞧二人模样，便知他们是有难言之隐，遂不再细问，岔开了话头:“那啥，这里气流不畅，咱们去别处转转？”

许蝉本就是个洒脱性子，这几年下来，已然慢慢看淡，明白有些事强求不来，不如顺其自然。于是她敛了敛心神，冲着汤显祖粲然一笑:“好，那咱们就去厅上说话吧。”

与别处一样，正厅的布置也十分淡雅。两排竹桌竹椅，四角花几上摆着数盆兰草，正北设一张翘头长案，案后墙壁上，高悬着一幅青绿山水。

汤显祖看罢山水画，又见两侧各挂了一屏书法卷轴，便饶有兴致地去瞧。这两幅墨宝书写得苍劲有力，运笔如铁划银钩，显然是出于方家之手。只是每幅字上仅写了题头，落款处却无书者名号，只印了一方闲章。

汤显祖越瞧越满意，遂指着左边那屏念道：“宿雨溪流急，扁舟向晚移。山因泉得胜，松以石为奇。楼阁高卑称，园林映带宜。

幽探殊不尽，策杖自忘疲。嗯，好意境，好手笔。”

许蝉与徐振之互视一眼，笑而不语。

汤显祖又转向右边：“相思成契阔，相见即绸缪。短榻陪云卧，高斋听雨留……咦？这倒怪了……”

徐振之不解道：“何怪之有？”

汤显祖摇头晃脑道：“这首诗题为‘雨夜宿徐振之宅中’，分明是赠予你的。可老夫读其内容，却有些像是爱意绵绵的情诗。你们看，这里面又是相思又是榻卧的……哎哟，可不能再想下去了，这人谁啊？写得也太露骨了。”

徐振之啼笑皆非：“汤先生不妨猜猜看。”

汤显祖看一眼许蝉，继而摇了摇头：“馋丫头那手臭字老夫见过，她断然写不出这种好字……难不成振之小友还在外头找了个相好的？啊呀，振之小友，不是老夫说你，那种事得藏着掖着，这般堂而皇之地挂出来，怕是不妥……”

许蝉抬腿就是一脚：“老糊涂你想哪儿去了？什么相好的，这是我爹爹写来送给振之哥的！”

汤显祖揉着屁股，讪讪一笑：“原来是令尊的手笔，难怪龙飞凤舞的，嘿，真瞧不出，他们翁婿感情这般好。”

“是啊，”许蝉轻叹一声，幽幽道，“他俩只要凑在一块，不是论诗就是品酒，聊得别提有多投机了。上次我爹喝多了，还非要拉着振之哥义结金兰呢。”

话刚说完，便听见厅外传来一阵急促的脚步声。紧接着门口身影一晃，一人踏入厅来。

那人年约五旬，头上戴着皂条襦巾，身上穿着交领直裰，一举一动，率直洒脱，颇有些魏晋风度。一瞧见徐振之，他便笑呵呵地走上前来："馆甥啊，你可让我一通好找。"

在吴地方言中，馆甥即是女婿的意思。汤显祖听他这般称呼，便知是徐振之的岳丈许学夷到了。

果不其然。徐振之见了那人，便笑着一揖："不知老泰山前来，小婿有失远迎。"

"你我何须客套？"许学夷摆了摆手，"我先去的府上，亲家母说你来了归游居，这不，我又匆匆赶到这儿，见那院门开着，就径自进来了……哦，蝉儿也在？"

许蝉撇了撇嘴："您老人家总算瞧见我了。"

许学夷又朝边上一望："那这位老先生是？"

汤显祖拱了拱手，笑道："老夫汤显祖，幸会你许夫子了。"

许学夷先是一怔，继而恭恭敬敬地施了一礼："先生大名，如雷贯耳，我仰慕已久，今日终能一睹尊颜了。江阴后学许伯清，见过汤海若汤博士。"

"哟？"汤显祖奇道，"你还知道老夫曾经的官名？"

许学夷笑道："据后学所知，汤先生任过太常寺博士，还主事过南京礼部祠祭司，不但工于古文诗词，且天文地理、医药卜筮无一不精。"

听父亲如此说，许蝉不由得对汤显祖刮目相看："原来这老糊涂之前没有吹牛……"

"这还用说？"许学夷正色道，"汤先生弱冠中举，才名远播。想当年，权相张居正欲将其子安排及第，恐太过惹眼，便想寻访少年名士以作陪衬。张家人曾两度找到汤先生，许以重金厚诺。可汤先生以一句'吾不敢从处女子失身也'，断然拒绝了招揽。此事一经传出，四海之内哪个不称赞汤先生高洁？直至张家失势，汤先生方肯出来为官，可其时官场黑暗，汤先生不愿同流合污，屡番上疏针砭时弊，朝廷却置之不理。汤先生失望之余，便挂印解绶，愤然辞官，时人皆誉其为‘狂士’！”

“什么狂士？”汤显祖哈哈一笑，摆手道，“许夫子不必往老夫脸上贴金啦，那会儿他们送老夫的名号是‘狂奴’。不过昔年那些事迹被你一提，老夫自己听了也颇为自得啊，这就对了，没事多给馋丫头讲讲，省得她老是小觑于我。还有，老夫虽痴长你几岁，可跟你那振之贤婿却是平辈论交，所以你也不必一口一个后学，听着怪别扭的。”

“既然汤先生不拘俗礼，那伯清依命就是。”许学夷说完，忽然一拍脑袋，“瞧我这记性，只顾着说话，却冷落了另一位客人。贤契啊，你光在外面干等着，也不知道提醒我一声。”

“听世伯在屋里聊得正欢，小侄便没敢打扰。”话音刚落，厅外又走来一名面如冠玉的年轻士子，“常熟钱谦益，见过汤老先生、见过蝉儿小姐和振之兄。”

徐振之等人还礼后，又朝这钱谦益仔细打量。只见他一袭白衣，眉目俊美，乌黑的发髻上别了一根翠玉簪，修长的手指间，还把玩着一把檀香小扇，举手投足，香气四溢，说不尽的风流、道不完的潇洒。

“嘿，还香扑扑的？”汤显祖提起鼻子嗅嗅，冲许学夷道，“你这钱贤契本就生得细皮嫩肉，再这么一捯饬，瞧着比那寻常的女娃娃还标致呢。”

“见笑了。”钱谦益唇角微微一扬，接言道，“似汤先生这种饱学之士，就算是放浪形骸，亦可腹有诗书气自华。然晚生不肖，才疏学浅，要想附庸风雅，唯有在行头上稍稍花点儿功夫了。”

“不必自谦。”许学夷插话道，“诸位有所不知，这钱贤契年少有为，在去年的殿试上，还高中了头甲的探花。”

“中了探花郎？那可比老夫这个三甲二百多名的同进士强多了。”汤显祖搔了搔头，把眼睛一瞪，“哼，方才还说什么才疏学浅，你小子莫不是在讥讽老夫？”

“岂敢岂敢，”钱谦益淡笑道，“汤先生的事迹，晚生也有所耳闻。当年首辅张太岳为其次子嗣修登科，曾笼络过两名才俊。一名是先生你，一名是宣城士子沈懋学。汤先生不屑结交权贵，可那沈公却禁不住诱惑，投靠了张相，最后果然与张嗣修一并高中头甲，分别成为万历五年的状元和榜眼。想那沈公与张家二郎的才学，怎及先生万一？故而晚生以为，汤先生虽无状元之名，却有状元之实！”

有道是千穿万穿，唯有马屁不穿。钱谦益这通话虽不显山露水，却将汤显祖拍了个心花怒放：“好好好，这小钱有前途。不错不错，老夫很是看好你啊！”

见他乐得手舞足蹈，许蝉有些不屑：“被两句恭维的话一捧，就得意忘形了。这老糊涂真是越老越没样儿，若不是爹爹亲口说出，我才不信他年轻时还有过那般豪爽之举呢。”

汤显祖不以为忤，反嘻嘻笑道：“馋丫头，这你就不懂了。年纪越大，越要活得舒心。老夫都这把岁数了，喜欢听些好听的又无伤大雅，小钱，你说是不是？”

钱谦益小扇一摇，点头道：“甚是。再说那皆为汤先生的风云往事，绝非晚生胡编乱造、信口雌黄。”

许蝉瞥了钱谦益一眼，小声嘀咕了句“马屁精”。

徐振之恐他听见不喜，忙咳嗽几下转开话头：“钱兄金殿提名、位列三鼎，想必已然有官职在身了吧？”

不想那钱谦益长叹一声：“去年得中探花后，便授了翰林院编修，本以为能借此机缘平步青云，岂料家父却突然过世。没奈何，我只得回乡丁忧守制，现在与你振之兄一样，不过一介白衣罢了。唉，先父死得真不是时候……”

看到徐振之眉头皱了起来，钱谦益又轻描淡写道：“振之兄怕是嫌我太薄情了吧？恕谦益心直口快，这人固有一死，逝者已矣，生者如斯，若是太过执着，反倒显得有些虚假了。况且我寒窗苦读，原本就是为了做官，哪怕去地方上当个良吏，也能造福一方百姓。如今却困于乡野，空有一腔抱负无法施展，叫我如何心甘？”

徐振之淡然一笑，未置可否。

见气氛有些不尴不尬，许学夷便开了口：“世间百态，人亦如此，有的雄心宏图，有的淡泊名利。要我说啊，这人各有志，无须强求，只要恪守本心，别违了道义便是。对了馆甥，这谦益的台甫为‘受之’，与你的表字有一字相同，这也不失为缘分，日后你俩多多亲近。”

“这么巧？”汤显祖转念一想，便将胳膊搭在徐振之肩头，“老夫名为‘显祖’，而你大号‘弘祖’，不也有一字相同吗？来来来，振之小友，咱俩先亲近亲近吧。”

经这通插科打诨，氛围登时融洽了不少，诸人又客让一番，各自在竹椅上坐了。

因这归游居内未设仆役，许蝉便去烧水烹茶，分别用瓷盏盛了捧来待客。见盏中茶水沏得太满，徐振之唯恐许蝉烫了手，便赶紧起身，替她端了为客人呈上。

钱谦益见状，笑道：“振之兄这般怜香惜玉，难怪蝉儿小姐会如此倾心。”

徐振之摆了摆手道：“与其说怜香惜玉，倒不说是相敬如宾。

想那为人妇者，相夫教子、侍奉公婆，本已不易。当相公的多体谅些，也是理所应当。”

许学夷闻言大悦：“我这馆甥说话就是入耳。怎么样蝉儿，爹爹当年的眼光不赖吧？”

许蝉心中也甚是欣慰，遂冲徐振之嫣然一笑，灿若桃李。

钱谦益借着喝茶，偷偷朝许蝉仔细打量起来。此时日影西斜，淡淡的阳光照进厅内，在许蝉周身朦朦胧胧地罩了层暖色，更显绰约秀丽。钱谦益又看了几眼，心里莫名其妙地生出一丝妒意：“唉，我倒是羡慕振之兄，有蝉儿小姐这等如花美眷。”

许蝉哪听得出他的言外之意，不禁有些奇道：“我瞧你也老大不小了，怎么还没成家？”

钱谦益摇摇头：“早在数年之前，我便有了一房妻室。”

许蝉又道：“那这次怎么不带你的娘子一起出来玩？总待在家中是会把人憋坏的，你可别学那种陈规滥矩，非得让你家娘子大门不出、二门不迈。”

钱谦益苦笑一声：“我非迂腐之人，岂会受那些世俗礼法所缚？只可惜拙荆生得粗眉厚嘴，带出来我面上也无光，不带也罢。”

许蝉不悦道：“出来玩跟模样丑俊有什么关系？她又不是你的一件衣服，你既然嫌弃她，当初干吗还要娶人家？”

钱谦益叹道：“当年娶她，是因奉了父母之命，我要能做主，断然是不肯要的。有道是窈窕淑女，君子好逑，日后若有机缘，我定当另觅妙颜佳偶，也不枉那探花及第的出身。”

许蝉哼道：“还好只是个探花，若被你中了状元，你不得学那陈世美啊？”

见二人越说越僵，许学夷忙道：“蝉儿，爹爹这茶都喝光了，你也不来续续水？”

许蝉白了钱谦益一眼，便提起水壶，将许学夷的茶盏加满。

许学夷呷了口茶水，又道:“聊了这么久闲话，也该说些正事了。汤先生，这趟你来到江阴，是有何贵干？汤先生？”

见汤显祖未应，余人扭头瞧去，只见他正低着头闭着眼，窝在椅子上打瞌睡。

“难怪没怎么听到他开口，原来是睡着了。”许蝉笑了笑，在他长胡子上轻轻一扯，“老糊涂，醒醒！”

“啊？”汤显祖睁开惺忪睡眼，“怎么，是到饭点儿了吗？”

“就知道吃，”许蝉嗔道，“我爹爹问你到这儿干啥来了。”

“干啥，当然是干一桩大事了。”汤显祖说着，拍了拍自己的肚子，“中午吃得不少啊，怎么又饿了，你们这儿是不是有好吃的？先给老夫弄点儿。”

许学夷笑道:“汤先生少安毋躁。来之前，我想着要跟振之小酌几杯，就命家仆回去整治酒菜，估算下时辰，也差不多该到了。”

没过多久，厅外便来了两个提着大食盒的童仆:“老爷，热乎的酒菜来了。”

“真是说曹操曹操到！”许学夷朝童仆招了招手，“来，速速送上厅吧。”

汤显祖眼望着食盒，垂涎欲滴:“许夫子，你这里头准备了什么好吃的？”

许学夷道:“眼下时令，江鲜正肥，故而我让下人烧了一桌‘全鱼宴’。”

“全鱼宴？”汤显祖傻了眼，“全是鱼，没别的菜？”

“既是全鱼宴，自然皆是各色鲜鱼。”许学夷不解道，“怎么，莫非汤先生是嫌鱼肉腥膻？”

徐振之摆手笑道：“那倒不是。岳丈有所不知，汤先生本来极爱吃鱼，可今日在河边，却遭了二鱼‘戏耍’，所以他一怒之下，放出狠话，说这阵子别说吃鱼，就连见都不想见。”

许蝉故意拎过食盒，在他眼前晃悠几下：“老糊涂，我们许家的厨子烹鱼可算本地一绝，你真的不想尝一尝？”

汤显祖义正词严：“老夫说出去的话，就像泼出去的水！我汤显祖把话撂这儿，今日老夫就算饿得变成张年画贴在墙上，也绝对不会向那劳什子鱼动上一筷子！”

“是吗？”许蝉笑了笑，将那食盒盖子揭开。

汤显祖鼻翼疾动几下，两眼顿时冒了绿光：“好香！”

许学夷见状，就吩咐童仆摆箸布肴，还没等说个“请”字，汤显祖便一屁股蹲在座位上，抄起筷子朝那鱼盘中又戳又夹。

其他人会心一笑，也纷纷围着桌子坐下。许学夷和徐振之一左一右作陪，而钱谦益恐被汤显祖溅上油污，便悄然远避，只挑了一处角落坐了自饮自用。

汤显祖有如风卷残云，转眼光景，就将一个盘中的煎鱼吃得只剩一条细长的骨头。

见汤显祖又伸筷往自己面前的鱼盘夹来，许蝉手腕一翻，用箸挡下了他的筷子：“老糊涂，方才是谁信誓旦旦，说是宁可饿扁，也不朝这鱼动一筷子的？”

“馋丫头别闹，”汤显祖涎脸涎皮道，“一筷子不行，那老夫多夹它几筷子总成吧？再者说，对那深恶痛绝的仇家，要寝其皮、食其肉。想老夫曾被恶鱼捉弄，那它们便跟老夫有仇，所以更得吃它们的肉，拆它们的骨，如此这般，方解老夫心头之恨！”

说完，汤显祖就把许蝉的筷子拨到一边，一面装出副苦大仇深的样子，一面将各色鱼肉狂塞猛填、狼吞虎咽。

余人又是一笑，便推杯换盏，各自吃喝不提。

汤显祖吃得急，饱得也快，不一会儿工夫，便心满意足地打个嗝，从鱼骨里拆出根长刺来剔起了牙。

徐振之也放下筷子，向汤显祖道："汤先生，之前我与岳丈屡番问起，你却总是语焉不详，如今吃饱喝足，也该告诉我们，你来此处有何贵干了吧？"

"这话说的，"汤显祖拖着长腔道，"没事儿老夫就不能来看看你们了吗？"

许蝉知道他的德行，不耐烦地挥挥手："别卖关子了，赶紧的！"

"好吧好吧。"汤显祖嘴上答应着，眼睛却朝左右瞥了几下，没再接着开口。

许学夷会意，先打发旁边的童仆退下，又指着钱谦益道："这钱贤契不算外人，汤先生不必顾虑，有话但讲无妨。"

汤显祖点了点头，将他那玄铁大扇"啪"的一声拍在桌上："这数年来，老夫东奔西走，皆是为了那'五脉'的事。"

"五脉？"

"没错。"汤显祖转向徐振之道，"几年前在那米脂县的酒楼上，老夫曾对你透漏过一些五脉之事，不知你是否还有印象？"

徐振之点头道："记忆犹新。不过当时汤先生所说的也不多，只告诉振之五脉源于洪武朝，是太祖从民间招揽了一些奇人异士，以金、木、水、火、土为基，组成的五支暗卫。"

许蝉插言道："我也记得。老糊涂还说，那每一脉，都设有头领，金脉的叫'器宗'，木脉的叫'林隐'，水脉的是'龙魁'，火脉的是‘炎尊’，至于土脉一支，则为‘地师’。”

“难为馋丫头也记得这般清楚。”汤显祖笑笑，又向徐振之道，“不错，自打靖难之役后，五脉的头领不愿继续侍奉新君，皆率手下归隐。此后二百年来，五脉传人四散凋零，渐渐在江湖上消失了踪迹。直至十年前，老夫应人一诺，开始云游四海，寻访现存的五脉传人下落，为如今的大明基业，寻得一分助力。后来好不容易查到了关于上任地师的线索，不想还是没能与豫庵公见上一面。”

徐振之稍加思索，又道："汤先生曾说，你并非五脉中人，却这般苦访五脉传人的下落，究竟是为了什么？”

“你们先瞧瞧这个吧。”汤显祖说完，拿起玄铁大扇，将那布质的扇面缓缓揭开，扇面一除，五根黝黑的扇骨便全然露出。

余人大为好奇，皆瞧得目不转睛，就连那角落里的钱谦益也站起身来，忍不住凑前观看。

汤显祖又伸指一拔，取下了连接扇骨的钉铰，而后再将五支扇骨一字排开，亮在诸人眼前。

只见每支扇骨都是头尖尾长，上面皆雕就云雷异纹，从左至右，依次刻了金、木、水、火、土五个古篆，俨然正是五枚号命群雄的令牌。

汤显祖一改往日的玩世不恭，手指令牌郑重地说道："当年那五支暗卫，合称‘山河五脉’，而老夫手上的这五枚玄铁令牌，便是统领五脉的‘山河令’！”

闻听此言，满堂哗然。余人重新朝汤显祖打量了一气，面上皆生出几分敬色。

许学夷当先一抱拳："原来汤先生竟是五脉之首，真是失敬了。”

“什么首不首的？”汤显祖摇了摇头，苦笑道，“老夫苦寻了近十年，现今连五脉的传人都没找全，就算想当头儿，也没法儿去当哪……”

许蝉眼睛眨了眨，突然笑道：“老糊涂，若我帮着提供些线索，你要如何来谢我呢？”

汤显祖托着腮低着头，连眼皮都没抬：“你指振之小友吗？嗯，他手中有玄铁尺‘镇厄’，还多少学了些豫庵公的本事，勉强也能算上是土脉地师的传人。”

许蝉摆手道：“我所说的线索，可不是指振之哥……”

汤显祖仍然提不起兴致：“那就是指石砫土司马千乘了，嗯，他是金脉器宗，还有个夫人叫秦良玉，性情豪爽、武艺超群，可谓巾帼英雄。”

“呀？”许蝉目瞪口呆，“你居然连秦姐姐都知道？你们啥时候认识的，我怎么一点儿也不知道？”

汤显祖撇了撇嘴，冲着许蝉和徐振之意味深长地一笑：“你们不知道的事情还多着呢。好了馋丫头，你也不用在那儿掰着手指头算了，如今这五脉之中，除去他们二人，‘炎尊’赵士桢和‘龙魁’俞百川老夫也已然找到，唯独那木脉的‘林隐’，至今打听不到究竟是何人……”

这话一出，徐振之和许蝉你瞧我、我瞧你，突然一同大笑起来。

汤显祖一怔，不解道：“你们笑什么？有什么好笑的？”

徐振之道：“真是无巧不成书。汤先生，其实你苦寻的‘林隐’没有远在天边，而是近在眼前！”

“啊？”汤显祖心下激动，“噌”地站了起来，“振之小友，你莫跟老夫开玩笑！”

“汤先生放心吧，我这馆甥没有骗你。”许学夷也微笑着立起身，“木脉这一代的林隐，正是由我许伯清担任。

第三章 群英会

踏破铁鞋无觅处，得来全不费工夫。见自己苦苦寻访未果的林隐，冷不丁出现在眼前，汤显祖一时哪敢相信？只是愣在原地，嘴巴空张了几下，不知该说些什么。

许学夷也不多言，从腰间悬挂着的布囊中取出一物。此物通体乌黑，最初不过数寸长短，可从两端节节展开后，却足足二尺有余。一端似长刀之刃，薄如蝉翼，瞧上去锋锐无比；另一端布满了犬牙交错的小尖齿，宛然一片利锯；中间的把手上，亦镌满了古朴的异纹，纹内工工整整，刻着两枚篆字——“定边”。

汤显祖伸出手来，哆哆嗦嗦地摸去，一碰到那物，玄铁特有的凉润触感便登时传至掌心：“是了……这确是木脉所承的玄铁圣物……”

许学夷点头道：“起初，这玄铁刃一直被我深藏着，除了亲家豫庵公，就连我自己的妻小都不知道它的存在。然而几年前，振之与蝉儿自京城回来，提及五脉之事，我隐隐感觉时机已到，便将身份说出。此后索性以布囊装裹携带在身上，权当是把压衣刀了。”

此时汤显祖又回想起刚到南旸岐村时所见的车船，再无它疑，大觉自己多年来的奔波没有白费，终于换来了五脉聚首的可能。一时间，苦辣酸甜、千滋百味齐齐涌上心头，情至深处，激动得无以复加，不由得热泪盈眶。

许蝉轻轻推了他一下，宽慰道：“老糊涂，这是好事呀，怎么还哭了？”

不说还好，被许蝉这一劝，汤显祖更是老泪纵横，他猛然趴在地上，冲西磕了几个头，又双手合十，仰天哽咽道：“一晃近十载，寸虚终归没有背弃当年之诺，达公吾师，你的夙愿，弟子总算帮你达成了！”

平里日，汤显祖不是疯疯癫癫，就是嘻嘻哈哈，哪曾见他这般真情流露？恐他哭出个好歹，许蝉忙掏出自己的绣帕，替他擦拭着眼泪：“老糊涂你别这样……地上凉，我扶你起来吧。”

“别管我，让老夫再哭会儿……”汤显祖一把夺过绣帕，捂在脸上接着号啕，“达公啊……寸虚虽没听你的话当和尚，可这些年来，却始终将你当师父看待……弟子没辜负你的厚望，你若有知，定能含笑九泉了……”

许蝉正要再劝，徐振之却悄悄扯了一下她的衣角：“小知了，这些年来，汤先生东奔西走，定然受了不少苦楚。如今得偿所愿，一时情难自禁，让他恣意地哭一场也好。”

“说得也是。”许蝉点了点头，遂轻叹一声，任由汤显祖继续感慨哭啼。

他这边哭天抹泪，那边钱谦益却摇起小扇，微微笑道：“看来这一时半刻，汤先生是宣泄不完的。咱们闲着也是闲着，不如我来说段趣事给大伙听听。”

“贤契你……”许学夷眉头一蹙，感觉有些不太合适，刚想拦阻，却见钱谦益冲他挤了挤眼，便将后面的话咽回了肚里。

钱谦益轻咳两下，在厅上踱起了方步：“是这样的，在我老家常熟，有个待字闺中的姑娘。这姑娘肤色很黑，体格又十分健硕，兼之平时不会打扮，从小到大，总被人称作‘假小子’。眼瞅着到了婚配的年纪，莫说是同龄的后生，就连媒婆也嫌她生得像男人，皆不愿意上门来保媒拉纤……”

许蝉亦为女子，听他这般说，不禁起了同忾之心：“我说你这人怎么回事？干吗总拿人家女孩子的样貌说笑？”

徐振之知他定有深意，便朝许蝉摆摆手，示意她继续往下听。

钱谦益顿了一顿，又接着讲道：“这姑娘虽生得丑，可也像寻常少女般怀春。眼见着身边姊妹一个个嫁了出去，她心里也着急了，便悄悄买来胭脂、唇纸，在脸上胡描乱抹了一通，想让别人也见识下她妆点之后的‘美貌’。谁承想她刚一上街，竟惹得周围邻居纷纷嘲笑，有的说她像母张飞、有的说她像雌李逵，反正说来说去，都不离那戏台上演的大花脸。这姑娘一听，心里十分委屈，哭着跑回家后，便坐在门槛上放声大恸。结果不出多久，她爹爹从外头喝得醉醺醺地回来，乍一瞧见她，愣是没认出来，走过去抬腿就是一脚，还边踢边骂，谁家的傻小子？偷穿我家闺女的衣裳不算，还哭得跟个娘们儿似的！”

听到这里，其他人还没怎么，汤显祖却忍不住“哧哧”两声，继而放声大笑：“哈哈哈，好你个小钱，我算听出来了，你这是在拐着弯儿骂老夫啊！”

钱谦益将小扇一收，笑着冲汤显祖作个长揖：“汤先生莫怪晚生出言无状，只是见先生涕泗交颐、不能自已，无奈之下，这才以此下策，来博取先生一笑。”

“你这小钱，鬼花招可真是不少，哈哈哈哈……”

见汤显祖总算敛了悲声，其他人也忍俊不禁。许蝉抿嘴笑着，将他从地上搀起：“一会儿哭一会儿笑，你这一大把年纪的，也不嫌害臊。”

“这有什么？大丈夫快意恩仇，想哭就哭，想笑就笑嘛。”汤显祖说着，用绣帕抹了抹脸，又使劲擤了把鼻涕，“好了馋丫头，这帕子还你。”

“别恶心人，”见那脏兮兮的绣帕递来，许蝉如避蛇蝎，“我不要了。”

眼见外边天色渐渐暗了下来，徐振之将厅上的灯盏尽数点亮，一群人重新坐回座位，打算秉烛夜谈。

此时，汤显祖情绪已然平稳，故而许学夷又开口问道：“汤先生，方才听你说什么‘达公’‘弟子’的，莫非也与五脉有什么渊源？”

“是啊。”汤显祖长息一声，将桌上的五支山河令串好，恢复成扇子的模样，“我知道你们有一肚子话要问，老夫也有一肚子话要说。山河五脉，同气连枝，这些去脉来龙你们也应该知道。这样吧，老夫就从头至尾地讲上一讲。”

余人皆直了直腰杆，准备洗耳恭听。

汤显祖点了点头，又一字一顿道：“尔等切要记牢，咱们山河五脉能走到今天，全仗了一位大德高僧。那位高僧俗姓沈，法名初为达观，晚年改称真可，自号紫柏老人。”

“紫柏真可？”徐振之与许蝉俱是一怔，“当年正是因紫柏大师留下四句法偈，陈矩公公这才去孝陵取得了《鬼母揭钵图》。”

“不错。”汤显祖接着道，“而后振之小友依那四句法偈，参破了图中之秘，这才远赴蜀地凌云山，帮本朝太子朱常洛寻到了大明的传国玉玺。”

许蝉挠了挠头：“行啊老糊涂，连这事你都查出来了？”

汤显祖得意地笑道：“早就跟你这馋丫头说过，老夫知道的事多了去了。”

钱谦益面无波澜，胸中却似翻起一阵巨浪。要知这钱谦益素来恃才傲物，先前因徐振之没有功名傍身，他面上虽然还算客气，可心里却有几分瞧不起。此时听说徐振之竟能与当朝太子攀上交情，方对他另眼相看。

汤显祖又道：“想我汤某一生疏脱，却幼得于明德师，壮得于真可上人，能遇这二位名师，此生亦无憾了。”

许学夷乃当世鸿儒，对天下名士了如指掌，稍加思索，便知汤显祖口中的明德师，正是那泰州学派的罗汝芳，心学大家王阳明的第四代传人。想到这儿，许学夷不由得赞道：“难怪汤先生少时便能以才文扬名四海，原来授业恩师竟是近溪先生。”

汤显祖颔首道：“正是拜明德师所赐，老夫十二能诗，十四补了县诸生，二十一岁那年，就以第八的名次中了举人。也正是那一年，因一番无心之举，成就了日后与达公紫柏大师的相会之机……”

原来，这二人的因缘，起于汤显祖的两首诗。按照惯例，地方府衙要于放榜次日，宴请新科举子和内外帘官，谓之“鹿鸣宴”。当年江西的鹿鸣宴，便设在南昌西山的云峰寺内。宴罢离寺时，汤显祖途经一处池塘，想要掬水洗脸，却不小心将头上的发簪坠入池中。因此事，汤显祖忽生感慨，见不远处竖着一堵照壁，遂取了笔墨，在上面题了两首诗。

其诗一曰：

搔首向东林，
遗簪跃复沉。
虽为头上物，
终是水云心。

其二为：

桥影下西夕，
遗簪秋水中。
或是投簪处，
因缘莲叶东。

后来紫柏大师游方至此，一见这两首诗便心生欢喜，感觉诗中暗合禅机，更流露出归隐之意。佛家最讲究缘法，于是紫柏大师四处寻访这个题诗人，想要度其出世。直到二十年后，紫柏大师终于在南京初会了汤显祖，一见面，便诵出那两首诗，又对汤显祖道了声“吾望子久矣”。

或许是缘分天定，二人一见如故，相交莫逆。亲晤之后，紫柏大师越发觉得汤显祖赋性慧根，便劝他落发出家，还主动帮他取了个法号叫“寸虚”。

听到这儿，许蝉“扑哧”乐了：“老糊涂，你还当过和尚？”

汤显祖赶紧摇头：“剃个光溜溜的大脑袋多难看？那时老夫一

心寻仙问道，便婉言谢绝了达公的皈依之请。达公真不愧为一代名僧，他见我不肯剃度，也不强求，先将那‘寸虚’的法号相赐，还说诸事随缘，日后我或许有看破红尘的那天。唉，不想直到现在，老夫也始终未能舍去这三千烦恼丝。”

徐振之宽慰道：“佛门广大，纳庇众生，汤先生素怀善念，又时常除暴安良，就算没有落发受戒，亦合了那释家的慈悲之道。”

汤显祖道：“老夫也是这么想的……当年老夫虽没拜在达公座下修禅，但这身武艺却是由他所传授，故而在老夫心中，一直将达公尊以师长。”

许蝉清楚汤显祖的本事，不由得对那紫柏大师好生相敬：“老糊涂的身手已然够厉害了，紫柏大师作为他的师父，岂不是更了不起？”

“那是自然。”汤显祖正色道，“达公年少之时，曾遇高人传功，习得一身高强本事。十七岁那年，他便仗着一腔侠气，远赴边疆杀敌立功。后来，达公自塞上而归，途径苏州阊门，入虎丘云岩寺投宿，夜闻明觉禅师诵经说法，豁然开悟，遂长跪佛前，受了具足戒。达公出家后，一身好功夫却不曾丢下，策杖游方时，也全靠了那身本领驱虎搏狼。而老夫自幼好武，得遇达公之前，本就会些拳脚。与达公相晤后，他见我根骨尚可，便将毕生功力倾囊相授。在达公的指点下，我突飞猛进，短短几年，功夫就小有所成。那时老夫正值气盛，曾背着达公，匿名蒙面，私下去挑战一些江湖门派。当然，那会儿老夫虽狂，但多少还有些自知之明，像少林、武当那种武学正宗，断然不敢去惹，可像什么神拳马家、俞氏连环腿之类的，老夫连斗了十几派，却是未尝一败。”

许蝉亦是好武，对这般武林旧事，不免有些神往：“能以一人之力，连败十几个门派……老糊涂，你当年真的好威风呀。”

“那可不！”汤显祖笑笑，又道，“若老夫当年一路斗下去，说不定还能在江湖上闯出个偌大名头。可后来达公察觉了，便赶在我与‘丹阳霹雳手’赵老爷子比试之前，将我逮了回去。经达公劝诫，我为之前的争强好胜大感羞愧，回寺之后，就主动跪在菩萨面前反思己过。见我能痛改前非，达公十分欣慰，遂留我于寺中住下，点拨佛法，参研武功。直到万历二十八年，朝廷征收矿税，派下的宦官也乘机扰民。达公虽身在佛门，但心系苍生，见百姓不堪重赋，便要入京面圣，打算劝得皇帝收回成命、废止矿税。”

钱谦益摇头道：“时至今日，那矿税仍未停止。更何况当年风头正盛，紫柏大师此举，不啻捋虎须。”

“是啊。”汤显祖叹道，“其时老夫得知消息，便赶紧劝阻，还送他两句诗——自是精灵爱出家，钵头何必向京华。可达公心意已决，以‘当断发时，已如断头’八字相回。唉，达公入京弘法后，虽得到李太后的赏识，可仍因主张废税，得罪了各色权贵，最终果然被卷入‘妖书’一案，受诬入狱、蒙冤身死……”

许学夷也长息一声，由衷道：“孔曰成仁、孟曰取义，紫柏大师为民请命，不计生死，当真是大慈大勇的伟丈夫。”

“诚然。”汤显祖点了点头，又抚摸着玄铁扇道，“其实当年达公欲动身上京时，已感觉自己大限将至，故而在临行前，将我招至他所住锡的禅院密会，把这‘山河令’托付给我，又对我说了五脉之事。”

余人不约而同地“啊”了一声，齐道：“原来如此！”

汤显祖继续道：“关于五脉的过往，大伙已然知晓。而这五枚山河令，同样是制作于洪武朝，皆由当年那块‘天外陨铁’所铸。

山河令可统领五脉，制成之后，自然是由太祖所持。而后太祖晏驾宾天，山河令便到了建文帝手中。然而建文帝登基后，对五脉这支来自民间的势力并不看重，而是积极部署军队、致力于削藩，最终引得燕王起兵靖难，输掉了江山……”

陡然间，许蝉想起昔年徐振之在大佛暗室中的一番话：“对了，振之哥通过查证，推断出当年建文帝并未死在战火中，而是只身逃出了宫城，最后在达州的中山寺落发为僧。”

汤显祖向徐振之望了一眼，以示赞许：“不错，正如振之小友所推断的那样，那会儿建文帝的确没死。当年他乔装出宫时，为图日后东山再起，便将五枚玄铁令随身携带。可当他做了几年和尚后，一来是受佛祖感化、雄心尽退，二来是见永乐帝将国家治理得不错，遂渐渐打消了复位的念头。可这山河五脉毕竟是太祖一番心血，建文帝不忍让它就此凋敝，于是在圆寂之前，把山河令传给了自己最信赖的弟子，并嘱托他暗中寻访五脉传人，待日后‘国无圣主、朝有奸佞’时，或许能助皇室一臂之力。谁承想这一寻，便寻了二百年哪！这山河令在释门中传了一代又一代，最终通过一名行脚头陀，传到了达公手里。达公生前时常云游四海，其实也是在暗中寻访五脉的下落，只可惜直到冒死入京前，仍没有一丝一毫的线索。当我从达公手中接过山河令时，见他满眼都是遗憾，为了让他能安心赴京，我便脑子一热，当着寺中佛像许下重诺，说是哪怕用尽毕生光阴，也要找出传人重振山河五脉，匡扶朝纲。不想今日，终于如愿了。老夫如今总算能松口气了，将来九泉之下，也有脸去面见达公了……”

说完，汤显祖不免又唏嘘一番。余人也暗自替他喟叹，想那前人寻了二百年都未能遂愿，现今却被汤显祖以一人之力完成，这其中艰辛，自是不言而喻。

想到这儿，许学夷起身恭拜："汤先生一诺千金，伯清实在是敬佩之极。这样吧，我先来表个态，木脉林隐，愿唯汤先生马首是瞻！"

"爹爹说得不错，"许蝉也抿嘴笑道，"这老糊涂虽然又懒又馋，还时常没个正形儿，可遇到大事却真不含糊。让他来当五脉的头儿，想必大伙都没话讲，振之哥，你说是也不是？"

"由汤先生出任山河令主，我自然是一百个赞成。"说到这儿，徐振之却将话锋一转，"不过名不正，则言不顺，故而我以为在这之前，咱们应召齐五脉举行一场盛会，当着与会诸人的面，共推汤先生为五脉之首，如此一来，汤先生这山河令主，才会顺理成章。"

"哈哈，振之小友跟老夫想到一块儿去啦！"汤显祖笑道，"但老夫有言在先，非是老夫贪恋那'令主'之位，只因五脉重创、百废待兴，所以老夫这才厚着脸皮当它一当，待之后五脉壮大了，老夫便即刻让贤，唉，那担子不好挑啊，有生之年，老夫还想着纵情山水、编书自娱呢……"

钱谦益道："汤先生何必自谦？由你执掌五脉，那是众望所归。正所谓能者多劳，振兴五脉任重道远，就算汤先生想偷懒，别人怕是也不答应。"

汤显祖又是一笑："对了小钱，老夫瞧你还挺机灵的，不知有没有兴趣，加入咱们山河五脉？"

钱谦益亦笑道："这次我专程来江阴会见许世伯，便是奉了东林先生之命，商讨加入木脉事宜的。"

"东林先生？这名号好生耳熟……"汤显祖自语几声，突然一拍巴掌，"莫非是那东林书院的顾宪成顾泾阳？"

“正是，”许学夷又惊又喜，“原来汤先生也知道他。”

汤显祖笑道：“岂止是知道，老夫与泾阳兄虽未谋过面，但前些年时常有书信往来，算是神交已久了。不光是他，似那‘景逸先生’高攀龙、‘闲适先生’叶茂才，老夫也曾频传尺素。”

许学夷与钱谦益相视一望，皆觉缘分天定。原来，这东林书院，始建于北宋，后来时过境迁，慢慢荒废了。到了本朝万历年间，吏部文选司郎中顾宪成因直言进谏，触怒了皇帝，被革职罢官。回到家乡后，顾宪成不甘独善其身，便同弟弟允成重修了位于无锡的东林书院，聚起一帮志同道合的人讲学议政、明理育才。

而汤显祖口中的高攀龙、叶茂才，亦是书院元老，与顾宪成、顾允成、安希范、刘元珍、钱一本、薛敷教等人，并称“东林八君子”。这批仁人志士，大多是触谏被贬的官员，在他们的影响下，东林书院名声大噪，引得各地的热血士子，纷纷赶来求学。不光如此，就连庙堂之上的重臣，不少也慕其风范，与书院遥相呼应，像那当朝首辅叶向高，亦以东林清流自居。

见书院在朝野中的声望越来越大，顾宪成亲自撰写了一副楹联，作为东林铭训，这便是后来被广为传诵的千古名联——风声雨声读书声声声入耳，家事国事天下事事事关心。

然而东林人主张开放言路，反对矿税掠民，并且在国本之争中，积极拥护太子朱常洛，早已引得万历皇帝不喜。幸而有各派人士多方周旋，朝廷这才暂时没有对东林书院下手。

汤显祖顿了顿，又向许学夷道：“这么说来，许夫子也属东林门下？”

“此事有些一言难尽。想书院创立之初，东林先生广招有识之士，听说我在江阴学界略有些微末的名头，不惜折节下交，亲赴寒舍来邀。”说到这里，许学夷朝许蝉望了一眼，“但我其时尚有些难以言说的顾虑，于是权衡再三，最终还是婉拒了东林先生的邀请。再后来，书院的名声越来越大，渐渐为朝廷所忌，书院门生众多，老成的还好，可那些年轻士子，正值血气方刚，稍有个看不过眼，便会发表过激的言辞，莫说是寻常大臣，甚至连皇上都敢当众批驳。有道是祸从口出，那些年轻人眼下虽孟浪了些，但将来或为朝廷的栋梁之材，我唯恐他们惹来无妄之灾，便主动修书一封，向东林先生细陈利害。东林先生阅后，深以为然，于是又与我商量出个法子，由我出面，在江阴办了家学堂，将那些口无遮拦的士子接来暂住，待他们养性修身后再重返书院，也算与东林一暗一明，互为依托。”

汤显祖点了点头，叹道：“许夫子此举，可谓用心良苦。”

许学夷摆摆手，又道：“与汤先生相较，伯清这点所为又算得了什么？我除了暗中为东林效力外，也时刻未忘了自己是木脉传人。可我膝下只有五个女儿，并无男丁来继承木脉的机关术、厌胜法等绝学。直到振之知道我的林隐身份后，颇感兴趣，倒是跟着我学了些木工机巧。但振之毕竟是土脉一支，总不能舍本逐末，所以我思来想去，再致信东林先生，跟他讲明原委，并请他帮忙从门下挑选一名可造之才来继我衣钵。这不，东林先生便派了钱贤契这棵天赋异禀的好苗子来。”

“世伯过誉了。”钱谦益拱了拱手，“谦益何来什么天赋？对于木脉绝学，唯尽心研习便是。振之兄先于我窥径，日后若有不明之处，还得向你多多讨教。”

徐振之急忙还礼，连称不敢当。

时至此刻，前因后果都已悉数弄清，眼瞅着山河五脉就要重新再创，五人皆是心潮澎湃，又凑在一处，商量起会盟事宜。

由于其他三脉现在别处，汤显祖又道：“金脉器宗、火脉炎尊、水脉龙魁的下落，老夫俱已悉知，只需写封书信招他们赴会便可。许夫子，你那手行楷着实不坏，就由你来执笔吧。”

“好。”许学夷当仁不让，即刻取来纸墨笔走龙蛇。转眼工夫，三封书信写好，许学夷自念了一遍，又送呈汤显祖过目。

汤显祖很是满意，正打算封缄，突然记起了什么：“许夫子，这信你还得再写一封。”

不单许学夷一怔，许蝉同样是十分不解：“眼下就金、火、水三脉不在，多出这一封信，是要送给谁的？”

汤显祖故作神秘：“自然是送给要送之人了。好了，都先别打听，许夫子，我念你写。”

许学夷点了点头，又取过一张信笺：“汤先生请讲。”

汤显祖稍加思索，便道：“见字如晤，请照前约，速来江阴南旸岐村归游居一会，知名不具。”

“还知名不具，这老糊涂总爱搞这些虚头巴脑的东西。”许蝉撇了撇嘴，“那现在信也写好了，怎么送过去呀，飞鸽传书吗？”

汤显祖哼道：“什么飞鸽传书，我瞧你这馋丫头才是虚头巴脑呢。能送信的鸽子得经数年驯化，还得熟悉两地路线，咱们这一时半会儿上哪儿找去？还是请你爹爹备几匹快马、派几个心腹下人，依照地址老老实实去送吧。”

待这些都弄完，五人依然没有丝毫倦意，又天南海北地聊了些闲话，直到三更夜半，才意犹未尽地散了，各自歇息不提。

翌日一早，许学夷便打发人奔赴各地送信。接下来的几天，五人皆在归游居住下，或是起草章程，或是品酒论诗，朝夕相处，其乐融融。

不知不觉，半月时光过去。眼见那约定的日子就要到了，众人又将大厅、客房收拾一新，只等其他三脉的群豪来临。

这日天刚放亮，南旸岐村外便踏来一队人马。打头一人锦衣华服，胯下一匹乌毛骏马。这人的头发胡须，皆是硬如短戟，根根朝外挓煞着，左目蒙了个眼罩，独存的右目中精光凌厉，一瞧便知不是什么善茬儿。

独眼大汉身侧，还有一人并辔而行。这人身上披了件大氅，透过领间袖口，隐隐泛出些绿光，似是贴身穿着鲨皮水靠。只见他面色发黄，双目微鼓，两只手掌又扁又大，活像一对小桨。

在这二马之后，紧跟着两名劲装汉子，一前一后，合伙扛了件长长的物什。那物什用锦布包得严密，打外头瞧不出是什么，可从那两名汉子所踏出的脚印来看，这肩头之物，分量显然不轻。再其后，还有十来个人。他们与那两名汉子打扮差不多，上身穿着绣有水纹的黑衣，下身打着裹腿，腰间鼓鼓囊囊的，各揣着兵刃。

又行了一阵，马上那独眼大汉突然伸了个懒腰，笑骂道："他娘的，在船上漂泊惯了，乍骑这马，反倒觉得有些不自在。"

那黄脸汉子点点头，又道："总舵主，属下有些想不明白，你放着大好的清福不享，却偏要听那汤老头摆布，远路风尘地从九江赶来江阴，究竟图什么？"

"图什么？这一来，五脉毕竟是祖宗传下来的心血，我作为水脉龙魁，理当过来凑凑热闹。这二来么……"说到这里，那独眼大汉摸了摸左目上的眼罩，笑得有些阴森，"早年间，我曾与那土脉徐家结下过梁子，现今听说那老的不在了，不妨在那小的身上找补找补！彭勇，待会儿到了地方，你跟弟兄们都给我铆足了劲儿，让那徐家小子，也见识下咱们的手段！"

那黄脸汉子捏了捏拳头，冷笑道："放心吧总舵主，属下定会让那姓徐的小子好看！"

二人正说着，突然打岔道口奔出个人来。他这冷不丁地冲出，险些撞在马前腿上，那彭勇急扯缰绳，这才生生止住了马。

待回过神来，彭勇已惊出了一身冷汗。定睛看时，却见面前站着个须发斑白的老者。这老者年近花甲，身后背个大竹箱，手里还握着个奇怪的拐棍，长胡子末端焦黄卷起，似是被火燎过。

不等那独眼大汉开口，身后那些劲装汉子已纷纷围上前来。

"你这老头嫌命长吗？若不是我们副寨主及时把马止住，你这把老骨头早被马蹄子踩碎了！"

"惊了我们总舵主的驾，快磕头赔罪去！"

这老者本就木讷，被他们一番推攘，愈发惶恐："我不是有意的……我眼神不太好，又迷了路……"

劲装汉子不依不饶："谁管你，赶紧赔罪！"

"哦、哦……"那老者说着，取了颈间挂着的水晶镜架在鼻梁上，眯着眼在人群里瞧了半天，"不知哪位是当家的？"

彭勇好气又好笑，当下打了两个响指："老头，你朝我这儿看！我身旁这位，便是咱们九江水寨的总舵主！"

那老者急忙拱手："这位总舵主，刚才实在是对不住。"

"罢了！"独眼大汉一挥手，又问道，"你这急匆匆的，是要到哪儿去？"

老者苦着脸道："我要去南旸岐村呀。"

那彭勇暗骂声"骑驴找驴"，故意逗他："这是北旸岐村，老头，你找反方向了。"

"还有个北旸岐村？多谢指点、多谢指点。"那老者信以为真，竟转身抬脚，打算往南再寻。

“真是个呆子……”彭勇刚笑了几声，忽然留意到那老者手握的“拐棍”，忙向那独眼大汉悄声道，“总舵主，你瞧他手上。”

独眼大汉一瞧，心里顿时打了个突，赶紧叫道：“老头且住！”

那老者一怔，以为他们还不肯放过自己，遂停步正色道：“我有言在先，赔罪是不打紧，磕头却是万万不能。”

独眼大汉没接他的话茬，只是一指那“拐棍”：“你手里拿着什么？”

老者有些犹豫：“这个……这个是把火铳，我拿来防身的……”

独眼大汉急问道：“可是玄铁所铸？你究竟是谁，跟火脉什么关系？”

一听他喊出这话，那老者又是一怔，赶紧架起那水晶镜，复向那独眼大汉仔细打量：“能认出玄铁铳，又知道火脉……你……你……”

“你什么你？”彭勇等得不耐烦，“我们总舵主，便是那水脉龙魁——俞百川！老头别啰唆，报上你的名号来！”

“原来是龙魁，那算是自家人了。”那老者松了口气，“哦，我叫赵士桢，是火脉的炎尊。”

“你这老头……居然是炎尊？”

一行人大眼瞪小眼地愣了半晌，哄然大笑。那龙魁俞百川又向赵士桢看了几眼，笑得有些轻蔑：“那个……老赵啊，你也是到归游居赴会的吧？怎么就一个人，难道说你那火脉现今不旺了？”

赵士桢老实，没听出他在冷嘲热讽，只是长叹一声，道：“是啊。原来我在京城做官时，还有人向我请教些关于火器的本事，可自打我触怒了圣上，被革职罢官后，那些人避犹不及，又岂会再与我来往？如今的火脉中，仅剩我一人，唉，我这身绝学，怕是要失传了……”

那彭勇撇了撇嘴：“不就是做两把火铳子打打鸟吗？算得上什么绝学了？”

“话不是这么说。”赵士桢摇摇头，认真地说道，“我研制出的那些火器，用来打鸟可就大材小用了，像那‘掣电铳’‘火箭溜’‘鹰扬炮’等，每样都能在战场上以一当百。只可惜眼下朝廷觉得四海渐安，便对火器不怎么重视了。唉，须知防患于未然，万一边境再起狼烟……”

彭勇哈哈一笑，打断了赵士桢的话：“这疆场杀敌，还得靠那真刀真枪的马步功夫，单凭你放两铳子、扔几个炮仗就能破敌取胜？你那牛皮吹得太大了。”

“怎么是吹牛皮？”赵士桢急得面红耳赤，“我不光研制出好多新火器，还在弹药配方上进行了改良，威力与以往那些不能同日而语。别说是不会武功之人，就算是个十来岁的孩童用了，都能上阵杀敌。”

俞百川笑道：“老赵啊，咱们没那闲工夫与你打牙逗嘴。这么说吧，若我这帮手下将你围了，你能凭着那什么劳什子火器制服他们吗？”

赵士桢想了想，使劲点了点头：“能。”

“放屁。”俞百川笑骂一声，又道，“就算你用那玄铁铳打倒其中一个，可不等你装填火药，其他人早一拥而上，将你剁成肉酱了！”

“我不用玄铁铳。”赵士桢说着，取下身后竹箱，从里面小心翼翼地捧出个层层包裹的小黑坛，“我用这个。”

“这是什么？”彭勇瞧得好奇，当即跳下马来，从赵士桢手中夺过那小黑坛。

“你千万拿仔细了。”赵士桢嘱咐一声，又道，“这叫‘霹雳弹’，只要用上它，哪怕人数再多一倍，也能把你们炸得粉身碎骨、干干净净。”

见他说得言辞凿凿，不光那些劲装汉子，就连俞百川心头都不由得一凛。

彭勇暗骂声“胡吹大气”，又朝着手里的小黑坛端详起来。这小黑坛沉甸甸的，里面想必塞满了火药之类的东西，坛口用一块牛皮密封着，导出条长长的引信。那引信头上，坠着一枚小巧的钢扣，钢扣中央，还嵌着一片薄薄的燧石。

赵士桢正欲详说这“霹雳弹”的威力，眼角一瞥，突然脸色骤变。原来那彭勇稀里糊涂地，竟伸指去拨弄那引信上的钢扣。

“不要碰！”

赵士桢再想阻拦，终归迟了一步。只听那钢扣“啪”的一声击在燧石上，登时迸出几颗火星。要知那长信中混着硫粉硝末，被火星一溅，立马被引燃，一边“哧哧”响着，一边急冒起白烟。

饶是彭勇胆大，也被这突来的变故吓了一跳，居然手捧那霹雳弹，愣在原地不知所措。

赵士桢急急回顾，发现不远处便有一条河道，当下也不管三七二十一，一把将那霹雳弹夺过，拼命朝河边狂奔。不等人到岸边，赵士桢便把胳膊奋力一扬，那霹雳弹在半空中划了个圆弧，“扑通”一声，沉入了河底。

那彭勇擦了擦额头冷汗，兀自嘴犟：“瞧见没？任它多厉害的火器，只要一遇上水，便全然无用。哼哼，自古水专克火，哪怕是炎尊，在咱们水脉龙魁面前，也得矮上三分……”

话还没说完，赵士桢又急匆匆地奔了回来：“快！都捂住耳朵、趴在地上！快啊！”

“什么？”

就在他们一愣神的时候，河中“轰”地爆出一声巨响，炸起了数丈高的水柱，白浪狂激、沙泥四溅，连同整个地面都颤了几颤。

让这振聋发聩的动静一惊，马都吓得人立起来，一迭声地嘶嘶哀鸣。俞百川昏头昏脑地被甩下鞍来，在地上躺了半天，耳朵里仍“嗡嗡”作响。

彭勇惊魂未定，后心早被冷汗溻透，幸亏两腿拼命支撑着，这才没有当场跌倒。再看那些手下，哪里还有先前那副耀武扬威的样子？皆瘫坐在地，一个个汗洽股栗。

过了良久，一行人才彻底回过神来。这时，俞百川耳朵里也能听见声音了，忙招呼了手下，赶到河边查看。

这一看之下，众人都不禁倒抽了一口寒气。只见那河底的淤泥全被炸得泛腾起来，将眼前的河面都染成了浑黑一片。黑水之上，漂浮着密密麻麻的白条，那是受爆炸波及的河鱼，齐刷刷地翻起了白肚皮。不光是河中，就连那岸边都被炸得崩塌了一大块，河水不住地灌入缺口，汩汩冲搅起浑浊的泥浆。

若非亲眼所见，一行人哪会想到那小小一坛霹雳弹，居然能有这般摧枯拉朽的骇人威力？要是方才迟个一时半刻，在场所有人定然会被炸个尸骨无存。想到这儿，他们不免都有些后怕，遂对那貌不惊人的赵士桢，收了小觑之心。

刚刚那声爆炸，不但动静极大，传得也是极远。村民们闻听巨响后，都不约而同地跑出家门，一边慌慌张张地议论着，一边聚集成群，向河畔赶来瞧个究竟。

当见到那处被炸过的河段，村民们齐刷刷傻了眼，又瞧俞百川等陌生人出现在此处，都围过去指指点点。

“这河里怎么了，好端端的怎么成了这个样子？”

“你们又是打哪儿来的，怎么从来没见过？”

五脉聚首，原是隐秘之举，诸人的身份，哪能随意说出？再加上村民们七嘴八舌，俞百川早被吵得心烦意乱，当即大手一挥。

那十来个劲装汉子会意，“唰唰”掣出兵刃，朝着那些村民便厉声呵斥：“没你们的事，赶紧散了！”

村民们被这一吓，倒是后退了几步，可依旧瞪着俞百川一行人，不肯离去。

那彭勇脾气上来，夺过一名手下的长刀，虚空劈砍几下：“都他娘的聋了？老子让你们滚，少在这儿赖着多管闲事！”

话音方落，王孺人便从人群里慢慢走了出来：“年轻人，话不能这么说。这里毕竟是我们的村子，见村中的河道被无缘无故地毁成这样，我们过来问上一声，怎么能叫多管闲事呢？”

赵士桢忖道，不管怎样，这事自己都脱不开干系，于是便满怀歉意，想要上前赔不是：“老夫人，这……”

不想那彭勇却伸手一拦，又把那明晃晃的长刀亮在王孺人眼前：“老太太，我懒得跟你嚼舌，你要是识相，赶紧带着人走；如若不然，嘿嘿，当心我手里的家伙不长眼！”

还没等王孺人开口，人群后却爆出一声娇喝：“长眼怎样？不长眼又能怎样？”

彭勇一怔，勃然大怒：“谁？别躲着，有胆给老子滚到前面来！”

“你姑奶奶来了！乡亲们快闪开，瞧我秦良玉不打得他满地找牙！”

村民们听这声音越来越近，急忙退向两侧，闪出一条道来。再听得一阵马蹄疾响，一名女子当先飞驰至切近。

这女子自然是秦良玉。众村民见她披甲提枪，端的是英姿飒爽，不由得暗喝声彩。在她马后，还有三骑紧紧跟随，打头那大汉虎背熊腰，正是那扛着玄铁锤的马千乘，身侧一左一右，为两名汉家打扮的白杆兵。

秦良玉不及下马，从鞍上直接纵起身，足尖又在马头上轻轻一点，整个人便矫健绝伦地跃至彭勇面前。

彭勇只觉眼前一花，当即抬刀斩去。秦良玉不慌不忙，身形一闪，调转了银枪，直取彭勇咽喉。

瞧那枪头陡然刺向自己的要害，彭勇赶紧撤身退避。岂料秦良玉将手腕疾抖，银枪便如长蛇吐信，频频挺刺，始终不离彭勇咽喉。

见彭勇被逼得步步倒退，俞百川尚能沉得住气，可那伙手下却瞋目切齿，纷纷抄了兵刃向秦良玉杀来。

对秦良玉的本事，马千乘心知肚明，遂与那两名白杆兵勒住了坐骑，压根就没想过要出手助阵。

而那十来个劲装汉子哪知天高地厚？为了在俞百川和彭勇面前出风头，一个个都把兵刃挥舞得呼呼作响，恨不能使出吃奶的力气。

可他们不等冲到秦良玉身前，便听耳边传来一声大喝：“不得造次！”

紧接着，密集的脚步声由远及近，汤显祖一行匆匆赶到。原来，汤显祖见时辰差不多了，便带着徐振之、许学夷等人出居相迎。可刚到半路，就听见那“霹雳弹”爆炸之声，一行人担心出了意外，忙放足疾奔，正巧遇上那水脉的手下意图向秦良玉围攻。

见是汤显祖等人，俞百川便朝手下们一挥手。彭勇向秦良玉狠狠瞪了一眼，这才与那十来个劲装汉子退到一边。

秦良玉抬眼一扫，原本含威带煞的凤目中，登时涌出笑意："汤老爷子、徐公子……哟，蝉儿妹妹出落得越发漂亮了！"

"秦姐姐！"许蝉欢叫一声，扑向了秦良玉，"我天天盼着，不知有多想你呢，咦，马大哥没一起来吗？"

"傻妹妹，这种事岂可少了他？"秦良玉拉着许蝉的手，笑着朝身后招呼道，"相公，还愣在马上做什么？快过来见见老朋友啊！"

马千乘瓮声瓮气地"嗯"了一声，跳下马来，大步流星地来到汤、徐等人面前。可他本就不善言辞，此时望着久别重逢的朋友，心里连高兴带激动，一肚子话却不知怎生开口。憋了老半天，竟把肩头玄铁锤一扔，嘴巴一咧，冲前抱了抱拳。

徐振之等自然明白他的心意，但一旁冷眼观瞧的俞百川，心下却犯起了嘀咕：这黑铁塔般的汉子手握玄铁锤，那丫头又称他"马大哥"，想必是金脉的器宗马千乘。可他光咧着嘴笑不说话，莫非是个哑巴？

汤显祖又望了一圈，总算瞧见了挤在人群中的赵士桢，不由得喜道："哟，常吉老弟也到了，别来无恙啊？"

"不怎么好。"赵士桢摇了摇头，苦笑道，"这阵子我在研究一种新式火药，总是配不准剂量，不光把胡子烧去半截，还差点把自己给炸死……"

汤显祖笑着往他肩膀上一拍："你赵常吉是火神爷，定准是炸不死的。"

许学夷见附近还有南旸岐村的父老，怕汤显祖言多有失，忙轻咳一声："汤先生，既然贵客到齐了，咱们有话，不如先回归游居再谈。"

经他提醒，汤显祖顿悟："极是极是，振之小友，你去跟乡亲们解释一下吧。"

徐振之点点头，走到村民面前，作了个四方揖："各位乡亲，这些朋友都是我请来的……娘，你怎么也在？"

王孺人由贴身丫鬟搀扶着，从人群里再度走出："之前，我们听到巨响，怕出了什么事，便和乡亲们过来瞧瞧。"

不等王孺人说完，秦良玉竟拉着马千乘急奔到徐振之跟前："徐公子，这位便是令堂？"

徐振之刚说个"是"，马千乘夫妇便和那两名白杆兵齐齐跪倒。

"石砫马家，代鱼木寨上下，叩见徐老夫人！"

王孺人一怔，赶忙去扶："你们都是犬子的贵宾，怎好对我行如此大礼？请快些起来吧，老身实在担当不起……"

"老夫人，我们石砫曾受过豫庵公大恩，别说是区区几个响头，就算是粉身碎骨也难报万一！"秦良玉说完，又冷冷剜了那彭勇一眼，"哼，早知是徐老夫人，我方才就不该手下留情。"

"我锤死他！"马千乘虎吼一声，从地上爬起来，提着玄铁锤就要奔向彭勇。

"马大哥息怒！"徐振之眼疾手快，一把将马千乘的后腰死死抱住。

可马千乘力气实在太大，就算身后挂了个人，仍然没碍着他继续前进。汤显祖见状，赶紧飞身跃至马千乘面前，两臂奋力齐推，生生挡下了他："马兄弟，瞧在老夫面上，不管什么事，且先放一放！"

听汤显祖也这般说，马千乘只得作罢，遂气呼呼地将玄铁锤一砸，复回到王孺人面前默然跪下。

见那玄铁锤居然将地面砸出个大坑来，莫说是彭勇，就连俞百川的脸色，也同样大变。俞百川暗忖：看来这器宗夫妇跟徐家渊源颇深，有这等强手环伺，想要去寻那徐振之晦气，倒有几分棘手。

徐振之哪知他在想什么，只是与母亲一起，去扶那马氏夫妇："马大哥、夫人，这里人多眼杂，你们就别让家母为难了。"

秦良玉心道也是，和马千乘再叩了三叩，便同那两名白杆兵一并站起。

村民们受那水脉威吓，原是不怎么敢吭声，这时见徐振之与其他豪杰交情匪浅，这才大起胆子，指着俞百川一行问道："徐二公子，你能不能帮我们问问，他们为啥炸了村子的河？"

"这……"徐振之一瞧那河面，便猜到定与炎尊赵士桢有关。但他一来确实不知具体缘由，二来不能向村民透露几人身份，脑子里疾转两下，只得随口扯起谎来，"这个嘛……其实是这样子的，振之为了款待这帮远道而来的朋友，便想要从河中捕些鲜鱼待客。诸位乡亲也清楚，振之做事，总喜欢取巧省力，嫌那渔网、钓竿太过麻烦，就去购了些烟花爆竹……"

"不错！"钱谦益心领神会，笑着走上前，替徐振之接着道，"振之兄此法，怪是怪了些，可一试之下，果有奇效。只是下人们往河中投时，捆绑的爆竹弄多了，这才发出了巨响，惊扰了诸位乡邻。振之兄，依我之见，不如将那河中炸出的鲜鱼，尽数分给乡亲们，就当是咱们向受惊的乡亲们致歉了。"

"如此甚好！"见钱谦益帮自己圆了回来，徐振之大松口气，"各位乡亲，那些肥鱼皆漂在河面上，你们自取便是。"

"哈哈，岂不是又沾了徐二公子的光？"

“那我们可就不客气啦！大伙走啊，下河捞鱼去！”

村民们到底质朴，一听说有鱼可分，哪还顾得上打听旁的？皆兴高采烈地向河岸拥去。

许蝉凑到徐振之身边，悄悄在他胳膊上拧了一下：“行啊，振之哥，我发现你跟那姓钱的混得一久，竟连骗人都不会脸红了。”

徐振之讪笑两下，又听王孺人道：“振之，娘还是那句话，你不愿说，娘不多问，只是你得记住，行事要有分寸。”

“是，孩儿明白。”

王孺人点了点头，再朝俞百川和彭勇看了一眼：“还有，结交朋友，须得慎之又慎，不能一味地拉帮结伙……”

“哎呀老夫人，”汤显祖嬉皮笑脸地蹭过来，“老夫吃的盐，比振之小友吃的饭还多，有老夫帮你看着他，还有什么不放心的？”

王孺人嘴巴张了几张，没再接话。边上的丫鬟阿花忍不住了，冲着汤显祖哼道：“老夫人不好意思开口，那我来替她讲吧。就是因为有你在，我们老夫人才不放心呢，你自己想想，自打你来后，这事就一桩桩、一件件的，今天那些拔刀吓唬我们的人，也肯定是你叫来的。我跟你说啊，你要敢让我们家公子去结交乱七八糟的人，我头一个告官抓了你，那小乖乖也别指望我再帮你养了！”

“哎哟！”汤显祖急得抓耳挠腮，“老夫像那种不靠谱的人吗？阿花姑娘，别的不说，这几天老夫尚有要事，小乖乖还得靠你多多费心哪。”

许学夷笑着上前，向王孺人道：“亲家母，就算你信不过汤先生，难道还信不过我吗？振之是我的馆甥，我这做岳丈的会害他不成？”

“亲家公言重了。”王孺人摇头笑道，“汤先生，阿花这丫头不会说话，你可千万别见怪。唉，当娘的都这样，总喜欢在孩子面前啰唆两句，既然你们还有要事，那老身就不多扰，这便告辞了。”

待王孺人离开后，徐振之等人便招呼着群豪赶往归游居。行在路上，由汤显祖引见，众人互道了名姓。听说那自称徐振之岳丈的许学夷，恰是木脉林隐，俞百川不由得将眉头皱得更紧。

此时没了村民在场，汤显祖就向炎尊赵士桢追问起河边爆炸的原委。那赵士桢向来老实，当下便事无巨细地，将怎生与水脉相遇、怎生阴差阳错地引燃霹雳弹翔实道出，就连彭勇等人如何飞扬跋扈、如何抽刀吓唬王孺人的事也没漏掉。

听完整个经过，不只徐振之和许蝉心中愤愤，其他人也纷纷望向水脉一行，目光里满是鄙夷。

那俞百川虽是草莽出身，可素来讲排场、好面子。被众人这一通盯瞧，他不免羞恼窝火。但转念一想，欺负妇孺毕竟大不光彩，理亏之下，却也不好发作。

不过，正如汤显祖所说，今日五脉难得重聚，徐振之顾念大局，遂长吐了一口气，心下渐渐释然。许学夷和秦良玉也是这般想法，见许蝉还气鼓鼓的，于是一个摸了摸她的头，一个挽起了她的手，有意无意地与水脉一行人拉开了距离。

回想起那河流被炸后的模样，徐振之对火脉炎尊的本事大为敬佩，遂走到赵士桢身边，与之攀谈。

徐振之涉猎颇杂，对火器之事也能说上个一二。起初，赵士桢以为他仅是寻常客套，便没怎么在意。可当徐振之提及翁万达、谭纶等人时，赵士桢却不由得瞪大了眼睛。

这翁、谭二人，俱为本朝嘉靖年间的兵法火器大家，素来为赵士桢所推崇，他一把拉过徐振之的手，欣喜道：“想不到你年纪轻轻，竟也知道那翁、谭二公。”

徐振之笑道：“那翁公以‘毒火飞炮’为本，研制出了‘飞礮炮’，后谭公再将‘飞礮炮’广泛配备于‘车营’，昔年我大明将士破虏抗倭，也皆赖此二公之力。”

“是啊。”赵士桢点了点头，目光又黯淡下来，“只可惜那北虏南倭平定后，军中对火器的依赖却一日不如一日了。更有甚者，认为火器、战车等物是懦夫才用的东西，不少边关将领还特意向朝廷上书，说什么‘辽东向习弓矢，置火器不讲，至于车营，则九边英锐，无不以为耻’。”

徐振之宽慰道：“眼下朝廷虽不重视，但还好有炎尊这等精于火器的行家在，相信总有一天，世人会改变态度，让火器在战场上重扬神威。”

被贬还乡后，赵士桢始终形单影只，满腹绝学却无用武之地，见徐振之言辞恳切，不禁大生知己之感，遂打开了话匣子，向他说起关于火器的心得体会。

这二人一个讲得滔滔不绝，一个听得津津有味。那俞百川等人从旁瞧见，却生了小人之心。他们本就怀着鬼胎，自然会以为徐振之是投其所好，故意装出一副热衷火器的样子，好拉拢炎尊赵士桢。

再行了一阵，群豪便来到了归游居。徐振之作为地主，忙客客气气，将他们尽数请到后花园中的一处花厅上。

这花厅临水而筑，三面草木拱簇，探出池畔的一面，用几根石柱支撑着。厅中也早已布置好了座次，每一脉都设了大小两张椅子，左侧为金、木两脉，右侧为水、火两脉，下首两个座位一大一小，却是徐振之留给自己和许蝉坐的。

每脉的座位间隔极宽，专为各家的门人所留。这次水脉所带来的手下最多，一见俞百川和彭勇大剌剌坐下，那些劲装汉子便赶紧拥到他俩身后，呼啦站成一排。

徐振之等人再寒暄一阵，各自在位置上坐定。因火脉仅有一人，赵士桢轻叹一声，将所携的竹箱放在身边空着的小椅上。童仆入厅献上热茶、点心后，又都知趣地退下。

如今厅上，皆为五脉中人，汤显祖这才踱步走到正北的条案旁，取了赤黄白黑青五色香点燃，毕恭毕敬地插在香炉中。

香烟袅袅中，汤显祖清了清嗓子："诸位，今日难得一聚，不如咱们将各自的玄铁圣物亮出来，也好让大伙相互瞻仰一番。"

众人齐道声好，依次上前，把所携的玄铁圣物斜靠在条案旁。

马千乘闷声不响，只是将玄铁锤竖着一摆，便返回了座位。秦良玉笑笑，替他道："金脉玄铁锤——固疆！"

"此乃木脉玄铁刃，名曰'定边'。"许学夷说完，把信物展开，紧贴玄铁锤而放。

俞百川朝身后使个眼色，两名手下赶紧将所抬之物拿到案前，拆开了其上包裹的锦布。"大伙好好见识一下，这便是咱们龙魁的玄铁桨——安澜！"

余人转头望去，只见那玄铁桨的桨板三侧皆开了刃，握杆的尾端，还铸着个波形长尖，施展起来，前可当朴刀阔铲，后可作蛇矛锐刺，其威力不容小觑。

等水脉的人退下后，赵士桢就把玄铁铳呈上："这铳子叫'破虏'，就是火脉的信物了。"

汤显祖点点头，向徐振之道："振之小友，只差你们土脉了，赶紧的吧。"

"好。"徐振之起身，在玄铁尺尾端一按，使得暗藏的长尖探出，“这把‘镇厄’，是我从先父豫庵公处所承。”

俞百川一见那玄铁尺，独目之中便满是怨毒。汤显祖也没留意到他的面色变化，只是将自己的玄铁大扇取出，置于条案之上：“好啊，人齐了，玄铁信物也齐了，咱们山河五脉，总算是团圆了。许夫子，你来说两句？”

许学夷会意，站起来作了个四方揖：“在座的诸位，有初交也有旧识，然而无论之前认不认识，咱们皆属五脉同宗。这些年来，五脉传人四散凋零，多亏了汤先生多方寻访，这才将我们重新聚到一块。客套话不多讲了，有道是群龙不可无首，为使咱们五脉光大，我许伯清提议，请汤先生出任山河令主、各脉之首，继续担任香主，不知列位意下如何？”

秦良玉当先道：“我相公不善言辞，我来替他讲吧。汤老爷子的声望、武功，良玉向来敬佩得紧，由他当令主，金脉绝无异议！”

“好！”许学夷又看向赵士桢，“敢问炎尊怎么看？”

“我也是同意的……”赵士桢刚点了点头，突然指着正北条案上的香炉道，“不好，那香要倒了，快扶住！”

汤显祖离条案最近，急忙回身去扶，可仍是迟了一步。炉中那支黄色线香猛地斜沉，擦着汤显祖指尖坠地，断成了数截。

这五色香象征五脉，是汤显祖专门准备的。赤色为火，白色为金，黑色为水，青色为木，那支倒掉的黄色线香，便是代表了土脉。

在这聚义会盟的关头，黄香却无缘无故地倒灭，可谓大大的不吉。一时间，厅上鸦雀无声，众人脸上变颜变色，皆怔怔地盯着地上断香，不知如何是好。

汤显祖稳了稳心神，又取了一支备用的黄香点好插上，冲北再拜了几拜，强颜笑道：“大伙不必惊慌，老夫掐指一算，才知是豫庵公显灵了。”

其他人没接话，实心眼的赵士桢却不解道：“这香自己断了，跟豫庵公有什么关系？”

“豫庵公是土脉地师嘛，他在天有灵，知道今日五脉聚首，便赶来凑热闹了。”汤显祖说完，再向北煞有介事地说道，“不过豫庵公呀，你也真是小孩子脾气，拜一次还不成，非得把香拨下来再受一次拜？好好好，逝者为大，老夫都依你，给你再鞠几个躬，别给我们捣乱了啊。”

听他说得俏皮，众人不由得会心一笑，笼在心头的那种不祥之感，多少消退了些。

汤显祖见状，咳嗽两声：“许夫子，咱们接着说正事吧。”

“好。”许学夷点点头，又道，“关于令主人选，振之之前也曾表过态，说他们土脉……”

“等等！”俞百川突然打断。

许学夷眉头一扬：“龙魁有何高见？”

“你们推举汤老爷子当令主，咱们倒也认了。”俞百川说着，朝徐振之瞥了一眼，“可方才汤老爷子刚提过，那土脉地师本是什么豫庵公徐有勉，徐振之无名无分，又有什么资格来代表土脉？”

秦良玉喝道：“姓俞的，你少在那儿阴阳怪气！徐公子为豫庵公之后，难道你不知？”

俞百川冷笑道：“咱们讨论的是选香主，又不是攀亲戚。诸位请想一想，其余四脉之首，或雄霸一方，或名震朝野，或依仗绝技独当一面。然而那徐家小子，我却瞧不出有什么过人之处。怎么，莫非因他是地师的儿子、林隐的女婿，就能与我们平起平坐了？没有这个道理！”

赵士桢摆了摆手："话不能这么讲。正所谓虎父无犬子……"

"那可未必！"彭勇插言道，"大伙还记得吗？在河畔时，他老娘不就一口一个'犬子''犬子'地叫着吗？"

王孺人称"犬子"乃是自谦，可彭勇这一通夹缠，意却在骂人。听了这话，不光是许蝉，就连秦良玉和马千乘夫妇也拍案而起。

水脉诸人有些发慌，皆不约而同地将手按在了兵刃上。

俞百川哼了一声："大伙莫怕，当着令主的面，他们还能合起伙来欺负咱们水脉不成？"

"就是！"彭勇胆气也壮了起来，正要再说两句逞能的话，耳边却听到几声轻微的异响，"什么动静？"

汤显祖眼珠一转，微微笑道："不用在意，八成是闹耗子。行了，老夫听懂了，水脉是觉得振之小友无能无势，不配与你们俞大龙魁相提并论是吧？"

俞百川忙道："不敢。在下只是觉得，由那徐家小子掌管土脉，实在难以服众，既然地师后继无人，不如另选贤良……"

话未说完，厅外便传来一声大叫："好臭好臭！我倒要进来瞧瞧，是哪些混蛋老在里头大放臭屁？"

众人一怔，齐扭头望去。只见一名侏儒，率着一群汉子大摇大摆地走进厅来。

那侏儒朝着俞百川啐了一口，便带着手下向徐振之单膝跪拜："土脉程五奎，率副手伍有德及麾下掘子军，参见徐香主！"

徐振之愣了愣神，赶紧去搀："各位兄弟快快请起，我们之前认识吗……"

程五奎笑笑："你不认识我们，我们却知道你。不瞒香主说，咱们听说土脉正缺人手，便自作主张，赶来给你凑数了。伍校尉，领着弟兄们去香主座后站好，给咱们香主撑住了场子！”

“是！”伍有德一挥手，带着手下退至土脉椅后。

这些新来的汉子皆穿着粗布衫，头脸上还沾了不少泥土，哪及水脉手下那般衣着光鲜？彭勇见状，不由得轻视道：“哼，还什么掘子军，不过一群乌合之众罢了……”

“又他奶奶的放屁！若我们是乌合之众，那你们便是绣花枕头！”程五奎说着，突然望见俞百川左目上的眼罩，乐了，“哈哈，原来也不全绣着花，这儿还有个打了块黑补丁的。”

听他说得俏皮，许蝉一个没憋住，“扑哧”笑出声来。

俞百川最忌讳这个，当即勃然大怒：“小矮子，你找死吗？”

那程五奎岂会示弱，头一昂、胸一挺：“独眼龙，你能把老子怎么样？”

“好了好了。”汤显祖强忍笑意，打起了圆场，“程五奎，你初来乍到的，少说几句吧。人家水脉的龙魁，正嫌你们徐香主没本事呢。”

“这独眼龙缺了一只眼，眼光自然不怎么样。”程五奎说着，朝徐振之一指，“我们徐香主的能耐大了去了，他只需跺一跺脚，你们水脉都得抖上三抖。”

俞百川怒极反笑：“还真是没瞧出他有这么大的本事。徐家少爷，既然那小矮子放出了大话，你好歹也露上两手，让咱们见识见识。”

“老子早就说了，对付你们，哪里用得着手？”说着，程五奎向徐振之使个眼色，“徐香主，你随便跺上一脚，让他们瞧瞧厉害。”

“跺上一脚？”徐振之见他与汤显祖一唱一和的，知这二人定然相识，虽不知他葫芦里卖的什么药，但想来定有用意。于是便抬起足来，朝地上轻轻一踏：“是这样吗？”

程五奎悄声道："使点劲儿。"

徐振之二话不说，提气一纵，又重重踏在地上。谁知那水脉一行仍好端端的，没见有半点异样。

彭勇等人哈哈笑道："原来你们土脉的绝学，就是在地上瞎蹦跶……"

那程五奎等的就是这刻，趁他们笑声未落，突然在徐振之腰上一托，同时打了个呼哨。

徐振之身子一抬，双脚又落在地面后，伍校尉也带着手下兄弟齐齐踏脚。水脉诸人还没反应过来，就听"哗啦"几声，身下的地面竟塌出一个大坑。

情急之中，俞百川赶紧在扶手上一拍，借力跃到了一旁，可彭勇等人却没这本事，"啊啊"怪叫着，连人带椅跌进了坑里。

程五奎挥手扇开扬起的尘土，朝那坑中瞧了一眼，得意道："这就叫兵来将挡，水来土掩，你们水脉想寻咱们土脉的晦气，哼哼，那可真算找错人了！"

原来程五奎手底下这帮掘子军，专擅刨坑挖洞。他们皆是汤显祖偷偷请来的，本想在大会上给徐振之一个惊喜，便提前藏在了这花厅之外。听得那水脉屡屡找茬，程五奎气不过，就与手下使出看家本领，暗中从池岸相接处打出一个洞，估准了方位，径直挖到了水脉座位底下。

他们拿捏得精准，那洞顶与厅上地板间，只留了数寸厚薄。水脉十几人站在上面本已勉强，再被徐振之与掘子军合力一踏，焉能不塌？而各脉间座次离得远，除去水脉出了大丑外，其他四脉并未受到波及。

见彭勇等人尚在坑中挣扎，徐振之大觉解气，可他望着自家花厅被弄出个大坑，不由得有些心疼："五奎兄弟……管挖还得管填啊，你们之后，一定要把这厅里地面恢复成原样。"

程五奎一拍胸膛："香主放心，包在我们身上。"

俞百川面色铁青，伸手将那彭勇从坑中拉出。其余手下也相互拉扯着，灰头土脸地爬将出来。

"奶奶的，无耻鼠辈，居然敢挖陷阱暗算老子！"彭勇狼狈不堪，心里十分窝火，左一个直娘贼，右一个王八蛋，嘴里骂个不停。

见他骂得难听，又加上他之前曾对母亲不敬，徐振之就算涵养再好，此时也不由得气愤："彭副寨主，你嘴巴最好放干净些！我敬你们远来是客，又与土脉同气连枝，这才一再忍让……"

"有种你翻脸！"彭勇一捏拳头，龇牙咧嘴道，"老子求之不得！"

"凭你也配跟我们香主动手？"程五奎说着，就要撸起袖子打去。

"五奎兄弟且慢。"徐振之抬手将他拦下，"对付这种人，我自有许多方法，你先退到一边吧。"

"这……"程五奎犹豫了一下，见徐振之一副胸有成竹的样子，这才道了声"香主小心"，依命退下。

彭勇习武多年，又是个好勇斗狠的性子，哪会将徐振之放在眼里？冷笑一声，亮起了架子："小子，让你个先手，凭你用什么手段，只要能近了老子的身，老子今后随你姓！"

"是吗？"徐振之稍加思索，见旁边桌上放着杯茶，便缓缓端了起来。

"真他娘的磨叽！还不放马过来……"彭勇话没说完，便见徐振之手腕一扬，他只当对方要出什么招式，赶紧将两臂一抬，严守自家门户。

岂料刚做好守势，一杯茶水便迎面泼来，彭勇再想躲闪，已然迟了，直接被连茶带汤，淋了个满头满脸。

彭勇在面上一抹，气得浑身哆嗦：“好小子，老子诚心实意地跟你切磋，你却敢来消遣老子！”

“此言差矣。”徐振之笑了笑，又接着道，“方才你说过，只要能近了你的身，无论用什么手段都行，怎么转眼自己却忘了？还好我记性不错，就先帮你把姓改了，称你一声‘徐大侠’。”

听到这儿，除俞百川和一众手下外，厅上群豪皆不由得窃笑。

“你……”彭勇脸上一红，又破口大骂，“老子说的是真刀真枪，没让你这死小子耍花招、使诡计！”

“徐大侠此言又错了。”徐振之不慌不忙道，“制敌之道，除用力外，还有用智。徐大侠莫要小瞧了那杯茶水，只因它是凉的，故而泼在身上不痛不痒。若换作是一杯滚烫的沸水，那此时的你，想必已然捂着头脸、躺在地上翻滚哀号了。所以我觉得，别管是花招还是实招，只要能制服对手，那便是管用的好招。”

彭勇听他一口一个“徐大侠”，显然是在羞臊自己，又被他一番“大论”驳得哑口无言，一张黄脸早已气成紫猪肝。此刻实在按捺不住，大吼一声，出招向徐振之攻去。

不得不说，这彭勇确有些真功夫。只见他一个箭步，便冲到了徐振之面前，与此同时，两臂早已运足了劲力，猛地沉肩垂肘，使出一招“双风贯耳”，朝着徐振之脸颊狠击。

在场不乏练武之人，皆知若被他这一招击实，徐振之面部必受重创。就在这千钧一发间，徐振之两臂疾抬，急忙护住了头脸，彭勇挥来的双掌，击在了徐振之的手腕上。

当彭勇突然发难时，程五奎、秦良玉等人本欲出手救护，可见此时徐振之安然无恙，反是彭勇捂着手掌似吃了亏，便放下心来，退回原地静观其变。

彭勇仅怔了一怔，立马故技重施。徐振之见他又以“双风贯耳”打来，也就下意识地抬腕去挡。

这一来，正中了彭勇下怀，他两臂刚切到半路，陡然变掌为拳，“嘿”地发一声狠，“砰砰”击在了徐振之胸口。

这两拳，彭勇已用上了全力，心道这小子就算不被打趴下，也定然会口吐鲜血。谁知徐振之只朝后退了两三步，面色仍然未改，彭勇的拳头却如同击在了坚硬的岩石上，反被震得肿起老高。

两番受挫，彭勇不禁心下大惊。这徐振之年纪轻轻，难道竟练成了“金钟罩”“铁布衫”一类的硬功夫？这念头只是一晃，彭勇便暗暗摇头，瞧他接招的动作并不怎么高明，怎可能会那般高深莫测的武学？

听那边程五奎等人喝起了倒彩，彭勇更是心焦意乱，遂不再多想，俯身踢腿，再往徐振之下盘用力抽扫。

见他横腿踢来，徐振之避也未避，只是屈膝沉腰、五趾抓地，将周身劲力凝于双腿，拿桩站了个拒马步。

对于自己的扫堂腿，彭勇颇为自负。不想一腿踢去，徐振之居然纹丝不动、稳如磐石，自己的胫骨上却倏地一麻，旋即传来一阵钻心的剧痛。

“啊呀！”彭勇疼得额头冒汗，赶紧抱着腿滚到一边，“死小子……你到底在身上藏了什么？”

“你总算发现了？下次可别这样冒失了，你拳脚再硬，也硬不过铁啊。”徐振之笑着摇了摇头，脱下外衣，露出了里面的护腕、胸甲。

彭勇恨得牙根痒痒：“你……你……”

“这能怪谁？我之前本想说的，你却一再攻来。”徐振之慢慢卸下那铁制的护腕和胸甲后，又从裤脚口里抽出两块沉甸甸的铁护腿，“这些东西，我平时就一直戴在身上，原是为了负重练功，倒不是针对你。”

“好，没了那些劳什子护身，老子看你还有什么能耐！”彭勇气急败坏地爬起身，扬拳挥掌，再向徐振之奋力猛攻。

彭勇虽连吃数亏，可在暴怒之下，出招的速度并没减缓多少。见那掌风很是凌厉，围观之人皆替徐振之捏了把汗。

徐振之倒是气定神闲，眼瞅彭勇的劲掌就要击在身上，他足尖一点，整个人已然轻飘飘地向后跃出一丈。

见徐振之竟能施展出这般轻灵的步法，程五奎等人又惊又喜，齐拍着巴掌、扯起嗓子高声叫好。

彭勇一击不中，挺身紧逼，两只大手忽掌忽拳、忽爪忽钩，一招快似一招。徐振之骤退骤闪，巧捷万端，任那彭勇的招式如何缭乱多变，愣是没被他碰到一片衣角。

越是打不中，彭勇心里越是焦急，眼睁睁看着徐振之在厅上腾转纵跃，却无计可施。再攻了数招，徐振之已然避到一根厅柱旁，彭勇一喜，急忙虚晃一招，封住了徐振之左侧的去路。

正如彭勇所料想的那样，见自己左侧被封，徐振之便转身朝右侧躲闪，可那根粗大的顶柱恰好在他右侧数尺内，就算不迎面撞上，动作也势必被阻得一滞。

“看你还能往哪儿逃？”机会转瞬即逝，彭勇哪肯错过，大手齐伸，便朝徐振之后背抓去。

情急之下，徐振之脚步非但未减，反而奔得更快，不等到了柱下，上半身便向后急急一仰，双足在柱身上“噔噔噔”横踏了几步，借力使了个“鹞子翻身”。

彭勇只觉眼前一花，身子却猛然间一沉。原来徐振之下落之时，便算准了距离，此刻不偏不斜，正巧落在了他的肩膀上。

立在彭勇肩头，徐振之嘴上也没闲着："你可千万站稳，别把我跌下去。"

彭勇气得哇哇怪叫，抬手就要去抓徐振之脚踝。徐振之早就防着他这一手，趁他手臂甫抬，双足便发力一蹬，再借着反弹的力道，仰身后翻，稳稳落回地面。而彭勇吃这一蹬，整个人踉踉跄跄地冲前扑出几大步，若非及时用手撑住，险些趴在地上来个嘴啃泥。

徐振之这几下有如行云流水，又引得厅上一干豪杰哄然叫好。许蝉也跟着大为得意，混在人堆里一边欢叫一边鼓掌，全然不顾手心已拍得通红。

彭勇在那九江水寨里，地位仅次于俞百川一人，何曾受过这般屈辱？如今当着手下和各方群豪的面，被这名不见经传的徐振之接连戏耍，眼里差点气得喷火。

徐振之此时，气也出得差不多了，便走上前，冲彭勇伸出了手："方才多谢彭副寨主百般相让，之前言语不当处，还请多包涵……"

这句话在彭勇听来，无异于火上浇油，只见他瞪着血红的二目，"呼"的一拳击向徐振之小腹："咱俩没完！今天不是你死就是我亡！"

徐振之见他不依不饶，只得一面闪避，一面绕厅游走。彭勇狂怒之下，出招已无章法，只是又扑又打，跟在后头穷追不舍。他二人一个猛攻、一个急躲，直闹得厅上不可开交。

程五奎见状，便朝手下使个眼色。伍有德与一干掘子军会意，一个个都坏笑着，悄悄从土脉的座位后走上前来。

等二人走近，他们先将徐振之放过，然后再假模假样地去劝那彭勇息事宁人。彭勇刚骂了声“滚开”，腰眼上便觉一疼，原来那程五奎仗着身材矮小，混在人堆里偷偷打起了“太平拳”。

彭勇还没反应过来，身上又挨了几脚。那俞百川瞧出猫腻，忙飞身扑来，大喝一声：“够了！”

见俞百川扑至，程五奎等人赶紧笑呵呵地退开。俞百川也不去追，只是伸出手来，将那摇摇欲倒的彭勇扶稳：“来人，先扶彭副寨主下去休息。”

水脉手下闻言，急忙上来搀起彭勇，将他扶到角落里的一张椅子上歇了。

俞百川自重身份，原以为单靠手下就能将徐振之轻而易举地打发，不想却闹得下不来台。可不管怎么样，这丢掉的面子还是得找回来，于是他朝徐振之冷冷望了一眼，不情不愿地叫了声“徐香主”。

他这声“香主”，摆明了是要把徐振之抬到与自己一样的身份。之后再与徐振之动手，旁人也难说他以大欺小。

在座不少老江湖，一听这话，便猜到了俞百川的用意。可俞百川压根没给他们出言提醒的机会，反而抢在前面，向手下高声下令道：“待会儿我与徐香主切磋，你们万不可出手相助，咱们水脉里都是好汉子，不能以多欺少，惹得在场群雄耻笑！”

俞百川这话，更是说给秦良玉、马千乘等人听的。对于他们这些高手，俞百川心里有些忌惮，刚才在彭勇动手时，这些人便蠢蠢欲动，一旦自己将徐振之迫入险境，难保他们不会出手。故而提前把正话反说，好使众人碍于脸面，不能轻举妄动。

此举果然奏效。秦良玉等人闻言，皆哼了一声，只得各自待在原处，眼睛却齐刷刷盯着俞百川，丝毫不敢大意。

俞百川朝徐振之抱了抱拳：“徐香主，请赐教吧。”

徐振之见他太阳穴高鼓，便知他的武功远在彭勇之上，面上虽笑着，脚下却悄悄朝后退出几步：“振之不敢争先，还是龙魁先请……”

“那就得罪了！”俞百川身形一闪，陡然冲到徐振之切近，挥起铁掌，便劈头盖脸地拍下。

徐振之一惊，忙朝旁边疾蹿，险险避开这一掌后，又急急退出几大步。

俞百川又连攻了数招，见徐振之依然是闪来躲去，遂停手不追：“哼哼，徐香主除了这‘巧奔妙逃’，难道就不会别的招式了？”

徐振之叹了口气：“倒是还会一招。”

俞百川冷哼道：“那便快些使出来，也好让我领教领教！”

“好。”徐振之缓缓合上眼皮，调整吐纳，将气息运至丹田。

见他闭目运气，俞百川只当徐振之还藏着什么杀招，不由得全神戒备起来。

就在这时，徐振之双目猛睁，口中同时发出一声大喝：“娘子救我！”

第四章 撒手锏

俞百川虽然凝掌未发，可也呈剑拔弩张之势，谁承想徐振之一句“娘子救我”喊出来，不光是他，就连厅上群豪听了，也不由得一怔。

倒是许蝉，似乎早有预料，身子轻轻一纵，便跃至徐振之身边：“姓俞的，我来会会你。”

俞百川瞥一眼许蝉，向徐振之大声质问：“小子，你这是什么意思？”

“龙魁莫要误会。”徐振之微微一笑，解释道，“我家娘子，正是在下的‘撒手锏’……”

“振之哥，你跟他废什么话？”许蝉将手里的秋水剑递给徐振之，又朝俞百川道，“我这剑削铁如泥，用它胜了你，谅你也不会心服。”

说着，许蝉眼睛又四下环顾，见那条案上的花瓶里插着个鸡毛掸子，便取来倒握在手里：“就它了，姓俞的，你也上兵刃吧。”

俞百川哼道："你能用那掸子当剑，难道我便不能以掌作刀？不过我有言在先，拳脚无眼，若待会儿伤了你，你可别哭哭啼啼地惹人烦。"

"要哭的人只怕是你。看……"许蝉正想说"看剑"，可突然记起手里拿的并不是剑。然而她总不能说是"看鸡毛掸子"，索性将后面的话咽回肚中，挺腕飞身，直取俞百川。

但见她身形起处，衣袂轻飘，可转瞬之间，就攻到俞百川面前，端的是静若处子、动若脱兔。俞百川不期许蝉竟能这般迅速，刚要后跃避开，却转念想道：自己堂堂龙魁，若被那丫头用鸡毛掸子一招逼退，怕是要让在场群豪笑掉大牙。遂生生收住脚，一手画个半圆，打算卸去许蝉的攻势；另一手蓄力于掌，狠狠冲前拍出。

许蝉清叱一声，骤然变招，鸡毛掸子疾戳疾点，连攻俞百川周身几处要害。俞百川也不含糊，双掌翻飞，以攻代守。

二人你来我往，皆用以快打快的路数，没出片刻，已拆解了十余招。

趁这工夫，徐振之连忙抱着秋水剑退开，与群豪一起站在场外观战。

只见场上两条身影倏分倏合，忽聚忽散，一个掌力雄浑，一个"掸"走轻灵，正斗得难解难分。许蝉与徐振之先前施展的步法如出一辙，只是在招式上多了诸般变化，那鸡毛掸子握于手中，好似生在了她胳膊上一般，点抹劈刺，顺意随心。许蝉身段本就柔美，辗转腾挪间，一头乌黑的秀发也随之飘舞，端的是美妙绝伦。

俞百川两臂频频收展，一掌疾过一掌，左穿右插，时东时西，仿佛幻化成一张无形的大网，向着许蝉扑罩而来。许蝉也不慌张，只是从他那繁密招式中找出破绽，一面轻盈避过，一面寻隙进招，宛如蝶舞花间，莺穿叶底，虚虚实实，威力却不容小觑。

这般精彩曼妙的打法，别说习武之人，就连不通拳脚的钱谦益也看得目眩神摇，他兴致上来，情不自禁地摇起檀香小扇，放声吟诵道：“昔有佳人公孙氏，一舞剑器动四方。观者如山色沮丧，天地为之久低昂。㸌如羿射九日落，娇如群帝骖龙翔。来如雷霆收震怒，罢如江海凝清光……”

以一脉之尊，却久斗许蝉不下，俞百川早已有些焦急，此时再听钱谦益诵诗夸赞，心中更是愤懑。见许蝉又挺掸搠来，他索性不再去理，暗道那掸子又非利刃，哪怕挨上一下也不会致命。于是便不防不守，硬生生抬起两掌，一攻许蝉肋下，一攻许蝉头顶。

如此一来，大出许蝉意料，她不禁一怔，急忙拆招，刚避开肋下一掌，俞百川的另一掌，已然照着她的天灵盖拍下。

情急中，许蝉将头一偏，脚步同时疾转，只觉一股劲风贴面掠过，险险躲开了这掌。可俞百川哪容她喘息？不等许蝉站稳，又趁机抢攻，劲力霸道，角度刁钻，皆为一连串狠辣的杀招。

许蝉方才一避，失了先机。这时又被俞百川一通狂风骤雨般追打，顿觉招架得有些吃力。再拆了几招，许蝉又退了数步，正在急索制敌之策，耳中却忽闻徐振之的一声大喊。

“小知了，刺他神阙！”

徐振之这声喊，不光被许蝉听见，也同样清清楚楚地传入俞百川耳中。这神阙位于脐中，乃任脉至关要穴，此处为人体最薄弱的几个罩门之一，别说被硬物刺中，就算用手指轻轻一戳也难以承受。

想到这儿，俞百川猛然警觉，双掌一滞，不由自主地护向自己腹间。许蝉当机立断，赶紧反客为主，即刻踏上两步，鸡毛掸子遽出，果然向俞百川小腹斜插而去！

顷刻之间，俞百川已惊出一身冷汗，刚欲避开反攻，又听那徐振之高叫了声“章门”。

俞百川又是一惊，不等许蝉再度出招，便抢先转身，留神提防。

徐振之微微一笑，便负起手来，于场外踱来踱去：“商曲、合谷、大椎、筋缩……”

每报一处穴位，许蝉便会疾疾攻出一招。俞百川一面闻声戒备，一面缩手缩脚地躲闪，左支右绌，疲于应对。

许蝉再攻了几下，俞百川却渐渐瞧出不对劲，像那大椎、筋缩诸穴，俱是位于背部颈后，可当徐振之喊到这几处穴位时，许蝉竟浑然不觉，径自运着鸡毛掸子直攻，或戳胸口，或刺肩头，全然不是应取的穴道。

而那徐振之尚在原地摇头晃脑，像背书一样，朗朗有声：“太渊、风门、足三里；少冲、灵道、膝阳关……”

俞百川越听，便越是纳闷，直到徐振之又喊出了“涌泉”二字，这才幡然醒悟。这涌泉穴位于脚底，自己一没踢踹、二无跃起，许蝉怎生刺法？定是他夫妇二人一唱一和，将自己干扰得心焦意乱，好给许蝉可乘之机。

想通此节，俞百川狠狠朝徐振之瞪了一眼：“小子还不闭嘴，真当我不知你在信口胡诌吗？”

见被俞百川识破，徐振之挠了挠头，笑得有几分羞涩：“在下初学认穴，莫非有几处地方叫错了？若有谬误，还请龙魁多多指教。”

“你……”俞百川刚一分神，便险些被许蝉挥掸击中软肋，急忙屏气凝神，全力对敌，任凭徐振之如何出言相激，也是充耳不闻。

当俞百川心无旁骛后，双掌上的造诣便慢慢施展出来，当下拿桩立稳，“呼呼”数掌，排山倒海般向许蝉转攻而去。

见他掌势凶猛，许蝉不敢直撄其锋，瞧地上歪倒着一只碎几，便以足尖一钩一甩，踢向了俞百川。

俞百川避也未避，“砰”的一掌，将那碎几拍得愈加四分五裂。群雄见状，对他的掌力也是暗暗佩服。

许蝉全神贯注，一等他招式使老，就挺掸疾突，掸杆似一道奔雷，直戳俞百川左腕。

“来得好快！”俞百川暗道一声，赶紧变招，朝那鸡毛掸子上一抹一抓。

许蝉唯恐“兵刃”被夺，立马将鸡毛掸子回抽，可终究迟了一步，俞百川五指一合，已牢牢抓住了掸杆尾端。

受这抓捋之力，掸上鸡毛纷纷脱落，五颜六色，如同落英缤纷，煞是好看。此时的掸子，只剩了一条光秃秃的掸杆，许蝉和俞百川一人握住一端，相持不下。

俞百川抓杆在手，又运劲一夺：“撒手吧！”

女子本不以膂力见长，与俞百川较劲，许蝉哪是对手？遂嫣然一笑，松开了手掌：“撒手就撒手。”

在松掌的同时，许蝉手腕骤然一翻，指尖在那杆头上疾疾一压。掸杆为细竹条所制，韧性极好，被这一压，杆身登时绷成了一张弯弓。

见许蝉突然一笑，俞百川已觉不妙，紧接着手中掸杆导来一股下压之力，他不及细想，便下意识地抬臂相抗。可就在这时，许蝉倏地移开指尖，那掸杆就“唰”的一声弹起，朝着俞百川脸上抽去。

俞百川毕竟缺了左目，视线不全，待他转头来瞧时，那掸杆的上端正好“啪”地击中面颊。

挨了这一下，俞百川脸上顿时肿起一道血痕。对俞百川来说，此番无异于奇耻大辱，他宁愿让人在身上戳砍几刀，也强过当着群豪的面，被许蝉用掸杆抽脸。

狂怒恼羞下，俞百川一只独目瞪得血红，大吼一声，将手里掸杆狠狠掷向许蝉。许蝉身子一低，躲开掷来的掸杆，正要亮式相对，却见那俞百川直扑正北的条案而去。

俞百川一扑到条案下，便急抓那玄铁桨在手。见他全然一副拼命的架势，汤显祖眼疾手快，“噗噗”两下，立马伸指将他点住。

彭勇和水脉的那帮手下大惊，正欲奔来抢人，却被汤显祖厉声喝止。

汤显祖回过身来，冲着俞百川摇头轻叹：“龙魁，你这是何苦来哉？说好了是切磋，怎么还想下死手？”

“哼！”俞百川的五官都挤在一块，面目瞧着愈发狰狞，“瞧令主的意思，是要拉偏架了？”

汤显祖目光一凛，直视着俞百川的独眼：“老夫既然是山河令主，那便对五脉一视同仁，断不会厚此薄彼！”

俞百川怒不可遏：“既然令主不偏袒，那就赶紧解了穴道，好让我跟那臭丫头一对一再斗上一斗！”

“斗就斗，谁还怕你不成？”许蝉柳眉倒竖，“老糊涂，你给他解开！振之哥，把秋水剑给我！”

徐振之摇摇头，将秋水剑抱得更紧：“点到为止，犯不上拼个你死我活。”

“听见没？还是振之小友这话在理。”汤显祖转向俞百川道，“今日咱们聚在一块，是为了会盟，又不是打生死擂台。老夫出手将你点住，是想让你冷静冷静。若再发疯撒野，别说老夫，其他四脉的英雄只怕也不能坐视不管。”

说完，汤显祖伸指轻拂两下，将俞百川封闭的穴道解开。

俞百川深深地呼吸几下，身上的血脉方始通畅，他气呼呼地环视一遭，见马氏夫妇和程五奎等人虎视眈眈，心下顾忌，遂也不好妄为："罢了，强龙难压地头蛇，虎落平阳被犬欺。咱们水脉这次，就算栽在土脉手上了！"

"这叫什么话？"汤显祖眉头大皱，"打一迎上你们，徐家人便一直客客气气的，哪个压你、欺你了？反倒是你们，一进这归游居，便横挑鼻子竖挑眼，若不是你们再三相逼，能有后面这些事吗？"

徐振之点点头，向那俞百川道："万事抬不过一个理字。大伙有目共睹，振之与你龙魁之前素未谋面，更谈不上有什么过节，可今日一会，你们却处处针对、咄咄相逼。这其中缘由，振之不能不问个清楚。"

"没有过节？哼，你小子择得倒是挺干净！"俞百川踏前一步，大喝道，"我来问你，徐有勉是不是你爹？"

"当然，"徐振之满脸傲色，"正是先父！"

"那便是了！"俞百川说着，一把扯下左目上的黑眼罩，"我这只左眼，就是被你爹用那把玄铁尺给戳瞎的！"

望着他那只黑洞洞的空眼眶，众人皆不由自主地打个激灵。这事被俞百川视为生平奇耻大辱，一直压在心底，就连彭勇等心腹之前都不知道。

彭勇怔了半天，这才怒道："难怪总舵主说跟徐家有旧仇，原来是徐有勉那老匹夫伤了你的眼……"

话未说完，秦良玉已拍案而起："豫庵公是咱们石砫的大恩人，你再敢对他有半句不敬，我割了你的舌头！"

徐振之冲秦良玉摆了摆手："夫人息怒，大伙也先别打岔，且听龙魁把话讲完。"

“还有什么好讲？”俞百川喝道，“有道是父债子还，如今你爹已死，我不来找你又找谁去？”

对于父亲的为人，徐振之向来钦佩，他坚信父亲不会无缘无故地伤人要害，故而将头一昂，正色道：“先父行侠仗义，一生所为，上对得起天，下对得起地！当着大伙的面，还请龙魁讲清楚先父为何要伤你左目，如若他之前真是冤枉了你，那我徐振之便挖了自己这双眼睛赔你！”

一听徐振之要刨根问底，俞百川原本嚣张的气焰，登时矮了下去，嘴里竟支支吾吾，有些欲言又止：“这……这个嘛……”

程五奎等人瞧出端倪，立马起哄：“哟，还不好意思了？独眼龙，你这老小子刚才不挺理直气壮的吗？到底做了什么丑事，赶紧说来听听啊！”

秦良玉也哼道：“瞧着像个汉子，却这般婆婆妈妈！当初敢做，现在倒不敢当了？”

受众人这一激，俞百川只觉脸上火辣辣的，当即便道：“说就说，又不是什么大不了的事！那是十多年前，我贪杯喝醉了，就独自在那鄱阳湖边闲逛醒酒，结果就遇到了一名渔家女。见那渔家女生得水灵，我便……便想跟她亲近亲近……”

他虽说得遮遮掩掩，可众人听到这里，也知那“亲近”定是不怀好意。

果不其然，俞百川顿了一下，又接着道：“那渔家女没见过世面，脸皮又太薄，一见我靠近，竟吓得又哭又叫。她越是闹，我心里便越是痒痒，瞧四下无人，索性将她拖到船上，打算来个生米煮成熟饭……大不了日后将她娶回水寨，反正亏待不了她就是！”

“呸！”许蝉狠狠啐道，“连这种话你都说得出口？姓俞的，你真不是个东西！”

“这有什么？”彭勇白眼一翻，“自古美人配英雄，那小娘们儿也太不识好歹，跟着我们总舵主吃香的喝辣的，不比她在湖上打鱼晒网强上百倍？换作别人，高兴还来不及呢……”

秦良玉目光一冷：“这种猪狗不如的行径，没的玷污了那‘英雄’二字！”

“不错！”钱谦益也大为鄙夷，“这男欢女爱，倒也是人之常情，可总得两情相悦、你甘我愿，人家渔家女抵死不从，你却还想霸王硬上弓，实在令人不齿。”

程五奎接言道：“用不着那么文绉绉的，这老小子就是色胆包天、臭不要脸！”

“大伙静一静！”徐振之挥了挥手，又转向俞百川，面沉似水，“接下来的事，我也差不多猜到了，定是你欲行不轨时，被游历到那儿的先父撞见。先父眼里不揉沙子，必会出手制止，而你那只左眼，便是在争斗中所伤，不知是也不是？”

俞百川哼了一声，算是没否认。

“那好。”徐振之点点头，又追问道，“再请教龙魁，难道说时至今日，你仍然认为当年强占良家女子的行径是对的？”

“我当时只是撕开了她的衣服，还没来得及……唉，不过事后想想，那会儿年少轻狂，确是有些孟浪了……”俞百川轻叹一声，独目中又忽然涌上一股恨意，“然而就算我当年有错，他徐有勉也不该毁我一只眼睛，下手也太过狠辣了！”

“狠辣？”徐振之冷笑道，“你一句‘年少轻狂’说得轻巧，可那渔家女子呢？若无先父阻拦，她定然受你玷污，你那眼睛重要，人家的清白之躯便不重要吗？以那渔家女的节烈，她受辱之后万一想不开去自尽，那你龙魁身上就背了一条人命！江湖中人侠义为先，恃强凌弱、欺男霸女本就是大忌，多行不义必自毙，像那作奸犯科之徒，人人得而诛之！要我说，先父给你的那点惩戒还是太轻了！”

“说得好！”群豪七嘴八舌地叫道，“做下这等不要脸的丑事，一刀宰了都不解恨，徐公子说得没错，豫庵公当年还是太过于心慈手软！”

汤显祖抬了抬手，示意大伙安静下来，又向俞百川问道：“那会儿你与豫庵公拼斗，知道他是土脉地师吗？”

俞百川摇了摇头，道：“当时我不知他是地师，他应该也不知我是龙魁，虽见他手中拿着玄铁铸成的兵刃，可在那种情形下，也无暇多想。待他离开时，我让他报个万儿，他留下‘徐有勉’三字后，便护送着那渔家女远去了。直到后来，你汤老爷子寻访到九江水寨，我才从你口中得知五脉的旧事，并且两相对照，推断出当年伤我眼睛的，正是土脉的地师。”

汤显祖再道：“知耻近乎勇。俞百川，你当年做的那事虽不光彩，但念在你能当众说出，也算是敢做敢当了。老夫再问你，除那次外，你之后还做过强抢民女、污人清白之事吗？”

俞百川叹道：“自那之后，我才知强中更有强中手，待眼伤痊愈，便一门心思扑在练功报仇上，别说是外头的女人，就连自己寨里的那几房妻妾也不怎么碰了。这十多年来，我一直暗派手下查找那徐有勉的下落，可始终杳无音信。”

汤显祖道：“难怪老夫那时一提起豫庵公，你就追问个不休，原来是这个缘故。”

“是啊，我本以为终于能报那夺目之仇了，不想他却已死了数年……唉……”俞百川说完，连声叹息，独目空瞪着那玄铁尺，怅然若失。

秦良玉冷笑道："凭你那点能耐，就算再练个二十年也是枉然。若豫庵公尚在人世，今日你仅剩的那只招子怕也保不住！汤老爷子，你是咱们山河五脉的令主，这姓俞的如何发落，大伙听你的主意！"

汤显祖稍加思索，道："方才他也说了，自那次之后，倒是没再为非作歹。况且当年豫庵公也予以惩罚，过去的事，就既往不咎吧。不过有一点，咱们五脉同宗，要亲如一家，从今往后，你龙魁不得再向土脉寻衅生事，更要约束手下的言行，咱们山河五脉侠义为先，若再被老夫发现你们做出伤天害理之事，那老夫宁可砍去水脉一支不要，也得替天行道、除恶务尽！"

这几句话，字字铿锵，将水脉一行人的耳朵震得嗡嗡作响，俞百川脸上一阵红一阵白，眉头紧皱、默然不语，也不知在想些什么。

汤显祖又顿了顿，向着厅上群雄道："今日承蒙诸位信赖，推老夫为山河令主。那现在，老夫便以令主的身份，正式授命徐振之为土脉新任地师，程五奎及麾下掘子军并入土脉，辅佐徐振之行事！"

"好！"程五奎和手下欢叫道，"咱们能为徐香主效劳，那是心甘情愿，赴汤蹈火，在所不辞！"

汤显祖望了望俞百川，又继续道："之所以做此决定，倒不是因老夫与他交好，便任人唯亲。与其他四脉的香主相比，振之小友年纪尚轻、根基也较浅，可他心怀仁义、智勇双全，早在数年前，就以布衣入京，助太子于危难，力挫福郑一党。单是此举，我辈便远不能及。咱们山河五脉中，不乏冲锋陷阵的将才，可更需那运筹帷幄、决胜千里的帅才，而老夫通过观察，振之小友恰恰就具备这种才能，假以时日，必成大器。莫说那一脉香主，将来由他统领山河五脉也未尝不可！”

许蝉捅了捅徐振之，悄声笑道：“老糊涂正经起来，还真是挺有气度的，他对你可器重得很。”

徐振之挠了挠头，面露羞赧：“汤先生这夸得也太狠了，我都有些不好意思……”

然而秦良玉、赵士桢等人皆觉汤显祖慧眼识珠，纷纷站起身来，向着徐振之由衷道贺。徐振之也不好多谦，一一回礼，并言日后定当尽职尽责，不负众人殷殷厚望。

又过了一会儿，许学夷命下人呈来六碗烈酒。汤显祖见状，便走到桌前，端起其中一碗道：“请各脉香主一并上前。”

马千乘、赵士桢等闻言，皆起身拢了过去。徐振之冲俞百川做了个请的手势，也与他一先一后来到桌边。

见各脉香主悉数聚来，汤显祖清了清嗓子，朗声说道：“咱们五脉中人意气相投、肝胆相照，不必搞那种斩鸡头、烧黄纸之类的繁文缛节。但无有规矩，不成方圆，故而在会盟前，老夫与许夫子商议出五条戒律，那个小钱啊，你背来让大伙听听。”

“好。”钱谦益将手里檀香小扇一拢，抑扬顿挫，“山河五脉，需遵五戒。一戒同门相残，二戒见利忘义，三戒滥杀无辜，四戒奸淫逞暴，五戒不忠不孝！”

“各位都听清楚了吧？愿遵五戒者，便饮下面前那碗酒，从此五脉同心，为国为民，惩恶扬善！老夫先干为敬！”说完，汤显祖一仰脖子，将碗中喝了个滴酒不剩。

徐振之与马千乘酒碗互碰，也双双喝干。

赵士桢酒量浅，急喝了一大口，便被呛得咳嗽起来：“这酒倒得也太满了些……”

许学夷微微一笑，替他在后背上轻拍了几下：“炎尊不必心急，咱们上了年纪的，喝得慢些也无妨，请。”

见他们都喝干了碗中酒，俞百川也端起碗来一饮而尽。瞧他还有些郁郁寡欢，许学夷便想着以和为贵，化解其中龃龉：“方才小女不懂事，多谢龙魁不与她一般见识。这归游居中，已设下会盟宴，稍后我自当罚酒数杯，替她向龙魁赔罪……”

“酒已喝，宴就不用赴了。”俞百川冷着脸将手一摆，又向汤显祖道，“汤老爷子，若无其他要事，我俞百川就先行告辞了。之后再有什么吩咐，只需托人到九江水寨捎个信来，我水脉上下无有不遵！”

说完，俞百川便取了玄铁桨，头也不回地出了花厅。水脉一行人见状，忙齐齐追出厅去。

走出很远，彭勇尚在愤愤回望：“呸，那汤老头还真拿自己当根葱了，总舵主，咱们……”

“别说了，这次咱们认栽！”俞百川瞪着独眼道，“今日也真是邪门了，一开始聚义插香，那香都能自己掉下来灭了，还什么显灵显圣的，分明是大凶之兆！赶紧走吧，别赖在这儿沾惹晦气！”

大伙都瞧得出，俞百川走的时候虽未明说，可心中的不悦却溢于言表。

秦良玉走上前，问道：“汤老爷子，那姓俞的什么来头？”

汤显祖叹了一声，道：“这俞百川，算是忠良之后，他先祖便是那开国元勋、虢国公俞通海。”

“俞通海？”许蝉怔了怔，又问道，“振之哥，这人很有名吗？我没怎么听说过。”

徐振之点头道："这俞通海乃一代名将，极擅水战。起初他于巢湖结寨自保，后逢太祖举义，便率领麾下水军投奔了太祖。再后来，俞通海随太祖转战南北，扫残元、平江淮，并在鄱阳湖一役中，大败陈友谅水军，为本朝的开创，立下了汗马功劳。"

钱谦益想了想，也道："可我记得，这俞通海在太祖定都南京之前，便在攻打桃花坞一役中身遭流矢、不治而亡，其时他仅三十八岁，尚未留下一儿半女，故而太祖哀痛之余，这才命其弟俞通源承袭他的官位。既然无子嗣，那俞百川怎么成了他的后人？"

汤显祖道："据那俞百川说，俞通海虽未成家，但在家乡却有一位相好的女子。他二人曾私订终身，生过一个男孩。太祖立国之后，经多方打探，终于寻到了这名俞通海的嫡亲骨肉，故而赐下玄铁桨'安澜'，封他为水脉的首任龙魁，再之后，五脉凋敝，其后代便辗转至九江鄱阳湖一带，效仿先祖，结成水寨避世，俞百川这一支，便是打那里传下来的。"

秦良玉闻言，哼道："祖上是响当当的好汉，偏生他却如此不堪。"

钱谦益也道："那俞百川瞧着有些心胸狭窄，今日栽了跟头，只怕会记恨，别生了外心才好……"

"理他做甚？"程五奎插言道，"那独眼龙日后若能改过自新，咱们仍敬他是条磊落的汉子，要是敢打什么歪主意，就依汤老爷子所说，宁可砍了水脉一支不要，也得替天行道、除恶……除恶什么来着？"

伍有德伏下身来，在他耳边提醒道："除恶务尽。"

"对，除恶务尽！"程五奎说完，又向众人笑道，"汤老爷子、各位香主，方才见你们饮酒，我就有些眼馋。听说那会盟宴也设好了，咱们不如这便吃喝去吧。之前为杀杀水脉一伙的威风，我那帮弟兄空着肚子挖坑打洞，此时怕也都饿得不行了。”

一提起这茬，徐振之这才想到自家花厅里还塌着个大坑，那坑中砖石混杂，残椅碎几深陷其内，看上去狼藉不堪。

见徐振之望着那坑出神，程五奎笑道：“徐香主，别再心疼那些了，我不是说过了吗？回头我带着弟兄们填土铺砖，用不了半日，就能将这厅中地面弄得完好如初。”

徐振之叹了口气，苦笑道：“五奎兄弟的手艺我当然放心，只是那椅子、茶几皆为花梨木所制，现今被毁，着实有些可惜。回头你们收拾时，那些可别丢掉，能修补的我便试着修补一下，碎掉的木料也留着，之后我给母亲打几串佛珠戴戴也好。”

“行行行，都听徐香主的！”程五奎笑着应道，“那咱们能吃饭了吧？”

“当然。”徐振之转身，向群豪拱手道，“请大伙移步宴会厅，咱们把酒言欢！”

群豪轰然叫好，齐跟着徐振之转厅赴宴。

宴会厅上大摆筵席，群豪也没多客套，各自选了位置坐定，开始推杯换盏、放箸吃喝。

程五奎一行虽与许蝉初识，可对她力敌俞百川那一幕记忆犹新，几杯酒落肚后，又纷纷朝许蝉举杯相敬，并对她的身手大夸特夸。

“徐夫人真是了不起，只用了一根鸡毛掸子，便将那独眼龙逼得无法招架。”

“就是，那独眼龙还不服呢。若咱们徐夫人用上顺手的兵刃，他只怕输得更惨。”

“对了徐夫人，咱们还没瞧过瘾呢，你再耍两招厉害的给咱们瞧瞧呗？”

“那有何难？看我的！”受这七嘴八舌的一捧，许蝉心下也十分得意，当即拔出秋水剑，向着虚空之处“唰唰”劈刺几下。

见她剑意随心、剑招轻灵多变，群豪喝彩声更盛了。他们这一迭声地叫好，倒不全然是恭维，多半出自真心肺腑。伍有德等人一面称赞，一面暗忖：许蝉那随手几剑已然迅捷无俦，若再配上她之前所使的巧妙步法，真要动上手，自己怕是在她面前走不了几招。

徐振之朝那边望了一眼，又向身旁的汤显祖道：“汤先生，这阵子你不总觉得较之以往，我跟小知了客气了不少吗？现在知道原因了吧，你瞧她如今那架势，我惹得起吗？”

汤显祖抬眼看看，深以为然：“惹不起，的确是惹不起。”

许蝉听到众人称赞，心中愈发高兴，遂将手里的秋水剑舞得更疾。剑花频闪，绕成了一圈银光，劲力所至，竟隐隐发出龙吟之音。

“这丫头。”许学夷笑着摇了摇头，又高声叫道，“蝉儿，赶紧罢手，当着各位前辈高人的面，就别再献丑了。”

“好。”许蝉招式一收，将秋水剑插还鞘中，笑嘻嘻地奔过来，冲着秦良玉眨了眨眼，“秦姐姐，我这剑法练得还不赖吧？”

秦良玉笑逐颜开，拉着许蝉在自己身旁坐好：“反正我瞧蝉儿妹妹这剑法是厉害得紧，再过几年，只怕我都不是对手了。不过啊，究竟练到了何种境界，还得听听汤老爷子怎么说。”

“嗯，馋丫头这‘逍遥剑法’么，使得算是很可以了。”汤显祖拖着长腔说完，又冲着徐振之连连摇头，满眼的恨铁不成钢，“可振之小友呢？那‘逍遥纵’原本是上乘轻功，却生生被他练成了脚底抹油的逃命功夫……唉，真是丢人哪！”

许蝉和徐振之皆是一怔：“咦？老糊涂你怎么知道我们所练功夫的名字？是秦姐姐告诉你的吧？”

秦良玉摆了摆手："你们有所不知，那本书册原就是汤老爷子的，我只不过是借花献佛罢了。"

见许蝉眼睛瞪得更圆了，汤显祖得意道："行了馋丫头，你再瞪，那眼珠子就要掉出来了。是这样的，当年老夫为找器宗下落，寻到了石硂的鱼木寨，马兄弟和夫人极为好客，盘道之下，才知双方皆与你们有过命的交情。后来，老夫听说了你们寻玺遇险的事，心下不免有些后怕，思来想去，便将随身携带的书册交给了马夫人，托她派人给你们送到江阴。"

秦良玉点点头："那本书册分上下两卷，上卷是'逍遥纵'，下卷便是'逍遥剑谱'，步法轻灵，剑招巧妙，极适合咱们女子习练。蝉儿妹妹，汤老爷子这番苦心，你不可不知。"

"秦姐姐说得是。"许蝉说着，秀眉一轩，"可是秦姐姐，既然是老糊涂送的，为啥你当初不直讲，却说是得自一位什么逍遥老神仙呢？"

"这可怨不得我，"秦良玉笑道，"那是汤老爷子特意嘱咐我这么做的。妹妹要兴师问罪，只管找他去。"

见许蝉目光转来，汤显祖也笑道："你这馋丫头最会偷懒，老夫若不搞得神秘些，别说是对书习练了，只怕你看都不愿意看。所以才假托老神仙传书，先引得你好奇翻阅，而后便会仔细参研。不过今日一瞧，见你的身手远胜往昔，方知是老夫当年多虑啦。"

"是啊。"秦良玉握起许蝉的手，将她的掌心翻向众人，"大伙瞧瞧吧，蝉儿妹妹这么一个娇滴滴的女子，手掌心里却满是被剑柄磨出来的硬茧，若非这几年下了极苦的功夫，何来如今这般高超的剑技？"

回想起这些年练剑所遭的苦楚，许蝉眼眶不由得有些湿润，嘴角却露出开心的微笑："其实哪用得着别人来逼？自打数年前，在那雷公岭下与虚无僧兵血战之后，我便暗下了决心，定要将功夫练好。那秘籍中所载的武功颇为精深，也很是难练，最初好几次我都打算放弃了，却时常想起那晚振之哥身陷凶险，我只能在一边瞪着眼干着急，若非同行的高手拼死抵抗，只怕……唉，所以我便硬咬着牙坚持下来，哪怕刮风下雨都不敢停止练剑。振之哥是我的相公，要保护他就不能光指着别人，还是得靠我自己。"

她这几句话虽轻描淡写，可在场众人却是心知肚明。许蝉一个养尊处优的千金小姐，竟在短短数年，就将功夫练到能与俞百川那般强手比肩，这期间花费多少心血、历经多少艰难，皆是不言而喻。并且从话里话外，众人也不难听出，她之所以这般苦修勤练，全然是为了徐振之。

钱谦益轻叹一声："若世上也有佳人这般对我，我就算死了也值。振之兄，你真是好福气呀。"

徐振之没接他话茬，只是久久凝望着许蝉。许蝉见他望来，也回眸一笑，眉梢眼角，皆饱含爱意。

汤显祖老于人情世故，拿眼角一瞥，便清楚了小两口那点儿心思："振之小友，这才是你对馋丫头客气的真正原因吧？嘿嘿，还真是不坦诚哪。"

经这一提，二人方才记起还有群豪环坐在侧，面面相对了片刻，赶紧双双扭过脸去，皆有些不好意思。

他俩越是这样，汤显祖便越要揶揄，又向许学夷笑道："许夫子，瞧你这女儿、女婿，又不是刚成亲的小夫妻，用得着害羞成这样吗？"

秦良玉笑着在汤显祖肩头轻推一把："行了，汤老爷子，就你话多，少说几句成不成？"

汤显祖摆摆手，指着马千乘笑道："若像马兄弟那般寡言少语，老夫憋也憋死啦……"

见许蝉已羞得满脸绯红，徐振之赶紧倒了一杯酒，送到汤显祖嘴边："汤先生，时至今日，方知那书册是蒙你所授，硬要算起来，你不成了我和小知了的师父了？来，不管你认不认，先喝上一杯再说。"

"别别，老夫可没有你们这种笨徒弟！"汤显祖猜出徐振之想灌自己，急忙推开他递来的酒杯，"对了，老夫那书原是让那馋丫头修炼的，你怎么也练上了？老夫可是记得，你向来对武学不感兴趣呀。"

徐振之讪笑两声："这个……这个么……"

汤显祖急急追问："什么这个那个，快说快说！"

"老糊涂你别催，我来替他说吧。"许蝉见桌上有杯酒，便端起来一饮而尽，"振之哥是对武学不感兴趣，可他见我练得辛苦，也明白我是为了保护他。就向我借了去，说是自己也想试着练练看，若他能练成功夫，也好省得我为他那般操心。"

汤显祖撇了撇嘴："实话实说，他那逍遥纵倒还马马虎虎，可其他的本事，哼哼，比那三脚猫还三脚猫。"

"谁说不是呀！"一说起徐振之的糗事，许蝉便似打开了话匣子，"我也纳闷了，振之哥做什么事都是心灵手巧，可偏偏一碰武功，就变得呆头呆脑，笨手笨脚，唉，看来他天生就不是习武的材料。你们知道他怎生握剑的？简直笑死个人，我给你们学学哈！"

说着，许蝉便拾起一根筷子，当着众人面上比画起来。徐振之连声咳嗽，可许蝉正说得兴起，哪里会去理睬？借着酒劲儿，滔滔不绝。

"我见他剑法实在是练不成样，便想着要回来，别耽误了自己练剑。可他却犯犟，知剑法不成，又嚷着要专练步法，我被他缠不过，只得随他。不过说起来，那逍遥纵被他练得还挺像那回事的，他不光照谱苦修，还别出心裁，弄了些铁甲、铁护具绑在身上腿上，没事便戴着跑来跑去。再后来，振之哥一摘去负重，果然身法就变得异常灵敏了，我几次抓他都没能抓住。见他扬扬得意，我也曾取笑他练的是逃命功夫。可他却满不在乎，还夸口说逃命的本事也是本事，若有坏人攻来，他便用这'逍遥纵'跑得远远的，也犯不着我再为他涉险了……"

许蝉话未说完，汤显祖早已憋不住，拍着桌子哈哈大笑。其他人见徐振之脸红成了猴子屁股，同样是忍俊不禁。

怕自家香主下不来台，程五奎一行一面强忍着笑意，一面想帮几句腔替徐振之化解尴尬，奈何肚子里墨水太少，而那逃跑的"本事"也实在难夸，急得搜肠刮肚、抓耳挠腮。

许学夷到底是满腹经纶，微微一笑，便替自家贤婿找补了些面子回来："正所谓君子不立危墙之下，避凶趋吉，也合乎圣人之道。"

徐振之赶紧解释道："其实我练那逍遥纵，也不全是为了逃命。用它去攀山越岭，也容易了很多。如今那极难登顶的'神隐峰'，我也能轻而易举地爬上爬下……"

"这个我能作证，"许蝉想也没想，张口便道，"我亲眼见振之哥爬过几回，他嗖嗖就上去了，比那猴子爬得还快呢。"

汤显祖原本笑劲渐消，可一听许蝉这话，又捧起肚子，差点笑出眼泪："他比猴子爬得快，老夫是没亲眼见着，可方才他的脸比猴屁股还红，那却是有目共睹的！"

莫说群豪哄堂大笑，就连那闷头饮酒的马千乘，都险些把刚喝进嘴里的酒水喷将出来。

众人在前仰后合中，又听许蝉道："其实呀我振之哥除去那道遥纵外，还有一种功夫也练得极好。"

群豪被她引起了兴趣，齐问道："什么功夫？快说来听听！"

许蝉卖起了关子："那门功夫是他在床上练出来的，也算是无师自通吧。"

群豪皆是一怔："床上……练出来的功夫？"

"是啊。"许蝉只顾着炫耀，却未想太多，"这事只有我知道，之前振之哥总喜欢躲在卧室里点些蜡烛、拿条小皮鞭……"

群雄虽是豪迈不羁之人，但乍听许蝉说出这般惊人之语，瞬间呆若木鸡。那老成些的生怕她再说出更不着调的话，忙纷纷干咳以示提醒。一时间，厅上咳嗽之声此起彼伏，尤其是许学夷，差点没把肺叶子都咳出来。

许蝉心无杂念，哪知群豪都想歪了？见他们突然吭吭咔咔的，不由得一脸茫然："哎，你们都怎么了？"

群豪打着哈哈，讪笑几声，也不知该说什么。倒是炎尊赵士桢，一面望着徐振之，一面皱眉苦思，心里纳闷道："皮鞭，还要用蜡烛……这是什么嗜好？莫非他是为了研究什么奇妙的火器？"

徐振之心思机敏，顿觉大伙是误会了，瞧瞧这个，又看看那个，笑得比哭还难看："小知了，你赶紧说下去吧。"

"好。"许蝉莫名其妙地点了点头，又接着道，"是这样子的，有年冬天晚上特别冷，振之哥宽衣上床后，才发现点在桌上的蜡烛忘了吹灭。可他嫌屋里太凉，哪肯再钻出热乎乎的被窝？便抽出腰带挥了几下，没想到居然真就把那烛火给打灭了。从那之后，他索性就弄了条小皮鞭去练，每晚上床时都不吹灯，而是甩鞭去打，渐渐地，他准头越来越好，不光能抽灭烛火，有时候想取点什么，也不用走近去拿，使那皮鞭一卷就直接取来了。你们说，他这门本事不就是从床上练出来的吗？”

众人听完，皆松了口气：“原来是这么个练法……”

许蝉脑子还没转过弯来：“不然呢？”

秦良玉笑得直不起腰，赶紧拉过许蝉，在她耳边悄声道：“我的傻妹妹呀，你这嫁人的年头也不算短了，怎么还像个懵懵懂懂的小丫头似的？那闺帏中的事，哪有当众说的？还好最后解释清楚了，开始的时候，连我都吃了一惊，还当你们小两口有啥……有啥小秘密呢……”

“哎呀！”许蝉猛然醒悟过来，羞得脸都红到了脖子根，恨不得当场就钻到桌子底下。

程五奎一行最好热闹，见厅上备着灯盏，便将其中的蜡烛尽数摘下取来：“徐香主，你那鞭子放哪儿了？拿过来给咱们亮亮绝活啊！”

“我就知道会这样……”徐振之苦笑着摇了摇头，从腰间解下一条长鞭，“成吧。难得众位欢聚一堂，那我就献几手杂耍，权当为大伙助助酒兴了。”

厅中满是贵客，一来是鞭子施展不开，二来也怕误伤了人，于是徐振之便让人抬了条小几出去，自己也来到厅外，将几根蜡烛并成一排，立在几上点燃。

群豪见状，都拥到厅门口，将目光齐刷刷地盯在徐振之身上。

只见徐振之踱了几步，估算出距离，在数丈外站定：“既然是助兴，那就得有个响亮些的口彩……嗯，就叫‘灵蛇吐信’吧。”

话音方落，徐振之手腕便是一抖，那长鞭的鞭头猛地上扬，就急急朝最左边的那根蜡烛探去。

长鞭一展一缩，发出“啪”的一声脆响。被鞭头击过的那点烛火果然熄灭，而那烛身却好端端的，立而未倒。

还没等众人喝彩，徐振之胳膊又接连挥扬，那长鞭就如活了一般，像一条长蛇频频吐信，依次向那排蜡烛疾探而去。

待群豪回过神来，那排蜡烛仍旧纹丝未动地立在几面上，原本燃烧着的火苗，此时也悉数灭了，只余一排袅袅青烟，随着微风摇曳飘荡。

在连绵不绝的叫好声中，徐振之又将那排蜡烛重新点燃：“我再给大伙来个‘神龙摆尾’。”

言讫，徐振之身形一扭，那长鞭便横甩起来，鞭头在那排蜡烛上“唰”地掠过，登时又将那跳动的火苗全然扫灭。

群豪欢呼雀跃，抚掌大叫：“好！好！真是绝了！”

汤显祖也是越看越喜，突然若有所思，忙进厅抓了三只小酒杯捏藏在手里，又匆匆赶到徐振之身前：“振之小友，你这手功夫的确厉害，真让老夫大出所料啊。”

徐振之摆了摆手，自嘲道：“这哪里是功夫了？就像小知了所打趣的那样，我这手杂耍，若从根上说，算是因不愿下床吹灯而懒出来的。”

“那又怎么样？懒固然是嫌麻烦，可也是为了省力气呀。农人懒得挑水灌溉，这才有水车问世；船夫懒得摇桨划舟，故而高架风帆嘛。废话少说，先接老夫一招暗器吧！”汤显祖手一扬，一只酒杯便自他掌心射出，直奔徐振之而去。

徐振之一惊，下意识地挥鞭去打，只听“啪”的一声，那飞来的酒杯竟真的被他凌空抽了个粉碎。

“留神，老夫的暗器又要来啦！”汤显祖手掌连挥，两只小酒杯便一前一后，双双打向徐振之。

转瞬之间，徐振之脑中急索，这次不比刚才，就算自己还能挥鞭击碎一杯，可另一杯却是无论如何也打不中的。如此一犹豫，两只杯子已然飞近，再躲也迟了。情急之下，徐振之忙把鞭子绕体狂甩，牢牢护住了周身上下。

此举果然生效。两只酒杯刚飞过来，就被疾转的长鞭撞开，先后落在地上，摔了个稀里哗啦。

徐振之刚欲喘口气，又见汤显祖笑眯眯地踏前一步，只当他还要飞杯击来，急忙将长鞭一扔，一下子跃出老远。

“馋丫头说得没错，你这逃命的本事，着实是精湛无比。”汤显祖啼笑皆非，赶紧将双掌亮出，“回来回来，老夫手里没东西可打啦。”

徐振之望着地上的碎瓷片，小心翼翼地走过来：“唉，可惜可惜，这几只酒杯可都是龙泉窑的。汤先生，你因何突然向我射来暗器？”

汤显祖笑道：“老夫就是想让你明白，那杂耍练到火候，自然也就成了能够护身制敌的功夫！好了，后面的你自己参悟吧，大伙回厅上接着吃喝吧！”

一语点醒了梦中人。徐振之随群豪回到了厅中座位上，心里还是一直在琢磨汤显祖方才所说的那番话。

许蝉又喝了几口酒，俏颜微酡，见程五奎坐在一旁，便举杯道：“大将军，我来敬你一杯。今天你让那姓俞的出了老大的丑，真是给我解气呀。”

程五奎拿起酒杯一碰饮下，又抹着嘴笑道：“咱们挖那洞，可没能陷住那姓俞的，真正给夫人解气的，还是你自己。”

“那也算咱们合作，一起出了力。”许蝉笑了笑，又问道，“对了，你们那掘子军到底是干啥的，专门挖坑打洞的吗？”

群豪对程五奎等人的身份也十分好奇，一听许蝉追问起来，也都纷纷竖起了耳朵。

程五奎再喝下一杯酒，这才说道：“咱们自称‘掘子军’，无非是图听起来响亮，那什么将军、校尉也全都是自封的，咱们一帮子大老粗，朝廷哪会许下官职来？嘿嘿，说出来不怕大伙笑话，我和这群弟兄，其实是一伙上不得台面的盗墓贼。”

“盗墓贼？”

群豪一怔，皆暗忖道：自古以来，讲究个死者为大、入土为安。这盗坟掘墓、毁棺取宝的行径，不但历来为世人所不齿，官府更是会以严律重刑禁止。程五奎一行虽出身草莽，但瞧着磊落坦荡，绝非偷鸡摸狗之辈，怎么还会去做那种勾当？

程五奎不用瞧众人脸色，也知道群豪在想些什么。索性回到座位上站好，大声说道：“那什么‘盗亦有道’的场面话我就不说了，咱们为什么盗墓，又专盗什么人的墓，我之后自会向大伙一一讲明。若大伙听后，依然是瞧咱们不起，那我程五奎便立刻带着我这帮弟兄离开……”

他话还没说完，秦良玉便当先笑道：“这五奎兄弟人不大，脾气却是不小。方才乍听你们是盗墓的，大伙吃惊好奇那是难免，又怎会瞧你们不起？就冲你们之前那番言行举动，若说你们是因贪图陪葬而盗墓，我秦良玉头一个就不信！”

“就是！”群豪纷纷赞同，“他们做那盗墓的营生，定然是另有因由！”

徐振之望了一眼汤显祖，也笑道：“五奎兄弟，你可不能走。

我那花厅上还塌着个大坑等你们去补呢。再说了，我早已看出你们皆是汤先生专程请来的好汉子，他可是堂堂的山河令主，眼光自然是不会错的。好了，大伙都还等着听你们的故事呢。”

见众人如此信任，程五奎大为感动，团团作了个四方揖，这才道出了前因后果。

原来，程五奎这伙人在早年间，皆是苦力役夫，挖沟筑城、凿石采矿之类的苦差事都干过。有一次，一名权贵悄悄派人找到了他们，说是府中老太爷仙逝，急需人手帮着打墓下葬。听说那报酬极多，程五奎等人自是欣然而往，跟着那权贵的手下去了一处深山中。到了那地方后，程五奎等人不由得吃惊，一来是那位置极为偏僻，二来是他们所要求的墓穴样式实在是匪夷所思。

从那图纸上所见，那墓葬在地面上仅是修成一个石砌的坟包，可地面之下，却要挖筑成一座庞大的地宫。那地宫中不但有墓道、椁室，还要暗中修出明楼、宝城，光那冥殿就有三重，较那皇陵的规格都不遑多让。

程五奎等人不傻，他们皆知朝廷对规制把控得极严，别说是修坟打墓，就连衣裤鞋帽穿戴错了都会被重罚。在严刑峻法下，连王侯都不敢将陵墓修得太过张扬，就算那权贵势力再大，如此逾规越矩，一旦被人告发，天子定然震怒，落个株连九族的罪名都决不意外。

怕惹上杀身之祸，程五奎等人哪里敢应？谁知那权贵早有防备，当即命一伙手持利刃的家丁看住了他们。经过威逼利诱，程五奎等人只得按要求动土打墓，没日没夜地苦干了数月，总算将那墓葬造了出来。

在修造的过程中，有一次看守他们的家丁喝醉了，误吐了真言。原来那权贵极信风水，也不知从哪里听来的，说是上代人的阴宅越是华贵，后代的福泽便越是深厚，莫说是位极人臣，就连封王拜爵都说不定。况且那权贵贪得无厌，家中搜刮来的珍宝堆积如山，怕将来朝廷追查，便打算运一批埋入父冢当陪葬，也算是一举两得。

得知这事后，程五奎便留了个心眼。自古以来，为保陵墓的位置不泄露出去，事成后坑杀工匠的例子屡见不鲜。于是，程五奎便开始试探，他以辛苦为由，数次向权贵要求增加工钱。然而不论他要价多高，那权贵总是无一不允。这么一来，程五奎更无它疑，那权贵既然打算将自己一伙人灭口，哪怕去要座金山他都会答应。

想到这儿，程五奎也没声张，自己暗中做起了准备。他先是提前存了些清水、干粮，用瓦罐盛了，偷偷放置在墓穴的隐秘处。待完工那天，又从附近捉了只大老鼠，藏在了自己的帽子里。

果不其然。那老太爷的尸骨运入地宫落葬后，那权贵便取出金银美酒，说是为众劳工饯行，等喝完了酒，就分发工钱让大伙拿了离开。除程五奎外，众人皆信以为真，他们哪知那酒水里掺着迷药？一碗喝下去，纷纷人事不省。程五奎见状，也装作被迷倒，与其他劳工横七竖八地躺了一地。

阴宅里最忌沾上血腥，故而那权贵也不去动刀子，只命手下家丁将他们的手脚牢牢捆住，全部丢入墓葬中，反正之后将土一封，这伙劳工不消半日便会憋死，既可保秘密不泄，又能当活祭人殉。

等权贵一行离开，程五奎等人已被尽数封死在暗无天日的地宫中。程五奎约莫着时间差不多了，便吹了几声口哨，将藏在帽中的老鼠唤出。那老鼠一出来，三下五除二地将他身上的绳索啃断。手脚一得自由，程五奎又急急摸到一处夯土墙上，命那老鼠打洞。那老鼠十分听话，当即便挥开前爪，奋力朝外钻挖。趁这工夫，程五奎再将同伴依次唤醒，并对他们讲明来龙去脉。

同伴们听后，又是吃惊，又是害怕，程五奎急忙安慰了一番，又说自己有异能，或可帮助大伙脱身。

原来这程五奎先天不足，到六七岁时，个子便不再长了。那狠心的父母嫌他累赘，就将他骗到外地丢弃，任他自生自灭。其时他年纪尚小，又是举目无亲，快要饿死时，误闯入了一座破庙中。那破庙虽然无人，却供着菩萨，附近的善男信女不时会到这里烧烧香火、摆摆供品。多亏那些发霉变硬的供品，程五奎这才保住了一条小命。之后他就在这破庙里住了下来，并将那神像佛台打扫得干干净净。那些虔诚的信徒见了，十分高兴，将各色香果供奉得更勤了。吃的一多，自然引来了老鼠，程五奎独居破庙，时感寂寞，所以也不去驱赶，反而省下口粮去喂老鼠。这一来二去的，程五奎渐渐摸透了鼠类的习性，竟误打误撞地琢磨出一套驭鼠之法。再后来，程五奎长大成人，仅靠那庙中的供品已无法维持生计。为混一口饱饭吃，他便去当了劳役。见他是个侏儒，起初那管事的不愿收，但念在他工钱要得少，又任劳任怨，这才好歹将他留下。做苦力多年，程五奎不但打熬出一身强健的筋骨，那控鼠的本领也没扔下。事到如今，正好派上了用场。

然而这地宫埋得太深，那老鼠一时半刻也无法打通。也不知过了多久，就在众人感觉快要无法呼吸时，一股凉风自那小洞中透了下来。见总算打通了气孔，众人的精神皆为之一振，靠着程五奎提前备下的那点水食，徒手挖了七八日，终于逃出了生天。

从墓里出来后，众劳工感激程五奎救了他们性命，纷纷向他跪拜，誓要奉其为首、终生追随。程五奎也当仁不让，遂与大伙撮土为香，结成了生死兄弟。

他们结义后的第一件事，就是将那地宫中的陪葬全部盗出，一部分留着自己花用，一部分则化成无数小包，趁着夜色，悄悄投在贫苦百姓的院中。等这些事情做完，众兄弟又嚷着要去杀那权贵报仇。程五奎心想，那权贵势力太大，自己这帮人真若杀上门去，与拿着鸡蛋碰石头无异。最后，他决定让人写了匿名信送到地方官府，揭发那权贵图谋不轨，不光贪污纳贿，并且不顾君臣法度，擅自以王陵规格替亡父修造大墓。地方官员见信大惊，忙层层上报，直达天听。皇帝闻知龙颜大怒，一经查明，便即刻下旨将那权贵抄家问斩。

得知大仇得报，众兄弟对程五奎愈发拥护。经过此事，程五奎一行也恨极了贪官污吏，故而自建了“掘子军”，誓要盗尽天下奸臣的祖坟。

然盗墓毕竟是重罪，掘子军行事必须慎之又慎。在程五奎的领导下，他们组织得极为严密。一确认了赃官之墓，也不去毁坏那地面上的墓碑和封土堆，只是从远处打出盗洞直通地下墓室，再神不知鬼不觉地运出财宝。为防止打盗洞时被人瞧见，程五奎和手下又造出一座能搬运的大木屋，干活时将木屋置于盗洞上遮挡，完事后便当作车厢，拉着财宝再到另一处地方。这些年来，他们就这样辗转四处，一面盗墓取宝，一面救苦济贫，也乐得个快意恩仇、逍遥自在。

群豪闻知他们身世凄苦，本已大为唏嘘，再听到这里，皆不约而同地竖起大拇指，向着程五奎等人没口子夸赞。许蝉毕竟女孩儿心性，听他总提墓穴尸骨之类的，不免又是好奇又有点害怕：“那种大墓什么样呀，里头都有些什么？”

“还能有什么？”程五奎道，“除了棺材死尸，就是珠宝陪葬，哦，最多有时候碰到些机关，不过年深日久，多半也无用了……”

许蝉摆摆手：“我不是问那些，我是说你们进了那么多墓，就没遇到过鬼怪、幽灵什么的？”

程五奎笑道：“鬼怪、幽灵都没遇见过，可咱们这群土耗子，倒是碰上过一只老猫。”

“老猫？”

“是啊，”程五奎指着汤显祖道，“你还是自己去问汤老爷子吧。”

汤显祖初见程五奎一行时，曾戏言自己是只专捉土耗子的猫，此时听他旧事重提，也不由得会心一笑，便把当初如何收服掘子军的事给讲了一遍。

那时，汤显祖尚在为寻齐五脉传人而奔走，途经那闹旱灾之地时，曾误闯入那座曼陀山中。其时，汤显祖并不知山名，却在密林中寻到一处古墓。见那墓门能够开阖，他好奇心上来，便钻进墓中一探究竟。然而探了一圈，汤显祖发现那墓里仅有一口石棺，棺中也无尸骨，只存着一套玄袍、一柄拂尘和一把锈迹斑斑的古剑。开始，汤显祖以为这里是衣冠冢，可转念一想，就算是衣冠冢也不能不封墓门。后来再一琢磨，心下顿时恍然，这地方定是古时修行的隐士所造，他们最爱搞这种把戏，往往在临终前，另备下棺椁寿材，将自己所穿的衣物置于其间，墓门也故意不封，以待后人发现，好让后世以为那是仙人遗脱，而肉身已然羽化飞升。想到这儿，汤显祖又仔细一寻，果然发现那石棺后刻着“某某真人驾鹤升仙”等字样，遂印证了自己的猜测。

从那山上下来，汤显祖便遇上了乡民拜鼠、群鼠运财的奇事，通过查验那些制钱，再与那秀才盘道后，汤显祖断定这是会驱鼠的盗墓贼所为。闻其言行，这伙盗墓贼俱是侠义之辈，念及土脉正是用人之际，汤显祖就想替徐振之招揽他们以壮门庭。汤显祖内力深厚，早已察觉那冈上伏着人，于是计上心来，有意编出那什么刘瑾墓、旱骨桩之类的话去吸引他们。

而那无意间发现的空墓，那会儿也派上了用场，之后汤显祖便鸠占鹊巢，备下了肥鸡美酒，躺在那石棺中守株待兔。怕他们因进墓太容易起了疑心，汤显祖还顺手在那墓门后顶了个大木棍。正所谓不打不相识，程五奎等人那会儿以为中了埋伏，向着汤显祖大打出手，汤显祖将他们尽数制服后，又动之以情、晓之以理，诚邀掘子军入伙。经过好一通劝说，程五奎等人终于被打动，这才决定金盆洗手，悉数投奔土脉。

而后掘子军便将盗墓所得财物留下些许，以当安身之用，其余大部分都散给了遭灾的百姓。直到那时，乡民们方知神鼠运财的真相，可他们感念程五奎等人的恩德，仍将那“鼠将军庙”立在原处，香火始终未绝。

程五奎听罢，点头一笑：“事情差不多是这样，不过汤老爷子，也不知你是无心还是有意，反正漏掉一事没说。”

汤显祖怔了怔：“没有吧，老夫漏掉了何事？”

程五奎道：“我原本有只珍奇小兽，还专门为它打制了银丝笼放在木屋中饲养，可自从上次与你汤老爷子作别后，那小兽便不见了踪影……嘿嘿，莫不是被汤老爷子顺手牵了羊？”

“你可别冤枉好人，”汤显祖心虚，这几句话说得便没甚底气，“什么珍奇小兽，老夫见都没见过……不信你自己在老夫身上搜一搜嘛……”

程五奎断定是他拿了，可见汤显祖一副有恃无恐的样子，显然不在其身上，突然想到一节，心里不由得“咯噔”一声：“汤老爷子，你素来贪嘴，该不是捉去吃了吧？啊哟！那可是只能飞的鼯鼠啊！”

瞧他急得坐立不安，汤显祖不禁好笑：“小乖乖那么可爱，老夫干吗要吃它？”

话一出口，汤显祖便觉失言，再想捂住嘴巴，已然迟了。见无数双眼睛齐刷刷盯着自己，汤显祖老脸红了半天，只得承认：“好吧好吧，那鼯鼠的确是跟着老夫到了江阴，不过此时，正由徐老夫人的丫鬟阿花帮忙饲养。当初可是它自己黏上老夫的，赶都赶不走……”

得知那鼯鼠尚在，程五奎松了口气：“还活着就好，汤老爷子你也真是，喜欢跟我说一声，兴许我当时就送你了。”

“现在说也不晚嘛！”汤显祖赶紧顺着话茬道，“既然你非要送，那老夫就多谢你割爱啦！”

程五奎一愣，继而摇头大笑：“汤老爷子，我算是服了你了，给根竿子就能往上爬。得，那鼯鼠是你的了！”

“够爽快！够意思！”汤显祖大喜，“来来，老夫敬你一杯！”

欢声笑语，觥筹交错，群豪胸中畅快，这场酒便吃了个通宵达旦。

如此耽搁了两日，炎尊赵士桢还惦记着家中那未完成的发明，便要先行返乡。见他年事已高，又是孤身一人，大伙皆有些放心不下，伍有德自告奋勇，主动护送他回温州乐清。

待赵士桢走后，秦良玉和马千乘也要辞行。徐振之等人与他们久别重逢，心里自然难以割舍。马氏夫妇何尝不是如此？可这次出来，已违那“土不出境”的祖训，并且石砫此时无首，他们也担心治下会出什么岔子，故而纵有万般不舍，也只好忍痛分别。

临行那日，徐振之等人一直送出村外。跨上坐骑之前，马千乘望望许蝉手里的秋水剑，又从怀里掏出一柄精致的匕首塞给了徐振之：“她有剑，这个给你用。”

许蝉笑道：“马大哥，你送这匕首是为了让他防身吗？可就算我有剑，也不能去砍自己相公呀。”

马千乘急得直摆手：“不、不……”

秦良玉接言道：“你马大哥的意思是说，蝉儿妹妹有了秋水，自然就不缺神兵了，那匕首亦可削铁如泥，奈何仅有一把，只好单独送给徐公子了。”

徐振之十分欣喜，忙拔出匕首观瞧，那利刃甫一出鞘，登时射出青幽幽的寒光，不由得连声称赞：“果然了得！真不愧是出自‘器宗’之手……”

“徐公子这可走眼了，”秦良玉哈哈笑道，“这匕首是我那祥麟孩儿打造，你们马大哥十分满意，因此才随身携带。”

许蝉又惊又喜：“你们还有孩子啦？怎么上次我跟振之哥去鱼木寨时没见到呀？”

“万历二十五年，我们夫妇接到了上谕，要奉旨援朝。其时我那祥麟孩儿尚在襁褓，于是便将他送到忠州他外公家养着。等我们抗倭回来，又遇上杨应龙起兵叛变，他就只好一直住在忠州了。”秦良玉说着，抬手一比，“那会儿你们去石砫时，我们还没将他接回来，如今已是个十来岁的大小伙子，都有这么高了。”

“哈，个头不矮呀！”许蝉笑道，“这点随马大哥。”

秦良玉也望着马千乘笑道：“还好性子不随他。祥麟现在倒是活泼，听说我们要来江阴，也嚷着想跟来瞧热闹，我费了好些口舌这才劝住。”

徐振之手握匕首：“那等下次吧。将来我定要面见那祥麟小贤侄，好好谢谢他为我打了这么好的一柄匕首。”

“你要见你贤侄，我和你马大哥也盼着见见我们的贤侄呢。”秦良玉瞧了瞧徐振之，又在许蝉肚子上轻拍了一下，“徐公子、蝉儿妹妹，你俩可得抓紧啊。”

许蝉脸一红，嗫嚅道：“还当着这些个人呢……秦姐姐你快别说了……”

“这有什么不好意思的？你与徐公子两情相悦、明媒正娶，咱姊妹间聊些生儿育女的话儿又不丢人。”

“不是，我……我也喜欢孩子……可……”

秦良玉是过来人，一瞧许蝉神貌，心下便明白了几分。于是她将许蝉拉到一旁，悄声问道：“妹妹，莫非你一直未能怀上？”

许蝉点了点头，眼眶有些湿润：“原来我小产过，大夫说我练武伤了身体，以后怕是也难……”

“别听那些庸医瞎说！”秦良玉将手一摆，“我们土家毕兹卡有一种草药，对安胎滋养可谓奇效。早年间我那症候比你还严重，后来用那方药调养了几年，不也给你马大哥生了个大胖小子吗？”

“真的？”许蝉眼中充满了欣喜。

“姐姐还骗你不成？回头我就派人送些过来。行了，冲你这副着急的样子，我也得抓紧回去准备，早一天送来，你和徐公子也好早一天抱上那胖娃娃。”秦良玉大笑着说完，招呼马千乘等人跨上坐骑，又冲其他人朗声道，“各位，后会有期了！”

徐振之一行赶紧抱拳：“一路顺风！”

“好，保重！”

秦良玉抹了把脸，一甩马鞭，头也不回地驰去。马千乘和两名白杆兵也不再多说，催马跟上。

徐振之等人目送四骑绝尘远去，心里犹在依依难舍。

离散篇

第五章 幽宫怨

五脉聚首这桩大事一毕，汤显祖等人难得感觉到一阵闲适，便想在此休养一阵。有了程五奎一行加入，归游居中越发热闹起来。

将花厅的地面填好后，程五奎闲着无聊，就带着手下去村里四处逛，帮张家补补屋顶，替李家修修院墙。零散的活计干完了，他们还嫌不过瘾，便跑到村外挖宽水渠、加固河堤，乡亲们感念其德，也自发地为他们送水送饭，没过多久，就打成了一片。

汤显祖这些年来，一直笔耕不辍，此时，已完成了《紫钗记》《邯郸记》《南柯记》和《牡丹亭还魂记》四部杂剧传奇。因这四剧皆与梦境有关，他本人原籍又是江西临川，故而并称为“临川四梦”。而四梦之中，汤显祖最得意的当属《牡丹亭还魂记》，始终将手稿随身携带，或增补，或删减，不断地润色完善。来归游居前，他便为《牡丹亭》编好了唱腔律调，而今难得空闲，突然兴致大发，就想要拉人来排演一番，好瞧瞧登台效果。

经汤显祖几通磨缠，徐振之和许蝉总算答应去扮剧中的柳梦梅与杜丽娘。那柳生一角本是个书生，徐振之扮起来倒是恰如其分。许蝉扮上相后，样貌身段是没得说，可她习武惯了，举手投足皆带着勃勃英气，让她去扭扭捏捏地故作媚态，简直比杀了她还难受。

见许蝉把一个柔弱婉约的杜小姐，活活演成了豪迈飒爽的“铁娘子”，汤显祖气得七窍生烟。思来想去，便将主意打到了跟随许学夷研习木脉绝学的钱谦益身上。

在汤显祖的撺掇下，钱谦益换上女衫、绾起云髻、扑了脂粉。他本就生得唇红齿白，一通捯饬后，果然十分标致。汤显祖见状，大为满意，当即手把手地教起了唱腔念白、动作行介。

不得不说，这钱谦益颇有天分，汤显祖才教了几遍，他就能尖着嗓子，指翘兰花，咿咿呀呀地唱将起来。

唱到“晓来望断梅关，宿妆残”时，钱谦益便轻抚自己面庞，好似真在对镜自怜；唱到“剪不断，理还乱，闷无端”时，他又忸怩作态，还轻轻一跺脚，将那杜丽娘的伤春之情演绎得淋漓尽致。

钱谦益越唱越起劲，碎步蹁跹、水袖翻拂，将那闻声来瞧的许学夷、程五奎等人引得高声叫好。等到徐振之上场，钱谦益又眼送秋波、口吐娇嗔，道了声：“冤家，你怎地才来？”

徐振之浑身一颤，只得硬着头皮，答了句：“见过小姐。”二人一唱一和，虽无丝乐响器伴奏，场外众人依然瞧得津津有味。

既然是才子佳人的戏折，那便少不得有些风月艳事。唱至柳杜二人一晌贪欢，于梦中共赴云雨时，钱谦益一把扑上去握住徐振之的手，作势就要宽衣解带。

许蝉原本瞧着好玩，看着看着，竟真将钱谦益当成个女子。一见这幕，直气得大骂骚蹄子、狐狸精，赶紧跳进场去，生生将二人拉扯开来。

之后，汤显祖又屡屡来邀，徐振之怕尴尬，总是推脱不去，可钱谦益却上了瘾，每次都是欣然应允。实在没辙了，汤显祖只得自己扮起了柳生，与钱谦益躲在园子里演练。他们一个觍着老脸装腔拿调叫“小姐”，一个顾盼生姿尖着嗓子称“冤家”，研究着唱念做打，倒是乐此不疲。

这一夜，月色甚明。汤显祖正与徐振之、许学夷等人坐在厅上聊些闲话，突然听到外头传来几声轻微的响动。

汤显祖还以为是程五奎带着弟兄们在院中巡更值夜，起初未曾放在心上。可后来，又闻屋顶瓦片响了几下，方知是归游居中来了不速之客。许蝉等人也觉出异样，急忙与汤显祖一并抢出厅去。

“别鬼鬼祟祟的，既然来了，那便现身吧！”

汤显祖连喝了几声后，房顶瓦片又是一阵轻响，紧接着众人眼前一花，一个人影从半空中翩然跃下，轻飘飘地落在庭院之中。

那人负手而立，背对着众人。此时，程五奎与手下也闻声赶到，一瞧那人模样，俱是大惊，慌忙拔出各自兵刃，“呼啦”将那人团团围住：“你是什么人，敢跑到这儿来装神弄鬼？”

对程五奎一行，那人视若不见，更不作答，只是缓缓转过身来，把正面冲向了厅下。

只见那人面上戴了个鬼脸面具，颜色赤红、鼓目龇牙。汤显祖、许学夷、钱谦益乍见，不约而同地吃了一惊；而徐振之和许蝉却识得这张判官面具，双双一怔，互递个眼神，心里暗道：莫非是他？

见那人不报来历，程五奎怕他突然发难，遂招呼手下道：“管他什么妖魔鬼怪，先拿下再说！”

掘子军正要上前，徐振之急急喝止：“且慢！五奎兄弟，这是我一位故交，你带着弟兄们退下吧。”

程五奎一愣：“可他……”

徐振之挥手打断：“放心，他并无恶意。”

“既然香主这般说，那咱们依命就是。”程五奎一招手，带着手下尽数离开。

待他们走后，那人将徐振之缓缓打量一气，这才冷冷道：“数年未见，徐兄倒多了些江湖气。”

徐振之走上前，微微笑道：“殿下的王者之风，却是不减当年。”

那人与徐振之相视一笑，揭下了判官面具，果然露出了太子朱常洛的面容。

“原来是你，”汤显祖哈哈大笑，“太子爷别来无恙啊，还认得老夫吗？”

朱常洛拱了拱手：“汤老爷子的行事言辞，时常出人意料，如此有趣之人，只需见上一面便会念念不忘，更何况我们曾在米脂县城同席共饮，自然是记得的。”

听说是太子驾到，钱谦益本欲上前叩拜，可见徐振之等人立而未跪，自己也不好做得太过惹眼，于是便整了整衣衫，冲着朱常洛恭敬一揖：“常熟钱谦益，今夜得睹太子殿下真容，幸何如之。”

“钱谦益。”朱常洛抬眼一瞥，“这名字我听过，你去年在殿试上，高中了头甲探花。”

见太子居然知道自己，钱谦益不由得暗喜，正要再说些什么，却见朱常洛已将视线转到许蝉身上，只得讪讪地闭了嘴。

朱常洛望向许蝉，指着许学夷道：“若我所料不错，那位便是令尊吧？”

许蝉把头偎在父亲肩上，嘻嘻笑道：“没错，这就是我爹爹，许伯清许老夫子。”

“没大没小。”许学夷笑嗔一声，又向朱常洛道，“檐下风急，还请殿下入厅说话。”

待六人进厅落座后，徐振之暗忖：自打京城一别，便与太子那边断了往来。而今山河五脉新创不久，他就找上门来，定是打探到了消息。于是，徐振之也不掖藏，开门见山地问道："殿下夤夜驾临，必是风闻了五脉之事吧？”

朱常洛未置可否，只是把目光移到汤显祖手中的玄铁大扇上。

汤显祖见状，捂着玄铁扇笑道："老夫才当上这山河令主没多久，就算太子爷喜欢，这山河令也不能给你。不过你放心，咱们五脉虽在江湖，却也心忧天下，庙堂上哪个优哪个劣自然分得清楚，日后若有差遣，五脉定当效力，左右不能让太子爷吃亏就是。”

“汤老爷子无须多说，我若不明诸位心意，那便不会于此处现身了。”朱常洛说着，将话锋一转，“然我此次来江阴，尚有两件要事。这第一件，是受一位至亲长辈所托，要我替她向许学夷许老先生叩首跪拜。”

听了这话，其他人都怔了。这太子的至亲长辈，无外乎皇帝、太后、嫔妃，缘何要让朱常洛向许学夷行叩拜大礼？许蝉见父亲倒并不十分讶异，心里愈发纳闷：爹爹什么时候认识了皇室宗亲？

趁着他们愣神，朱常洛已起身来至许学夷面前，伏身屈膝，就要跪下磕头。

许学夷急忙离座，双手托住了朱常洛："何以克当？殿下万不可如此！”

朱常洛原本也没打算真跪，被许学夷这么一托，便顺势站起，仅是补了一个长揖。

许学夷轻叹一声，又问道：“殿下的那位长辈，身体还安好吧？”

朱常洛眼中闪过一丝凄凉，淡淡回道：“我来之前，她已气若游丝、汤水难进，怕要不久于人世了。她常说道，在江阴有两位大恩人，一位是豫庵公，另一位便是许老先生……”

听到这里，徐振之已隐隐猜出，朱常洛口中的长辈，应该是其生母王恭妃。之前，徐振之从陈矩那里得知，父亲徐有勉曾帮过王恭妃几次大忙，可他没想到的是，岳丈许学夷也同样有恩于王恭妃。

又听朱常洛道：“如今豫庵公已仙逝，许老先生年事也高，禁不得长途颠簸，所以那位长辈思来想去，就想在临终之前，见一见两位的后人，把压在她心底的话说上一说，这便是托我办的第二件事。她最后的这点心愿，还望许老先生成全。”

许学夷听罢，直直呆愣了半晌，这才微微点了点头：“理当如此。蝉儿、振之，那你们就随太子殿下走一趟吧。”

许蝉应道：“爹爹，要不要把我那四个姊姊也一并叫上？”

“傻丫头，”许学夷喉头一哽，赶紧挤出一丝笑容，“不必了，殿下那位长辈，应该只想见你。”

徐振之察言观色，早瞧出许学夷神情有些异样，可见他不愿言明，自己便不多问。唯恐许蝉再追问为什么，徐振之忙扯了扯她的衣角：“小知了，等咱们见了殿下那位长辈，一切自然明了。”

说完，徐振之又问朱常洛道：“不知殿下打算何时动身？”

朱常洛长息一声：“我那长辈朝不保夕，全靠一口气吊着。迟恐生变，自然是越快越好。”

徐振之点点头，再道：“那入京前，我要先去跟母亲回禀一声。殿下且在此稍待，我去去就来。”

见徐振之要转身，朱常洛伸手一拦：“在到这归游居之前，我已派人去请老夫人了，再过一会儿，令堂便会来至此处。行程仓促，无奈之下这才惊动了令堂，徐兄莫要见怪。”

听他已然安排下去，徐振之只得道声“好说”，留在厅上静待。

约莫一炷香的光景，一乘软轿到了厅外。抬轿二人身形魁梧，走路虎虎生风，竟是那太子的贴身侍卫郭鲸和薛鳄。

一认出郭鲸、薛鳄的模样，徐振之与许蝉的思绪陡然回到了当年。他们共历过生死，如今久别重逢，相见之下，自是格外亲切。

郭鲸和薛鳄也十分高兴，一个眯着大眼，一个咧着大嘴，笑呵呵地落下轿子，朝着徐振之和许蝉热情寒暄。

才说了两句，就听朱常洛轻咳一声，郭薛二人便不再多言，赶紧揭开轿帘，从里面搀出了王孺人。

将王孺人迎进厅后，朱常洛赔了些客气话，又将请徐振之、许蝉入京之事诉之。在来的路上，王孺人已从郭鲸、薛鳄那里听说了大概，她本就是个豁达明理之人，便叫过徐振之与许蝉，嘱咐他们在外珍重身体、注意饮食。

见时辰差不多了，朱常洛便婉言催促。许蝉也知他急着返京，遂点头道：“那我去收拾包裹。”

郭鲸摆手笑道：“哪用得着徐夫人操心？外头已备下快马，衣用细软皆打成行囊负在马上，你们只需带几件随身之物便是。”

“殿下安排得还是那么周到。”徐振之说完，取了玄铁尺、系上蹀躞带，又冲母亲、岳丈跪拜后，再向汤显祖、钱谦益、程五奎等人一一作别，“这阵子振之不在，家中诸事，就仰仗各位费心了。”

汤显祖颔首道：“有老夫在此处坐镇，还有那么大帮子人，你和馋丫头只管放心就好。”

“嗯，老糊涂正经起来，果然挺让人心安的。”许蝉笑笑，又向许学夷道，“爹爹，你还有什么要嘱咐的？”

许学夷摸了摸许蝉的头，想说些什么，又不知如何开口，最后只是微微一笑，摇了摇头。

“成吧。”许蝉将秋水剑往腰中一挂，“那我和振之哥这就出发了。”

“爹送送你们。”许学夷说完，拉起许蝉的手，与众人一起走到了归游居院外。

郭鲸、薛鳄拉来了马匹，与朱常洛当先骑上。而许学夷也不知怎么，直到徐振之上马，也还是紧紧握着许蝉的手，迟迟不愿松开。

感觉到父亲的手心在微微颤抖，许蝉也知他不舍，眼圈一红，强作笑颜：“爹爹怎么了？记得我出嫁那天坐花轿，你都没这样呢，我和振之哥又不是不回来了……”

许学夷又怔了半晌，这才轻轻说道：“蝉儿你记住，无论什么时候，这里都是你的家……”

听父亲这话有些莫名其妙，许蝉一愣，继而笑道：“这里当然是我的家呀。”

许学夷没再多说，松开了许蝉的手：“去吧……”

望着父亲斑白的两鬓，许蝉生怕自己的眼泪落下来，忙搂着许学夷脖子一抱，转身跨上了马：“驾！”

见许蝉驰远，徐振之便朝众人道声“保重”，与朱常洛等人策马追去。

五马越驰越远，渐渐消失在茫茫夜色中。王孺人转过身来，就见许学夷眼中泛泪，望着前方怅然失神，不禁关切道：“亲家公，你有心事？”

许学夷回过神来，忙抬手拭了拭眼角："没什么，只是他们乍一走，心里头觉得空落落的。人老多情啊，看来我真是年纪大了……"

"年纪越大，才越要开心啊！"汤显祖笑嘻嘻地凑过来，"许夫子你想，每回喝酒，馋丫头总怕咱们贪杯，又劝又管的，老是不得尽兴。现在她一走，便没人在咱们耳边聒噪啦，哈哈，走走走，赶紧弄些下酒菜，咱们两个老家伙敞开肚子，喝他个一醉方休！"

王孺人叹了口气："汤先生，其实蝉儿说得没错，你和亲家公毕竟上了岁数，那酒还是得适量才好。"

"适量、肯定适量。"汤显祖打个哈哈，又叫过了程五奎，"老夫人持斋戒，咱们就不留她了，你派几个人，好生送老夫人回府歇息。那小钱也别愣着啦，还不收拾杯盏摆酒去？"

钱谦益与程五奎相视一笑，皆点头道："是。"

正如徐振之所料，太子口中的至亲长辈，确为他的生母王恭妃。这些年来，王恭妃深受万历皇帝所恶，一直被幽禁于冷宫，是以朱常洛怕惹来流言蜚语，轻易不在外面提起母亲的名讳。

此时王恭妃性命垂危，故而五人不敢在路上多耽搁，只是催马向北，昼夜兼程。

不久便抵达了京郊。五人在城外寻家饭铺，胡乱吃了些东西后，见临近黄昏，又匆匆赶进城去。

来到约定地点，东宫的伴读太监王安早带着两名轿夫候在那里。据王安所报，景阳宫那边暂时没传出凶信，朱常洛听后，便知母亲尚在人世，心头稍稍宽了些许。而后，王安又与徐振之夫妇见过礼，再取出了宫人、侍女的衣冠。

徐振之一瞧，就明白了王安的用意。想那宫禁森严，外人要入得大内，唯有假扮成太子的随从，才能不惹人耳目。于是也不多说，与许蝉各自换了。

等二人易好衣装，郭鲸和薛鳄也换回了侍卫服色。待朱常洛坐进轿后，一行人便跟随着轿子，挑着小巷，急急朝紫禁城方向赶去。

大约一顿饭的工夫，身后市井的嘈杂已渐渐消失不闻，越往前行，便越是安静。徐振之心知是皇宫快到了，抬眼望去，果见不远处矗立着一围高大的宫墙，巍峨壮观、肃穆庄严。落日的余晖，映照在露出墙外的重檐殿顶上，发出一道道夺目的金光，辉煌磅礴、富丽万千，似是在炫耀着那凌人的皇家气象。

跨过玉带一般的护城河，就到了东华门下。把守的禁卫一瞧王安等人，便知是太子舆驾，自然不敢仔细盘查，急忙躬身放行。

轿子入了大内，又沿着红墙宫道，经马神庙、刻漏房，直抵徽音门。徐振之和许蝉第一次入宫，一路过来，只见殿宇重重、庭院深深，虽有那飞阁流丹、碧瓦朱甍等诸般景致，但总觉冷冰冰的，缺了些烟火气，均感十分压抑。

穿过徽音门，再经麟趾、慈庆二门，便是太子所居的东宫。朱常洛下了轿，同徐振之等人入院，刚踏上殿前丹陛，就听大殿传来几声稚嫩的童音："驾驾，李进忠快爬，别让嬷嬷给追上了。"

徐振之循声望去，就见那李进忠正笑呵呵地伏在地上当马，一个虎头虎脑的孩童骑在他背上，一手抓着他的后领子，一手在他屁股上拍打，乐得嗷嗷欢叫，小腿乱蹬。而客印月紧随二人身后，嘻嘻笑着，作势欲追。

朱常洛面色一沉："怎么又在胡闹？"

客印月一怔，忙将那小童从李进忠身上抱下："主子回来了？哟，这不是徐公子和蝉妹妹吗？"

徐振之刚叫了声“印月姑娘”，便顿觉不妥。此时客印月的容貌虽艳如往昔，可却将刘海儿梳起，发髻高盘，换作了妇人打扮。

许蝉也瞧出了端倪，向客印月笑道：“原来你已嫁人了，这小孩子是你的吧？瞧着真可爱。”

客印月脸上一红，瞥了一眼朱常洛，忙道：“这位是小皇孙，名叫朱由校。”

“小皇孙？”许蝉一愣，又朝朱常洛看去，“那你们岂不是……”

见朱常洛皱起眉头，客印月赶紧道：“我哪里有那种福气？我之所以入宫来，是给小皇孙当乳母的，来，哥儿，上前见人。”

听得这声唤，朱由校反而缩了缩，躲在客印月身后，怯生生问道：“嬷嬷，他们是谁呀？”

客印月刚要开口，却被朱常洛挥手打断：“印月，带由校去别处玩吧。李进忠，你速去安排间干净的住处。”

“是。”客印月与李进忠闻言，忙抱着朱由校退下。

这数年未见，宫中定然发生了许多事，但见朱常洛眉额紧锁，徐振之和许蝉也知他心里牵挂着母亲，遂不再多问。

几人吃罢王安呈来的茶点，又待到月上中天。见时辰差不多了，朱常洛便与徐振之夫妇换上夜行衣，准备前往景阳宫探望王恭妃。郭鲸、薛鳄本欲跟随，然朱常洛恐人多不便，就让他们留守候命。

三人收拾停当，从角门悄悄出了慈庆宫。对于皇宫中的路径和岗哨差值，朱常洛自然十分熟悉，在他的引领下，三人避开了一列列巡逻的卫兵，时而隐在花丛，时而躲于廊侧，辗辗转转，总算到了景阳宫外。

此处既是冷宫，自然不比别处的嫔妃居所，别说是守卫，就连人影都见不着一个。院门两侧的辅首上，用一条粗大的铁链缠了几匝，挂着把黄铜大锁。

许蝉在那铜锁上轻轻一拽，问朱常洛道：“你有钥匙吗？”

朱常洛摇了摇头，叹道：“父皇有严旨，景阳宫轻易不开。饮食也是隔天一送，送完即锁。咱们要想进去，只能翻墙而入了。”

许蝉望了望那墙，估算了一下高度：“倒也容易。”

朱常洛点头道：“有功夫的确是不难。徐兄要上去，只怕得费些工夫。这样吧，一会儿我登上墙头，再伸下手来拉他。”

“不需劳烦殿下。”徐振之打量几眼，见院墙外有棵大树，便从腰间解下长鞭，“唰”的一声，缠在了探入院中的树枝上。借这一弹之力，徐振之双脚连蹬，没费吹灰之力，已轻松攀上了墙头。

他这一下，大出朱常洛意料。然而朱常洛却没动声色，只是提气纵身，与许蝉先后跃上了院墙。

待三人下墙后，便沿着坑洼不平的砖道向前走去。借着清冷的月光，周围环境倒是能瞧得清楚。这景阳宫是个二进的院落，却处处充斥着破败的景象。斑驳的墙壁上附满了苔藓，地上铺了层厚厚的枯叶，就连那庑殿顶上，也生出了丛丛荒草，一只野猫凄凄叫了几声，又飞快地隐于檐后。正殿黑漆漆的，不见一点火光，廊柱间蛛网尘结，石阶上倒着些药渣，门窗的封纸也早破出好几个大洞，被风一吹，呼啦作响，感觉整座景阳宫都阴森森的，像是久无人居。

许蝉鼻子一酸，徐振之也是暗生喟叹。若非亲眼所见，谁敢相信当朝太子的生母，竟会住在这么一个荒凉破败之处？

朱常洛不言不语，径直走上阶去，“吱呀”一声推开了殿门。徐振之与许蝉见状，也赶紧快步随上。

殿中更是冷清，四壁几近空徒，除了一张掉漆的旧屏风和一套快要散架的桌椅外，再无其他像样的家具。殿东头隔出间斗室，也没设门，仅挂了一条破破烂烂的布帘。

挑帘入内，便见斗室中还砌着一方火炕。炕上躺着一个披头散发的妇人，头脸朝内，身子蜷缩在单薄的被子里，露出被外的手中，还捏着一条坠有小金锁的项圈。月光虽能透过窗隙照入，可还是模模糊糊，瞧不真切，见窗台上有盏油灯，徐振之便拿了过来，从蹀躞带上的多宝囊里取了火石点亮。

油灯一点，昏暗的室内就变得亮堂起来。朱常洛伏下身，在那妇人的耳边轻唤："娘，不孝儿看你来了。"

王恭妃重病之下，脑子早已昏昏沉沉，朱常洛连唤了数声，这才无力地问道："谁？"

见母亲虚弱至此，朱常洛心如刀绞，只得哽噎着回了一句："是洛儿……我从江阴带人回来了……"

"江阴……江阴……"王恭妃呓语般自念两声，身子陡然一阵颤抖，猛地回过头来，就想挣扎着从炕上爬起。

可她两条胳膊酸软无力，上半身只抬了几抬，便朝炕上跌去。许蝉眼疾手快，赶紧一把将王恭妃稳稳地搂在怀里："娘娘小心。"

王恭妃垂头喘息了一阵，忽然抬起头来，两手也死死抓紧了许蝉的手臂："孩子……我总算盼到你了！"

她这一声里，夹杂着几分狂喜，几分酸辛，听上去有些凄厉。许蝉心中一凛，又见王恭妃一双眼珠竟是浑浊惨白，不禁吓得打了个哆嗦。

感觉到许蝉的身子急抖了一下，王恭妃急忙闭上了眼睛："瞧我这脑子……孩子，吓着你了吧？"

许蝉刚摇了摇头，又记起王恭妃看不见，便在她手背上轻拍几下："我没事。娘娘，你的眼睛怎么了？"

“哭瞎了。”王恭妃哀叹道，“我是个没用的人，虽然被囚禁在这景阳宫，心里却总惦记外头的事。可惦记有什么用，我又出不去，只能躲在这儿偷偷地哭，日里哭，夜里哭，后来便渐渐地瞧不见了……不说这些了，孩子，我想知道你的模样，能摸摸你的脸吗？”

望着王恭妃颧骨深陷的面庞，许蝉心里也是一阵酸楚，忙拉起她那枯柴一般的手臂，放在了自己脸上。

王恭妃指骨嶙峋，生怕弄疼了许蝉，便不敢使劲儿，她轻轻摩挲着许蝉的脸，就像捧着一件极其脆弱的珍宝，从额头慢慢摸到鼻梁，再从腮间缓缓摸到下颌：“孩子，你生得真俊……”

许蝉不知该说些什么，只是微微一笑。

王恭妃又顺着她面部的起伏，轻轻摸了摸许蝉的嘴角：“嗯，笑起来也好看，跟做闺女时差不多，没怎么变……”

许蝉一怔：“娘娘，我们从未见过，你怎么会知道我出阁前的样子？”

“七年前我还没瞎，曾在陈矩公公的帮助下去过江阴，偷偷望过你几眼……”王恭妃歇了一会儿，又侧起耳朵问道，“振之也来了吧？”

徐振之走上前：“见过娘娘。”

“好孩子，”王恭妃颤巍巍地抬起手掌，“那时候我没来得及见你，让我也摸摸你的样子好吗？”

“是。”徐振之在炕边屈膝蹲下，便于王恭妃的手触到自己头脸。

王恭妃又摩挲一阵，欣慰地笑了：“剑眉隆准，跟豫庵公一样，也是相貌堂堂，不过你眼角细些、嘴唇薄些，生得比令尊秀气……咳咳咳……”

见母亲咳嗽起来，朱常洛知她是虚苦劳神，瞧炕头摆着瓦罐破碗，忙从罐中倒了碗清水，端到王恭妃唇边。

王恭妃浅饮了一小口，便喝不下了。朱常洛又替她捋了捋后背，轻声劝道：“娘，孩儿扶你躺下吧，歇养身子要紧，有什么话，等病好了再说也不迟。”

“洛儿，你别拦我。娘虽然瞎了，心里头却是明白得很……我这身子已经不中用了，还歇什么？就算能拖个一两天不死，不也是活受罪么……”王恭妃喘了口粗气，忽觉掌上空荡荡的，立马焦急地伸手乱抓，“孩子，你到哪儿去了？不要离开我！”

许蝉赶紧凑近，握住了王恭妃的手：“娘娘，我哪里都不会去，就在这儿陪着你……”

“好孩子、好孩子……”王恭妃顿感心安，攥着掌中的那条金项圈，向许蝉递来，“我没什么贵重的东西，这长命锁你收着吧。”

许蝉打一进来，就见王恭妃在昏迷中仍握着此物不放，知其定是她所珍爱的物什，又哪里肯接？

然王恭妃执意要给，怕许蝉还不要，索性摸索着，就要帮她把项圈戴上。可那项圈太小，又岂能戴得上？试了两次后，许蝉恐王恭妃劳累，只得接来握在掌中：“我收着了，多谢娘娘。”

“倒也不必谢，那本来……唉……”王恭妃缓了缓，露出一丝笑容，“孩子，我快要死了，想说一些旧事给你听听，你不会嫌我啰唆吧？”

许蝉红着眼眶道：“不嫌的，娘娘说什么我都愿意听，只是你别累着。”

王恭妃点了点头，轻叹一声，又缓缓说道：“我的娘家，在宣府左卫，父亲曾中过武举，任过锦衣卫百户。十三岁那年，我选秀入宫，分派在慈宁宫，侍奉皇上的生母李太后……在我十六岁时，被皇上临幸，第二年便生下了洛儿，自己也从宫女，变成了妃嫔。唉，后来的事，你们也应该听说了的……”

徐振之和许蝉也不好接言，唯有静默不语。

王恭妃咳了两下，再道：“其实，皇上虽嫌我出身低贱，可毕竟我为他生下了长子，心里也多少是欢喜的……在洛儿摆周岁酒那天，他也曾去看望过我们母子，当夜喝醉了，便在我那里留宿了一晚。自那之后，我又有了喜讯，于次年再次诞下了一个女孩……”

许蝉怔了一下：“娘娘还有个女儿？”

“是啊，”王恭妃轻抚着许蝉的手，“生她那天虽然凶险，可我始终没忘……孩子，你知道吗？那天是……是万历十二年七月的庚辰日啊！”

“万历十二年……七月庚辰日……”许蝉喃喃几声，登时奇道，“咦，怎会这般巧？”

听到这里，徐振之已隐隐猜到了什么，慢慢走上前，将手掌抵在了许蝉的后背上。

许蝉尚未明白徐振之的心思，只是回过头来道：“振之哥你听见了没？娘娘的女儿，居然是跟我同年同月同日生的。”

徐振之点了点头，又道：“小知了，听娘娘接着说下去吧。”

王恭妃偎在许蝉怀中，眼角却挂下了两行清泪：“我那乖女儿，名字叫作朱轩媁，被册封为云梦公主……那长命锁便是她小时候戴的，上面还刻着她的封号……”

许蝉摊开掌心，见那小金锁上果然刻有“云梦”二字：“娘娘，那云梦公主现在在哪儿？你若是想她，为何不让太子叫她过来看你？”

王恭妃轻轻摇了摇头：“我害怕，害怕她不肯认我这个娘……”

许蝉秀眉一蹙："那又是为什么？"

王恭妃再叹一声，道："是我对不起她。那个时候，皇上和郑贵妃已打得火热，可偏偏我抢先一步，生下了皇长子。那奸妃郑氏生性恶毒，自然是十分嫉恨，生怕我母以子贵，便屡屡安排毒计，想要置洛儿于死地……有的时候，洛儿的襁褓里会爬出一条长蜈蚣；有的时候，摇篮中会钻出一只大蝎子；还有一次，我半夜被洛儿的哭声惊醒，扭头一看，竟发现一条绿幽幽的小蛇，正缠在了他的脖颈上，不停地吐着红信子……"

许蝉早听得头皮发麻，虽见朱常洛安然无恙地站在一边，可心里却不由得为他当年的遭遇捏了把冷汗。

又听王恭妃继续说道："光为了保护洛儿，我已是焦头烂额，后来再添个轩媖，我更是应付不过来了。那时候，我身子很虚，轩媖生下后没有奶喝，我托人几次三番向皇上奏请派个乳母来，可皇上却假装不知道，始终没有回应……后来还是老太后出的主意，让陈矩公公偷偷从御膳房取些羊奶来喂轩媖……开始的时候，倒没什么，可过了两个月，轩媖就莫名其妙地拉稀便水。陈矩公公起了疑，便暗中去找太医查验那羊奶，一查之下，那羊奶之中果然被混入了泻药……"

"这定是那郑贵妃做的手脚！"许蝉气道，"娘娘，不过我没想明白，云梦公主是个女孩儿，将来又不会跟她的儿子争皇位，郑贵妃又为何要加害小公主呢？"

王恭妃苦笑道："起初我也不解，还是陈矩公公帮我识破了那奸妃的蛇蝎心肠……她下药的用意，就是想让我顾了女儿，便顾不上儿子，他们才好有机会对洛儿下手啊。"

"这女人的心肠也忒毒辣！"许蝉恨得咬牙切齿，"娘娘，她那般胡作非为，难道皇上就不管吗？”

王恭妃道：“那奸妃诡计多端，做那些事自然不会留下把柄……再说了，就算拿到真凭实据又能如何？洛儿从小到大，受他们一伙的暗算还少吗？皇上绝非糊涂之人，对那奸妃所为不可能不察，若他真有心追究下去，郑氏就算有十个脑袋都不够砍的……唉，皇上是受其魅惑，装聋作哑……”

许蝉只听得柳眉倒竖、杏眼圆睁：“郑贵妃不是好东西，那皇上也真算是个大昏君！”

自古以来，非议当今圣上，皆属大不敬的罪过。听许蝉激愤之下说出这等话来，徐振之一惊，朱常洛脸色也是一变。

徐振之急忙道：“小知了，这种话以后万不可乱说了。还好这里没有外人，若是被皇上得知，你还有命在吗？”

许蝉也自知失言，只是胸中怨气实在难平：“就是因为都是自己人，我才敢那么说的。好，我以后不说了就是，反正皇上在我心里，一样是个昏君……”

“不！孩子，你不光不能说……心里也不能那样想他……咳咳……咳咳咳……”王恭妃说得急了，一口气没倒换过来，憋得身子都哆嗦个不停。

“娘娘你别着急，我心里也不会骂他了。”许蝉赶紧手忙脚乱地为她捶背，心里却有些纳闷：皇上如此薄情，王恭妃为何还要这般回护他？

王恭妃喘了好一气，总算平复下来：“你不怨他就好……当年我得知那羊奶中被下了药后，更是担惊受怕，可那会儿我的身边，全是那奸妃安插的眼线，真就如她所算计的那样，我顾了轩媖，就顾不上洛儿；顾了洛儿，就顾不上轩媖……见我实在是没辙了，陈矩公公便与我商量，让我……让我舍弃一个孩子……”

“舍弃？”许蝉心里“咯噔”一下，又望了望边上的朱常洛，“是了，娘娘把云梦公主给舍了……”

“孩子，我是没办法……真的是没办法啊！”王恭妃用力攥住许蝉的手，泪如雨下，“轩嫄同样是我身上掉下来的肉，将她送出去，就好比是用刀子在我心口上剜啊……当时她还那么小，小脸蛋粉嘟嘟的……一碰她的小手小脚，她就会咯咯地冲你笑……”

“是啊，那也是没办法的事……”许蝉轻叹一声，替王恭妃拭了拭眼泪，“可娘娘把小公主送了出去，皇上能答应吗？”

王恭妃哽噎道:“这件事上我算是欺了君，也瞒过了郑贵妃他们。陈矩公公将轩嫄送出宫后，又备了口小棺材，将轩嫄平时穿的衣物放入棺中钉死，再对外宣称，小公主染上了痢疾，屙血夭折了……那奸妃郑氏心里有鬼，又听眼线说轩嫄确曾腹泻拉稀，于是信以为真，便不再查。皇上更不会细问，只是命人发了讣告，将那小棺材抬了，葬在了西郊的金山口……自那之后，轩嫄便在民间长大，她哭泣时，我没有哄过；她生病时，我没有照料；就连她嫁人时，我这个当娘亲的，都不曾为她置办过一件首饰、一床被褥。孩子你说，轩嫄现在会不会恨我当初抛弃了她？会不会不认我这个狠心的娘？”

“应该不会的。”许蝉摇了摇头，温言宽慰道，“娘娘放心好了，云梦公主长大后，定能体谅到你的难处，娘娘也不用太过自责了。”

“但愿是这样吧，若她肯认我，在我临死前叫我声‘娘’，纵使我一生凄苦，也别无所憾了……”王恭妃摸了几下，摸在了许蝉手中的小金锁上，嘴巴张了两张，似鼓足了极大勇气，“轩嫄被送出去，可我却将她所戴的长命锁留下当个念想……这长命锁已陪我熬过了二十多年，今夜总算……总算能物归原主了！”

“物归……原主？”许蝉脑海中似劈过一道闪电，浑身上下登时冰凉。她原本就有些不安，但始终不愿意自己戳破。可话已说到这个份上，许蝉就算再傻再笨，也能听懂王恭妃的言外之意。这念头一生，她心里却莫名地害怕起来，呆愣了半晌，忙用力摇晃了下脑袋，挤出一丝极为生硬的笑容：“我懂了，娘娘是想认我当义女吧？”

王恭妃声泪俱下：“送走轩媁前，为图日后相认，我曾用针在她肩后刺了一朵三瓣的梅花……孩子，难道你还不明白吗？你的本名叫作朱轩媁，你就是……你就是我亲生的女儿啊！”

“不……不是的……”许蝉摇头颤声，犹在自欺欺人，“我叫许蝉，怎么会是你女儿？娘娘，你弄错了……”

徐振之与许蝉同床共枕，早就知道她肩头刺有一朵梅花，如今听了王恭妃之语，又想起上京前许学夷那番奇怪的言行，两相印证，便再无它疑。见许蝉口中嗫嚅，身子摇摇欲倒，徐振之赶紧双手齐伸，稳稳将她扶住。

许蝉目光茫然、遍体无力，怔怔地靠在徐振之身上：“振之哥，我心里好乱……我是谁？我到底是谁啊？”

徐振之在她肩膀上轻拍几下：“你是小知了。”

许蝉喃喃道：“对的，振之哥，我是你的小知了……不是什么朱轩媁……”

“轩媁……你还是不肯认我吗？”王恭妃肝肠寸断，声音呜咽，几近乞求。

许蝉此时，已渐渐回过神来，肩头梅花犹在，若非至亲之人，怎会知晓自己身上这等隐私？见王恭妃孤零零地匍匐在炕头，许蝉心里没来由的一阵刺痛，正想扑过去将她抱住，脑海里却在刹那之间，闪转过了儿时所经历的千百种画面。时而是母亲将生病时哭闹不止的自己揽入怀中；时而是父亲将自己架在肩头看风景，嘴里还笑吟着“欲穷千里目，更上一层楼”；时而是被四个姊姊围着，有的替自己眉心点上一抹胭脂，有的摘朵鲜艳的小花，插在自己的羊角辫上……一桩桩、一幕幕，疾晃而过，那才是回忆中的童年，可如今王恭妃突然道破自己的身世，纵知她所言不虚，然而面对这初次相见之人，那声“娘亲”，许蝉一时也实难叫出口。

听许蝉迟迟没有声响，王恭妃手掌空抓了几下，慢慢垂了下来。她本就病入膏肓，伤心绝望下，仿佛被人抽去了脊梁骨，软趴趴地瘫坐在炕上，嘴里含含糊糊的，不知是哭是笑：“是了……我对你不起……你能来看我，我就知足了……孩子，我对你不起啊，你恨我、不肯认我，那也是理所应当……”

许蝉只感觉心中说不出的难受，憋了半天，再也忍耐不住，“哇”的一声，终于哭了出来：“我不恨你！我只是……我只是真的不知道怎么办……”

王恭妃张开手臂，心疼得快要碎了：“好孩子，你别为难……都是我不好，我不逼你……不逼你了……”

许蝉的泪水簌簌流下，哪里还能止得住？忽然扑上前去，与王恭妃紧紧搂在一处，抱头大哭。

二人直哭得锥心泣血，就连旁边的徐振之和朱常洛听了，都是黯然神伤。

直过了一盏茶的光景，许蝉悲声渐微，王恭妃再抽泣两声，搂着许蝉的胳膊，却慢慢耷拉了下来。

“娘！”许蝉浑身一颤，脱口惊呼。徐振之和朱常洛慌忙抢上，急急在王恭妃腕上一搭，摸到脉搏尚在微微跳动，这才长舒了一口气。

王恭妃面如死灰，脸上见不到一丝血色，直到许蝉的眼泪“吧嗒吧嗒”滴在颊上，紧闭的眼皮，方抬了几抬：“孩子……”

许蝉擦了擦眼睛，轻轻哽咽道：“娘，叫我轩媛吧。”

“怎么……你肯认我了？”王恭妃直愣愣打个激灵，喜极而泣，“我没有听错吧？方才……方才轩媛真是喊我娘了？洛儿、振之，你们也听到了是不是？”

怕王恭妃着急，徐振之抢先道：“是的，娘娘并没听错，小知了她……”

“还叫我娘娘，”王恭妃眼角挂着泪，脸上却露出了幸福的微笑，“轩媛都认我了，你还不愿改口吗？”

徐振之赶紧称道：“岳母大人。”

“嗳……”王恭妃刚应了一声，忽觉脑子里一阵昏眩，拉了拉许蝉的手，“轩媛，娘有些累了……你陪我躺一会儿成吗？”

“好。”许蝉抹了把脸，轻轻扶王恭妃躺平后，也爬上炕去卧倒。

王恭妃摸索着扯过被来，盖在许蝉身上，将被角掖了又掖，再揽她入怀，捧起女儿的脸，在她额头亲了几下：“轩媛，娘像是在梦里似的。你小的时候，娘就是这么搂着你睡的，现在你这般大了，娘却有些搂不过来了……”虽然王恭妃骨瘦如柴，身上还散发着一股衰败的气味，可许蝉仍觉得她的怀抱同儿时母亲的怀抱一样温暖。

许蝉怕自已再哭出声来，死死抿着嘴，把身子缩了又缩。

王恭妃轻轻哼起了童谣：“天上星，亮晶晶，东屋掌灯西屋明。小囡囡，闭眼睛，娘唱歌儿给你听……狗子狗子你莫叫，那是树影遮窗棂。猫儿猫儿你莫闹，当心桌上大花瓶……”

哼唱到最后，王恭妃已声若蚊蝇。许蝉闭着眼睛，将脑袋再向王恭妃怀里钻了钻，轻声呢喃道：“娘你听，狗子不叫了，猫儿也不闹了……咱们睡一会儿吧……”

“好……睡吧……睡吧……”

王恭妃的声音越来越小，直至不闻。斗室之中，变得悄然无声，二人卧于炕上，二人立在炕边，仿佛都化成了石雕泥像。

也不知过了多久，炕头的灯盏燃尽了油，“噗”的一声灭了，只余几道清烟，尚在袅袅升绕。

徐振之回过神来，发觉窗外已然泛白，又听几声抽泣，忙低头一瞧，却见许蝉蜷缩在被中，后背在微微颤抖。

“不好！”徐振之心里急打个突，赶紧伸手探去。可一摸之下，触指冰凉，王恭妃嘴角挂着笑意，身子却一动不动，早已僵透多时。

朱常洛晃了两晃，泪水涌了出来：“徐兄……我娘她……她是不是……”

不等徐振之回话，许蝉突然爬了起来，伏在王恭妃身上号啕大哭：“娘走了……娘已经走了……”

朱常洛只觉双膝一软，“扑通”跪倒在地，一手紧捂着胸口，一手掩面，滂沱的泪水，不断地从指缝中流下，霎时打湿了衣袖。

徐振之触景生悲，早已是愁肠百结，也不由自主地伏下身去，红着眼圈磕了几个头，送别这位初次相认的岳母。

许蝉再哭了一气，总算暂敛了悲声，见王恭妃花白的头发散乱在枕间，便用手指为她轻轻梳拢，帮她收拾起遗容。徐振之和朱常洛也走上前去，将王恭妃的尸身摆正，又展平了被子，盖在她身上。

正当这时，外面突然传来一阵“哗啦哗啦”的铁链声响。那动静虽然隔着尚远，可在这万籁俱寂的清晨，仍能听得清清楚楚。三人相顾愕然，知是院外来了人。他们此来景阳宫，原是趁夜潜入，若被人发觉，势必会走漏风声，惹来祸患。三人顾不上多想，急急退出了斗室。

然而院中空荡荡的没什么遮挡，贸然冲出殿外，难免会被来人撞见行踪。徐振之环顾之下，瞧见那殿中竖立的旧屏风，赶紧朝许蝉和朱常洛打了个手势。

二人会意，就与徐振之转去屏风后面藏好。紧接着，殿外来人的说话声便由远及近。

徐振之侧耳倾听，已知来人有两个，他们嗓音尖锐，又有钥匙打开紧锁的院门，应该是负责看守王恭妃的粗使太监。

只听一人突然打个喷嚏，又抱怨道："这天可真凉哪，也怪那蓉婆子，要死不死的，拖累咱俩送水送饭不说，这阵子还得早起给她煎汤药。"

"谁说不是呢？"另一个哈欠连天，接言道，"咱俩真是命苦啊，当初跟着郑贵妃好好的，却被派到这寒宫冷院遭这些活罪，唉……不过我瞧那蓉婆子也差不多了，估计再咬牙坚持几天，咱俩就算熬出头了……"

徐振之暗忖：王恭妃本名王淑蓉，那二阉却直呼其名，言语中甚是放肆，足见生前遭遇是何等的凄惨。再转头一瞧，朱常洛面色铁青，兀自强忍；许蝉却满脸愤然，几欲冲出，徐振之赶紧在她手掌上捏了捏，示意她暂且忍耐。

又听外头的声音稍稍压低："快到地方了，咱俩说话还是小声些吧，万一被那蓉婆子听见……"

"没事，蓉婆子病得迷糊，你就算趴在她耳边喊，也未必听得到。再说了，让她听见又怎样？在这景阳宫，咱俩才是主子，别说是扯几句闲话，哪怕骂她打她，那蓉婆子都得乖乖受着！”

“可她毕竟是太子的亲娘……”

“太子又怎样？将来坐皇位的不还是福王？我可是听说了，前阵子郑贵妃请什么三诏真人卜了一卦，算出来说福王殿下有九五之象，以后定能当上皇帝。”

“算卦的话也能信得？我小时候家里还帮我算着能做官，可结果呢，不照样被净身送到宫里来了？”

“你那准是遇上骗子了。你看，咱俩是郑贵妃的人吧？将来福王得势，肯定少不了好处。退一万步说，就算日后太子坐了龙庭，咱们也是好处多多。”

“那又是为啥？”

“咱们替太子伺候过他的亲娘啊，明白了吧？不管是福王当皇帝还是太子当皇帝，咱们左右不吃亏就是。”

“嘿，倒是这么个理儿……”

说话间，二阉推门进殿。徐振之从屏风后偷眼瞧去，只见一个眯缝着小眼，提着个篮子；一个后背有些驼，拎着只药罐，皆是尖嘴猴腮，满脸的奴相。

朱常洛二目似刀，在他俩身上狠狠剜了几眼，已然将二阉的模样牢牢记于脑中。

二阉哪想到殿上屏风后面还藏着人？照旧与往常一样，大摇大摆地走向殿东，挑开破布帘，闯入了斗室。

见王恭妃的尸身躺在炕上，二阉也没多想，将那小篮和药罐“咣当”往炕头一墩，便扯着尖嗓子大叫道：“蓉婆子，起来吃饭喝药！”

连唤了数声，王恭妃仍无回应，那眯眼的啐了一口，恼道：“装聋是不是？赶紧起来，难不成还要咱们喂你？”

那驼背的瞧出异样，忙爬到炕头去看，手指伸在王恭妃鼻下一试，脸色顿时变了：“啊哟，可了不得。她……她不喘气啦！”

“死了？”那眯眼的一怔，立马上前摸了一把，感觉到尸身已然僵硬，居然不惊反笑，“哈哈，真死了！天可怜见的，总算是熬出头了！”

那驼背的似想起了什么，也不说话，突然掀开被子，在王恭妃尸身上翻找起来。

眯眼的瞧着好奇，忙问道：“哎，你找什么？”

“金锁！”那驼背的嘴里说着，手里却一直没停，“你忘了吗，这蓉婆子生前，总是攥着不放，我原来偷着掂过，分量还不轻呢。”

“对对，你不提我还真没想起这茬儿。”眯眼的大喜，也赶紧帮忙去翻，“找到了拿出宫去兑成银子，一人一半……真是见鬼，哪儿去了？那枕头底下找了没？”

“都找遍了，没瞧见啊……”

“我就不信了，再仔细翻翻！”

那坠着金锁的项圈，此时正在许蝉掌心握着，他们就算将斗室翻个底朝天，又哪里能寻见？二阉再搜一气，还是一无所获，虽心有不甘，却只得愤愤然作罢。

眯眼的气不过，竟跳上炕去，照着王恭妃的尸身就是一脚：“这蓉婆子好生可恨！枉我给你送吃送喝，死了也不留些好处！”

“就是！”那驼背的也吐出一口浓痰，恨道，“活该她一辈子受气！”

当二阉搜尸时，躲在屏风后的许蝉，早已透过破布帘瞧得一清二楚，又见他们辱尸，哪里还能忍耐得住？双唇一张，就要怒骂出口。徐振之早有提防，眼疾手快，一把将她的嘴巴死死捂住。许蝉再要挣扎，忽觉身体一麻，登时无法动弹，原来是朱常洛出手，点了她背后的要穴。

二阉再骂了一通，总算是消停下来，篮子和药罐也不要了，双双奔出景阳宫，应是去上报王恭妃的死讯了。

等他们走远，朱常洛才解开许蝉的穴道。许蝉又是心疼又是恼怒，扑到王恭妃尸身上放声大哭。

朱常洛红肿的眼中，好似要滴下血来，咬着牙，一字一顿道：“娘，孩儿向你发誓，方才那两个狗奴才，我定会让他们生不如死！”

徐振之叹口气，又瞧了瞧窗外：“再过一阵子，天就彻底大亮了，咱们趁着没人，先回慈庆宫再做商量吧。”

“只能如此，走吧。”朱常洛一抹脸，与徐振之拉起许蝉，含悲忍恨，匆匆退出了殿外。

王恭妃生前，万历帝不理不睬。待她死后，万历帝更是不管不问。可尸首留在景阳宫也不是个办法，再加上以大学士叶向高为首的谏臣纷纷上书，直到三天以后，万历帝这才降下旨意，命皇太子朱常洛为母治丧，将王恭妃的遗体运至殓宫暂厝。至于日后葬在何处、葬礼以何种规格办置，却是统统未提，就连丧银都没拨下过一两，还美其名曰节省用度，一切从简。

见父皇没了下文，朱常洛也不敢擅专，只是用寻常棺椁盛殓了母亲，送到殓宫停灵。

王恭妃空有个皇贵妃的封号，并不受万历待见，故而后事操办得较之普通富户家也不如。整个紫禁城中该奏乐奏乐，该吃喝吃喝，全然没将她的死当作一回事。还是皇后瞧不过去，又怕李太后禁不住悲伤，也没敢惊动她老人家，只是悄悄派人送了几套殓服和一些悼礼过来。

将王恭妃的灵柩安放在殓宫后，朱常洛又带着东宫的人着手布置灵堂。王安在柩前设下供桌，上面摆满了香烛果品等祭物；柩后高悬黑纱，中间是徐振之亲手所书的斗大个“奠”字；七岁的朱由校作为长孙，怀里抱着一只小油壶，在客印月和李进忠的陪伴下，时不时地向柩旁长明灯里添些灯油；郭鲸、薛鳄披了素甲，一左一右的，把守在殓宫门外。

因是太子生母的丧事，东宫的选侍、才人一并到了，就连朱常洛的幼子、刚出生没几个月的朱由检也被抱来，哇哇哭个几声，接着瞪着小眼睛看看灵堂上披麻戴孝的人们。

许蝉一身素裹，红着眼圈守在灵前，发一会儿怔，再往火盆中扔几把纸钱。徐振之与朱常洛也各穿了孝服，默默立于堂上，怅然哀伤。

过了一会儿，郭鲸来报：“启禀殿下，叶阁老和左大人来了。”

“快请。”朱常洛说着，也迎了出去。

没过多久，朱常洛便和二人走上堂来。徐振之抬眼望去，只见左首一人身穿圆领青袍，上绣溪敕，宽额方脸，蓄着短须，瞧上去三十多岁；右首那老者年逾五旬，绯袍的补子上绣着仙鹤，颔下留一部花白的长髯，双眉间总是不自觉地皱着，挤成一个“川”字。

这二人一进灵堂，便将头戴的乌纱帽摘下，向着王恭妃的灵柩拜了几拜，又把带来的挽联送上。

待朱常洛答礼后，再唤过徐振之，向二人引荐。经过介绍，徐振之便知那绯袍老者就是礼部尚书兼东阁大学士、当朝首辅叶向高；而身穿青色常服的，姓左名光斗，时任都察院监察御史。

这左光斗为官清正、磊落刚直，在朝野之中，素有“铁面御史”之美誉。而叶向高自万历三十五年加入内阁，又经数载，朝中朋党纷争、皇上不闻政事，其他阁臣为了明哲保身，或称病，或请辞，如今只剩叶向高一人力挽狂澜，主持阁务，被时人称为“独相”。他二人皆为东林清流，为治国决断、维护太子正统等事百般操持，可谓劳苦功高。

对此二人，徐振之仰慕已久，崇敬之余，不由得连连长揖。

叶向高早已从朱常洛那里听说过徐振之的事迹，也拍着他的肩膀，再三称赞道：“好好，真是年少有为。若将来再多几个像贤契这般的后起之秀，我大明何愁社稷不兴？”

徐振之自谦道：“阁老谬誉，似叶阁老、左大人这样的中流砥柱，才是我辈楷模。”

“中流砥柱，担负何多啊……”叶向高轻叹一声，额间皱得更紧了，“实不相瞒，这些年来，我独理阁务，已深感力不从心，每当焦头烂额时，也会多少冒出些归隐之念……不过殿下放心，我并非贪图安逸之人，轻重缓急还是拎得清的，只要那福王一日不就藩，向高便一日不离阁！”

“叶阁老说得不错！”左光斗斩钉截铁道，“咱们东林人别的没有，硬骨头还是有几根的。那福郑一党欺君罔上、祸乱朝纲，若不将他们彻底打垮，国家永无宁日！”

“福郑一党盘根错节，要打垮他们，绝非朝夕之事，还需从长计议啊……”叶向高说完，又向朱常洛道，“殿下，我们此来，除了凭吊王娘娘外，还另有一事相劝。”

朱常洛点点头：“叶阁老请讲。”

叶向高道：“对王娘娘后事的操办，圣上所为确实欠妥。然而向高想劝殿下暂且忍耐，莫争丧礼之厚薄，更不可擅自为王娘娘挑坟选墓。在这期间，我和遗直他们会联络一干大臣不断上书，尽力地与圣上周旋，相信将来，定能为王娘娘争得应有的丧葬待遇。可在圣旨下达之前，殿下哪怕等个一年半载，也决不能将灵柩移出这殓宫半步，切记切记！”

朱常洛道：“多谢阁老提醒，常洛知道了。”

叶向高颔首道：“那殿下保重身体，莫要悲伤过度，我和遗直先行告退，这便再拟票递折子去。”

朱常洛再谢：“有劳阁老和左大人了，我送二位。”

“殿下留步，告辞了。”叶向高和左光斗又拜了一拜，双双离了灵堂。

待他们走后，朱常洛又怅然怔了半晌，这才记起叶、左二人还送了挽联，忙命王安打开，于灵堂两侧悬挂。

左光斗所书联短，是为“音容已杳，德泽犹存。难忘淑德，永记慈恩”十六个字；叶向高所赠却长，上联写道：“一生俭朴留典范，半世勤劳传嘉风。”下联写道：“慈竹当风空有影，晚萱经雨似留芳。”望着两副挽联，朱常洛脑中又浮现出母亲的样子，想到她一生凄惨，死后还是这般境遇，朱常洛心痛如绞，不由得泣下沾襟。

他这一落泪，灵堂上又起一片哀声。正当众人沉浸在这一团悲戚中时，灵堂外却突然传来一阵锣鼓唢呐的声响。

守在外头的郭鲸、薛鳄一愣，急忙放眼望去，只见转角过来一队人，前面是腰扎红绸的吹鼓手，锣鼓喧腾、唢呐欢快；中间是几名宦官，有的拎着几篮怒绽的鲜花，有的抬着几匹惹眼的彩缎；两乘华丽的软轿，缓缓跟在末尾，抬轿的轿夫、两侧的护卫，皆是趾高气扬。

薛鳄性子最急，当即冲上前去，劈手夺过一名吹鼓手的铜锣，用力揉成一团，狠狠摔在地上："哪个敢再吹打一声，我拧断他的脖子！"

那锣为黄铜所制，可薛鳄一揉之下，竟似一个纸团。众吹鼓手见状，无不骇然，别说是吹打，就连步子都吓得迈不出了。

鼓乐一停，后面的几名护卫便"呼啦"拥上。薛鳄正要动手，却被郭鲸拦下，郭鲸环视一周，又指着灵堂外悬挂的招魂幡怒喝道："你们是什么人？瞧不见这里正在治丧吗？"

"快让我瞧瞧，是谁在前面放肆？"

听了这话，那几名护卫便向两旁闪出条道来，一名臂弯里搭着拂尘的太监走上前，朝着郭鲸、薛鳄皮笑肉不笑地道："你俩好大胆子，居然连翊坤宫的轿子也敢挡？"

此时，朱常洛早与徐振之等人来到灵堂外，一见那太监模样，便冷笑着接言："崔文升，你们翊坤宫的人果然了得，连你一个区区奴才，都敢跑到本宫面前耀武扬威了。"

见是太子，崔文升慌忙躬身行礼："太子爷哪里话？小的这次，是陪郑贵妃娘娘和福王殿下过来吊唁的……"

话音方落，后面那两乘软轿中，便先后钻出了郑贵妃和朱常洵。只见那郑贵妃美貌如旧，脸上浓妆艳抹，身上衣衫华丽，头上珠钗琳琅；朱常洵长胖了不少，个头也高了不少，金冠束发、玉镑环腰。这母子二人俱是盛装打扮，与其说是来吊唁，倒更像是要出席什么喜会。

郑贵妃一步三摇，笑吟吟地走到朱常洛面前："太子爷，伸手还不打笑脸人呢，你这样凶巴巴地拦着门，可不是待客之道呀。”

“是啊皇兄，”朱常洵也上前道，“有道是人死不能复生，还请皇兄节哀，莫将怨气发到吊客身上。”

朱常洛“哼”了一声，将身子闪在一边。

“走吧洵儿，咱进去瞧瞧。”

郑贵妃说完，便与朱常洵抬脚进了灵堂。崔文升本想跟着，朱常洛却手臂一伸，将他拦在门外。

他们母子二人服饰艳丽，立在那清一色穿着白孝服的人群中，格外扎眼。徐振之唯恐许蝉生气冲动，赶紧拉着她在一处角落里站了。

郑贵妃兀自不觉，向灵堂上打量了一阵，脸上似笑非笑：“这地方布置得确实寒碜了些，可毕竟她在景阳宫待惯了，想来也是不嫌的……哟，这不是由校吗？好孩子，你守着这么一口大棺材怕不怕呀？”

朱由校先向身边的客印月望了一眼，又摇了摇头，奶声奶气道：“嬷嬷说，棺材就是木头做的，跟大箱子一样……我不怕的……”

“是木头做的不假，可你那嬷嬷没说全。”朱常洵蹲下身来，双手按在朱由校肩上，“三叔跟你讲，箱子是装东西的，可棺材不一样，那是用来盛死人的，而这死人，以后是要变成鬼的！”

“鬼？”朱由校眼睛忽闪了几下，有些听不太懂，“鬼……是什么呀？”

“你瞧，就是这样！”话音未落，朱常洵便龇牙咧嘴，吐出舌头，同时眼白也猛地翻起，弯指作爪，朝着朱由校虚抓。

朱由校一愣，吓得把油壶一扔，一屁股墩在地上，抱着客印月的腿就哇哇大哭：“嬷嬷我怕，李进忠，你快打跑他……”

客印月和李进忠慌忙伏下身去，将朱由校揽在怀中急哄：“哥儿不怕，有嬷嬷在这儿，没事的，没事的……”

“我不要，我要回家，我不要给奶奶守棺材啦！”

听见朱由校一哭，襁褓中的朱由检也受了惊吓，跟着哭得上气不接下气，东宫的人一面安抚，一面向着朱常洵横眉怒视。

朱常洛阴沉着脸，嘴里不住冷笑：“三弟那鬼，当真扮得惟妙惟肖。”

朱常洵“嘿嘿”两声，讪讪站起身来：“皇兄可别拿怪，我见由校生得可爱，就想逗他玩玩，谁知他却这般不禁吓……”

朱常洛哼道：“原来二位是哄孩子来了。”

“瞧太子这话说的，”郑贵妃接言道，“前面不是说了吗？万岁爷没空，我和洵儿替他来吊唁一番……”

“好啊，吊唁！又是鲜花彩绸，又是锣鼓吹打，你们就是这般吊唁法儿？”朱常洛气冲冲地向灵堂外一指，却突然瞥见，外头的官宦堆里，混着两张尖嘴猴腮的熟悉面孔，他们一个小眼眯缝，一个后背微驼，正是负责看守王恭妃的二阉。

郑贵妃哪知他在想什么，只是自顾自地说道：“唉，我原想着，淑蓉姐姐生前在景阳宫形单影只的，冷清了大半辈子，身后事就要替她操办得热闹些、喜庆些，这才专程备了鲜花彩绸，请了最好的吹鼓手送她一程。想不到，我们这份好意，却惹来太子爷一通埋怨，也罢，算我们自作多情了。”

朱常洛怒极反笑：“这么说来，倒是我错怪了郑娘娘？”

“咱们素来有误会，那也怪不得太子爷。”郑贵妃装模作样地叹口气，又走到灵柩前，抚着棺材道，“姐姐，我知道你心里恨我，恨我从你手中，夺走了万岁爷。可你想想，后宫佳丽如云，争宠的又岂止我一个？再者说，其实你也明白，就算没有我，万岁爷会喜欢你吗？但凡他心里对你有一丝半点的情意，就不会将你打入冷宫，至死都不来看你一眼。”

郑贵妃顿了顿，又假意抽泣几声：“是，万岁爷是疼我。可世人都道我得宠，却不知树大招风易、人红是非多。宫里别的妃嫔妒我，皇后和老太后恼我，就连朝中的大臣也冷嘲热讽，说我魅惑圣上、祸乱纲常……唉，这些都不必说了。以前，我是犯过糊涂，让洵儿去跟太子争过什么国本，可是姐姐你说，哪个当娘的，不盼着自己儿子更好呢？你也是做母亲的，定能体谅我当时的心思。不过现在，我和洵儿已经醒悟过来，知道原来做错了事，以后什么也不争，什么也不抢了，只想安安稳稳地守着万岁爷过日子。淑蓉姐姐，你若泉下有知，就给太子爷托个梦吧，求他大人大量，不要记恨我们母子。将来等他坐上皇位，我让洵儿尽心辅佐他就是……”

这番口是心非的话，直听得朱常洛大皱眉头，见郑贵妃还在喋喋不休，他便出口打断：“郑娘娘的心里话我已悉知，用不着再劳烦我母亲托梦了。至于记恨，更是万不敢当，只要郑娘娘和三弟尚念及一丝骨肉亲情，我朱常洛便谢天谢地了。”

郑贵妃微微一笑：“太子爷言重了，你与洵儿皆是皇上的嫡亲骨肉，打断骨头还连着筋哪。说句不知进退的话，如今淑蓉姐姐不在了，我好歹也算是太子爷的长辈亲人，以后若有所需，太子爷只管开口。”

朱常洛又朝灵堂外一瞥，道：“既然如此，那我也不用见外了。今日正有一事，要请郑娘娘帮忙。”

郑贵妃说那些话，原是卖乖弄巧，谁承想朱常洛却顺水推舟，不由得一怔：“太子爷有何吩咐？”

朱常洛手掌一摆："吩咐不敢当。只是我母亲生前，曾有一条坠有金锁的项圈，那是她的心爱之物，寸步不离身边。然而我替母亲入殓时，翻遍了她所有遗物，皆未曾寻见。我思来想去，便疑心是伺候她的奴才偷拿了，方才我瞧见，那两个奴才就在郑娘娘带来的人中，故而想审上一审，还请郑娘娘不要见怪。"

郑贵妃心里"咯噔"一下，面上却赔着笑脸："那两个奴才原本是在景阳宫的，淑蓉姐姐一死，便没处去了，我见他们可怜，就暂且收在手底下当差，谁知他们手脚却不干净。真是可怜之人必有可恨之处，太子爷要审，请便就是。"

"如此就得罪了。"朱常洛说完，朗声大喝，"郭鲸、薛鳄何在？"

郭鲸与薛鳄双双抱拳："属下听命！"

朱常洛伸手向灵堂外指点两下："速将那二厮拿上堂来。"

"是！"

二人认准了模样，冲过去一人扯了一个，捏着脖子，像拎鸡一般摔在了朱常洛脚下。

朱常洛低下头，向二阉冷冷打量几眼："你两个认得我吗？"

"认得认得。"二阉匍匐在地下，拼命磕头，"您是太子殿下……"

朱常洛哼道："我这个太子有名无实，想来你们是不会放在眼里的。"

二阉慌道："岂敢岂敢？太子爷只需动动手指头，就能将小的像捏蚂蚁一样捏死。"

"知道就好！"朱常洛目透杀气，"说吧，那条挂着金锁的项圈是不是你们拿的？敢有半句假话，当心小命！"

"没有啊，"二阉指天赌咒，"太子爷明鉴，那可是王娘娘的爱物，小的哪里敢偷拿？太子爷明鉴啊……"

“料你们也不会痛快承认。”朱常洛又道，“这当口倒称起‘王娘娘’来了，当初在她尸身上翻寻金锁时，你们不是还一口一个‘蓉婆子’‘蓉婆子’的骂着吗？”

二阉齐齐打个哆嗦，险些吓出尿来，你瞧我、我瞧你，心里皆在纳闷：那日在景阳宫翻尸寻金时，可谓神不知鬼不觉，怎会被太子知道了去？

一瞧二阉脸色，郑贵妃便知事情不妙，与朱常洵互递个眼神，将这两个奴才暗骂了不知多少遍，恨不能把他们当场灭口。

朱常洛冷冷瞧着二阉，宛如在瞧待宰杀的猪狗：“我有句话，你们两个奴才听仔细了，做人莫欺暗室，须知举头三尺有神明！郭鲸、薛鳄！”

“殿下请吩咐！”

“既然这二厮不肯老实认罪，那就先将他们押回慈庆宫，再从刑部请个手段最硬的拷问老手，有什么看家本事，尽情照他们身上招呼！”

“得令！”

见郭鲸、薛鳄就要伸手拿人，朱常洵急得如同热锅上的蚂蚁，这二阉知道不少内情，万一熬受不过，难保不会招出什么要命的话来。可要硬拦着，分明是自认心里有鬼，说不定太子会趁机大做文章，更闹得不可收拾。

郑贵妃何尝不是心急如焚？此时，瞧二阉已被郭鲸和薛鳄拎出灵堂外，正在暗暗叫苦时，脑子里突然灵光一现，赶紧冲上前去，大叫声“且慢”。

那二阉好似抓住了救命稻草，皆扯着嗓子，大放哭腔：“郑娘娘救命哪……”

“闭嘴！”郑贵妃面若冰霜。

听了这声怒叱，二阉登时哑口，身子发抖，眼角淌泪，嘴里却不敢再发一声，仿佛这郑贵妃，倒比那诸般酷刑还可怕。

朱常洛扫一眼郑贵妃：“怎么，郑娘娘是要包庇这两个狗奴才？”

“我包庇他们做什么？”郑贵妃唇角一扬，又露出了笑脸，“这两个该死的奴才胆大包天，居然还敢辱骂淑蓉姐姐。哼，恶奴欺主，这可是大逆不道的罪过！别说是太子爷，连我听着都是火冒三丈。所以在拿他们严加审问前，我也得给这两个狗奴才一番惩戒，如若不然，太子爷怕要疑心是我指使了他们……来人啊，给我把这两个狗奴才先押到外面跪了！”

几名护卫从外头走进来，想要去捉拿二阉，却对郭鲸和薛鳄有些忌惮，犹豫着不敢上前。郭、薛二人朝朱常洛望了一眼，见他没有阻拦的意思，便齐齐松了手。护卫们大喜，急忙抢过二阉，七手八脚地拉到灵堂外，死死按在地上。

郑贵妃在朱常洵衣角上一拽，悄声道：“让人把他们舌头割了，手脚麻利些。”

朱常洵一愣，继而对母亲佩服得五体投地。那二阉大字不识几个，舌头一除成了哑巴，说也不能说，写又不会写，就算朱常洛再有本事，也别想从他们嘴里问出一个字来。

想到这儿，朱常洵心中一阵兴奋，扔下句“我亲自动手”后，便急急冲出灵堂。

这朱常洵年少时，本是个色厉内荏之徒，曾险些被万历帝一个巴掌吓破胆。可欲谋大事，须得心狠手辣，郑贵妃见他骨子里懦弱，便千方百计地帮他练胆。开始的时候，弄些活鸡活鱼让朱常洵去杀，后来又换成牛羊之类的大牲口。渐渐地，朱常洵胆量果真大了起来，越是见血，便越是起劲，索性在靴子里藏了把小匕首，这里刺刺，那里砍砍，有时候手痒难耐，恨不得上街捉个大活人来捅几下。

刚来到二阉面前，朱常洵便已从靴中拔出匕首，那眯眼的见状，只吓得魂飞魄散："福王爷……你要对小的做什么？"

朱常洵理都没理，只是向那些按着二阉胳膊的护卫笑道："捏开嘴巴，压牢身子，若本王被他咬了，你们可要吃不了兜着走。"

"明白！"护卫们会意，便同时在二阉脖子上用力一扼，又在他们下巴上狠劲一捏。

受这扼捏，二阉嘴巴登时大张，舌头也不由自主地伸了出来。朱常洵瞅得真切，赶紧将匕首探进那眯眼的口里，在他舌根上横着一划。"啊"的一声惨叫，一截血肉模糊的舌头，便从那眯眼的嘴里掉出。朱常洵避开溅来的鲜血，又手起刀落，将旁边那驼背的舌头也割了下来。

二阉口中血流如注，双臂乱扭，双脚乱蹬，只疼得扯开嗓子杀猪般哀号。朱常洵眼珠子一转，又用匕首将地上两条舌头扎成一串，握在手里挑了。

刚听见第一声惨呼时，朱常洛就觉不妙，可那朱常洵下手太快，不等他冲到门口，已然将二阉舌头全部割掉。朱常洛暗道声"大意"，又朝那如卸重负的郑贵妃怒视道："好啊，想不到郑娘娘还留了这么一手绝招。"

郑贵妃故作不懂："不过是为太子爷和淑蓉姐姐出气，哪里是什么绝招？那两个奴才嘴里不干不净，割了他们的舌头，也是罪有应得。"

趁二人说话，朱常洵背着手，悄悄来到小皇孙朱由校的面前。

见他一脸邪笑，客印月和李进忠也知他定然没怀好意，刚要拉着朱由校退后。不想朱常洵手臂却迅速一伸，用匕首挑着两条舌头探在了朱由校眼前：“由校来，三叔给你瞧个好玩意儿！”

匕首一晃，那两条血淋淋的舌头也跟着颤了几颤，朱由校只吓得脑中嗡响，小脸煞白，两只眼睛直愣愣地瞪着，竟连哭都不会了。

客印月和李进忠急得声音都变了，忙拍打着朱由校的后心：“哥儿！哥儿你怎么了？快哭啊……哭出来就好了……”

可无论怎么唤，朱由校始终怔怔地望着前方，目光游离，像痴傻了一般。

“欺人太甚！”朱常洛大喝一声，飞身扑至朱常洵身前，劈手夺下了匕首。

朱常洵也知自己闯了大祸，慌忙倒退出好远：“皇兄……我……我不是有意的……”

朱常洛手腕一抖，将匕首上的两条舌头，狠狠甩在朱常洵身上：“谁是你皇兄？”

郑贵妃也没了主意，赶紧拉着朱常洵且退且劝：“太子爷先息怒……有话好说……”

此时的朱常洛，已被怒火焚尽了心智，目中的杀意也越来越盛。这些年来，他忍辱负重，也不知遭受了郑福一党多少明枪暗箭，母亲含屈而亡，幼子又被吓傻，这接二连三的刺激，使得他心中仇恨的洪流登时决溃，手里的匕首陡然扬起，冲着朱常洵就要挥下。

见朱常洛状若疯魔，朱常洵竟吓得躲都未躲，直接愣在了当场。

“洵儿小心！”郑贵妃无暇多想，飞身扑在朱常洵身前，要舍命替他挡下这一刀。

眼见着那匕首就要扎在郑贵妃背后，朱常洛只觉手腕一紧，急急转头一瞧，才知是被冲上前来的徐振之攥住。

“松手。”朱常洛的声音冷得有些怕人。

徐振之哪里敢放，手上又加紧了力道：“殿下……”

“让开！”朱常洛内力猛然一催，顿时将徐振之震开。

徐振之打了个趔趄，又挡在了朱常洛面前：“太子殿下，请你三思！”

朱常洛二目血红，直逼徐振之双眼：“再不让开，连你也杀！”

徐振之丝毫未动，压低了声音，一字一顿道：“小不忍则乱大谋！”

这番浅显的道理，朱常洛何尝不懂？只是他方才被郑福二人再三相激，狂怒之下丧失了理智。此时见许蝉、王安等人也拦了上来，朱常洛面色变了几变，总算强压住了胸中恶气。再吐纳几下，朱常洛慢慢放下了匕首：“你们不必紧张，我抢来匕首，是想去惩戒外边那两名狗奴才。郑娘娘和三弟皆是我至亲之人，我又岂会对他们不利？退下吧。”

听朱常洛改了称呼，徐振之等人知他终于稳住了心神，这才长舒口气，让在一旁。

见刚才甩出去的两截舌头还留在灵堂上，朱常洛便用匕首扎了，挑着向外走去。经过郑贵妃和朱常洵身边时，正眼也没瞧一下。可郑福二人心有余悸，明知朱常洛已不会将自己怎么样，却仍不由得向旁边躲出很远。

来到外面，朱常洛当先扯过那驼背的，一手抓着他的头发将身子提起，一手挑着舌头送到他嘴边：“不是喜欢嚼舌吗？那就让你嚼个够！张嘴！”

那驼背的惊惧欲死，哪里肯张？想要求饶，奈何却无法说话，只是牢牢闭着嘴巴，喉咙里咕咕怪响。

朱常洛一言不发，猛地扬起匕首，狠狠插入了他的眼睛。那驼背的身子一阵急抖，泪血混杂齐下，疼得滚在地上“呜呜”怪叫。

才滚了两滚，朱常洛便一脚踏住他胸膛，手上微微用力，将匕首从他眼眶里拔出。喷洒的鲜血，溅了朱常洛一脸，可朱常洛擦也未擦，又将那挑着舌头的匕首，伸到了眯眼的嘴边。

见到同伙的惨状，那眯眼的早已吓得尿了裤裆，知道自己若不张口，必然会落个同样的下场。于是将心一横，张开嘴巴，哆哆嗦嗦地从匕首上咬下一条舌头，战战兢兢地含在口中。

朱常洛眼神一冷："嚼烂了！"

"呜……"那眯眼的刚一怔，就见朱常洛的匕首又缓缓抬了起来，哪里还敢再迟疑，当下便将两颚急合、牙齿乱咬，只嚼得碎肉和血沫子顺着嘴角，噗噗往下掉。

"咽下去！"

那眯眼的硬着头皮生嚼自己的舌头，已然是在勉力强撑，一听朱常洛还要让自己吞入肚中，当即脑中一蒙，屎尿俱下，"扑通"栽倒在地，直接昏死过去。

眼见二阉生不如死，莫说那些手下，就连郑贵妃和福王也瞧得毛骨悚然。

朱常洛将手中匕首一抛，向着在场众人大喝道："我朱常洛向来恩怨分明，有恩必报，有怨也是必偿！"

这句话字字铿锵，掷地有声，其他宦官和护卫们大气也不敢喘，齐刷刷倒退数步，噤若寒蝉。

郑贵妃又怔了一会儿，急欲跟二阉撇清干系，于是满脸堆笑，掏出一条绣帕向朱常洛款款走去："太子爷此举，当真大快人心。哟，那两个奴才的脏血溅到太子爷脸上了，我来帮你擦干净。"

朱常洛一摆手："回头我自洗便是，不敢劳动郑娘娘。"

"什么劳不劳动的？都是一家人，莫说两家话。"郑贵妃听他口气不似之前那般硬了，心知事态有所缓和，便执意抬起绣帕，在朱常洛脸上轻拭起来。

郑贵妃涂脂抹粉，她一靠过来，朱常洛便觉馨香袭人，浑身都有些不自在，正欲避开，袖角却被郑贵妃牢牢捉住，只得将头脸转到一边，不与她目光相接。

又擦了一会儿，郑贵妃忽然"扑哧"笑了。

朱常洛眉额一蹙："郑娘娘笑什么？"

"我笑太子爷这么大个人了，却像小孩子那般害羞。"郑贵妃说着，又叹了口气，"唉，其实我与淑蓉姐姐同岁，不过她是正月里生的，长我几个月。在我眼里，你跟洵儿一样，都是个孩子，若不是顾忌着尊卑礼数，我是真想叫你一声'洛儿'呀……"

朱常洛自打记事起，生母王恭妃便被父皇幽禁在景阳宫，他从小跟着太监宫女们长大，鲜受过母亲疼爱。此时，听郑贵妃软语温言地叫了声"洛儿"，不由得心神一恍，紧皱的眉头，也开始慢慢舒展。

这点微妙的变化，未能逃过郑贵妃的眼睛，她心里冷笑一声，嗓音却愈发轻柔起来："洛儿，淑蓉姐姐已凄苦一生，她的身后事，再草率不得啊。有道是入土为安，总在这殓宫里停着也不是个办法，时日一久，尸身必会腐坏，须快些选处吉穴落葬才是……"

一听这话，朱常洛猛然回想起叶向高分别时的告诫，若自己真的自作主张，定会惹得父皇大发雷霆，挨骂受罚还是小事，落个逾规越制、欺君擅专的罪名可就大了。想到这儿，朱常洛面上没动声色，心里却激灵灵打个寒战，暗骂这恶妇好毒的心计。

见朱常洛沉思不语，郑贵妃又道："洛儿是在考虑选址之事吧？其实以我之见，既然淑蓉姐姐有个皇贵妃的名分，不如就直接将她葬进天寿山皇陵好了。"

"天寿山皇陵？"朱常洛开口道，"哼，是了，父皇的陵寝也正好空在那里，依郑娘娘的意思，我是不是要把母亲葬入其中，也省得另造坟园了？"

郑贵妃也听出他在说反话，却装作不知："那……那也没什么不可以，反正太子是要做皇帝的，将来也定会追封淑蓉姐姐为后，自古以来帝后同寝，无非是个早与迟么……再说了，万岁爷不是让太子为母治丧吗？他既然无暇管这些，由太子你自己拿主意便是。"

朱常洛一把将郑贵妃的手甩开："父皇是命我为母治丧，可他一没颁下册宝，二没定下墓址。郑娘娘极力撺掇我将母亲葬入天寿山皇陵，难道是受了父皇的旨意？要知那假传圣旨，可是杀头的罪过。"

郑贵妃脸色一变，讪讪笑道："太子多心了，我一个妇道人家，哪知选个墓地还要那么多的规矩？既然如此，那太子就静等万岁爷的批示吧……"

"不劳郑娘娘费心。"朱常洛将手一拱，"我还要为母守灵，恕不奉陪了，地上两个狗奴才也请娘娘一并拖走，莫留在这里碍眼。王安，送客！"

"不用送了，你们忙你们的就好。"郑贵妃是个识相的，一听朱常洛下了逐客令，便赶紧赔着笑，唤过朱常洵，带着一帮手下离开殡宫。

他母子二人也没坐轿，走出好远，朱常洵这才嘻嘻笑道："娘，咱这趟可算是没白来，你瞧见没？他那儿子都快被我吓傻了。不过方才也挺悬，那朱常洛似乎真起了杀心，当时我都有点慌。”

郑贵妃皱眉道：“洵儿，你以后少弄那种小打小闹的把戏，吓唬孩子的伎俩能管什么用？”

“出出气也是好的。”朱常洵说完，又朝后努了努嘴，“娘，那两个奴才怎么处置？”

郑贵妃回头一瞧，恨道：“险些被这两个奴才坏了大事，让他们活着也是浪费粮食，崔文升！”

崔文升快赶几步，凑上前来：“娘娘。”

郑贵妃低声道：“把他们拖到没人的地方乱棍打死，办得干净些。”

“娘娘放心。”崔文升朝旁边两个护卫使个眼色，“你们架着那两个公公，他们伤得太重，咱这就找大夫给他们治伤去。”

“是！”两个护卫会意，忙搭起半死不活的二阉，跟着崔文升转道走了。

等他们离开，朱常洵见母亲若有所思，不由得好奇：“娘，你在寻思什么？”

郑贵妃反问道：“洵儿，你不觉得那朱常洛身边，多了张生面孔吗？”

“生面孔？”朱常洵挠了挠头，“什么生面孔？”

郑贵妃瞥了他一眼：“不记得了？那朱常洛从你手里夺下匕首后，曾有一人再三阻拦。”

朱常洵恍然道：“哦，娘说的是那人啊，那人的确没见过，可东宫的使唤下人也不算少，咱们哪能个个都认得？”

“你呀，唉！”郑贵妃满眼都是恨铁不成钢，“那人在孝衣之下，穿着内侍的服色，可洵儿你想过没有？朱常洛何等身份，若那人真是个寻常小宦，敢在那种时候，前去阻拦暴怒之中的太子爷吗？”

朱常洵琢磨一会儿，回过味来：“也是，那会儿连王安都没敢上前呢……那娘你说，他会是什么人？”

郑贵妃摇了摇头：“我也不能断定……但从那人的年纪、言行上猜测，倒是让我想起了一个人来。”

“谁？”

“徐振之！”

朱常洵闻听，脸色一变，继而咬牙切齿道：“好哇，原来是那小子！我早打听到了，当年就是他帮着朱常洛寻到传国玉玺，还设了套，让我在金殿上险些下不来台！娘，这小子是个祸害，咱得赶紧想想法子！”

“急什么？”郑贵妃冷笑道，“有时候要杀一个人，未必要咱们亲自动手，借把刀来不就行了？再说了，若他真是徐振之，咱们就更得沉住气。”

“那又是为何？娘，自打那玉玺一事之后，你就让我沉住气，可这都几年了？”

“等不得也要等。你自己想想看，如今朝野之中、宫里宫外，肯帮咱娘俩说话的人还有几个？万一再失手，就永无翻身之日了。”

“唉！”朱常洵长叹一声，神情沮丧，“等等等，何时是个头啊？”

“别灰心。”郑贵妃唇角上扬，“若我所料不错，那徐振之再度进京，必是要帮朱常洛图谋些什么。之前他们不动，咱们也不敢轻举妄动，可只要他们一动，咱们的机会便要到了。正所谓螳螂捕蝉黄雀在后，找出破绽、捉住马脚，便可以后发制人，将他们一举拿下！”

第六章 虎墩兔

王恭妃生前遭受百般冷遇，身后事亦是极其不顺。对她择地安葬之事，万历帝一拖再拖，灵柩停在殓宫，竟长达数月之久。在此期间，叶向高、左光斗等人不断上书，李太后也屡番施压，万历帝实在拖不下去，这才命人去天寿山卜地，将王恭妃的遗体随意埋在了东井左侧的一处平冈上。此则皆为后话。

那日，小皇孙朱由校被福王用两截血淋淋的舌头吓破了胆，回去一连几天，喂他吃他便吃，喂他喝他也喝，只是不哭不笑，真似傻了一般，终日呆愣愣的，不发一言。

众人心下焦急，太医也走马灯似的请了不知多少，可每个过来瞧诊后，不是摇头就是摆手，最多开上服祛邪扶正的宁神方子，再向朱常洛磕头告罪，无非是“医术不精”“另请高明”那套老生常谈的说辞。

宫里人来人往，朱常洛怕儿子得不到静养，便命客印月和李进忠带他去香山小筑暂住。徐振之与许蝉留在慈庆宫也颇感不自在，于是就禀明太子，跟他们一并同去。

自打客印月入宫后，香山小筑便久无人居，几人到了地方，见那正屋还好，东厢房的檐角却塌了一处。

在江阴时，徐振之曾跟岳丈许学夷学过些木工机巧，在那房檐下打量了一阵，就让李进忠去采办些木料、工具，打算亲自动手修补。

等一应物什运到，许蝉便用秋水剑，帮着削出粗坯；徐振之拿了斧锯墨斗，精制起凸榫凹卯；李进忠则在一旁时而递个工具，时而送杯茶水，跑前跑后，打起了下手。

见徐振之忙活得额头见汗，李进忠便知趣地掏出一块汗巾递去。

徐振之接来擦了擦，又瞥见了那汗巾上的绣记，不由得奇道："此物不是李公公的吗，因何却绣了个'魏'字？"

李进忠嘿嘿一笑："徐公子有所不知，其实我原本就姓魏，入宫后不得以才改成了李姓。"

见他不提改姓的原因，徐振之也不细问。李进忠顿了顿，又接着道："我们虽是当内宦的，可年纪越大，心里头便越想着认祖归宗，这些年来，我老想着要重新改回本姓。"

许蝉插言道："这事很难办吗？你去求太子帮你改一下内侍名录不就成了？"

李进忠叹道："早在数年前，主子曾向我许诺说，只要我差事办得好，就为我复回魏姓。唉，或许是贵人多忘事吧，后来就一直没了下文。主子不提，我也不敢问。徐公子，主子向来对你看重得紧，要不你帮我提上一句？"

直到这时，徐振之方明白其真正用意。原来他有意递来绣有"魏"字的汗巾，想引得自己去帮忙说情。徐振之暗叹这李进忠工于心计，笑着摇了摇头："李公公，你这圈子绕得可真不小。"

许蝉也猜出了此节，遂冷笑一声，道：“其实也用不着振之哥出面。李进忠，我来教你个乖。你找个机会，一瞧太子爷出汗了，就像今天这样，把那块汗巾递上去，太子是个聪明人，一见那巾上的‘魏’字，保管就能明白你给他的暗示。”

“这怕是不适合吧？”李进忠见自己的小心思被说破，于是便讪笑两声，转了话头，“再说主子身份何等高贵，怎会用我一个下人的腌臜之物擦汗？那啥，二位的茶水怕是凉了，我再帮你们沏些滚的来。”

说完，李进忠又献起殷勤，绝口不再提方才之事。徐振之和许蝉相视一笑，继续着手做起了眼前的活计。

三人正忙着，那边客印月牵着朱由校的手到了。原来，客印月怕小皇孙在屋里待久了气闷，便带他出来散散心，在院子里默然逛了一圈后，就来到了三人面前。

听那割锯木料的声音太过刺耳，客印月就打算拉着朱由校离开。谁承想一拉之下，朱由校却猛地把手甩掉，眼睛直勾勾地望着徐振之等三人，露出了异样的光彩。

客印月一怔，又去拉他：“哥儿，你怎么了？走，我带你去吃好东西……”

朱由校仍旧不肯走，又望了一阵，突然抬脚跑上前去：“你们……你们在做什么？”

乍听这句，众人齐刷刷一愣，继而高兴得无以复加。客印月和李进忠喜极而泣，一左一右地冲过去，将朱由校牢牢揽在怀里：“天啊，哥儿总算开口说话了！”

见朱由校的目光又有些茫然，徐振之忙分开客、李二人，将手里的榫头在他面前一晃：“由校，你刚才是问这个吗？”

朱由校盯着那截木榫头看了半晌，这才点了点头。

徐振之眼珠一转："这是木工活，我给你做个玩具好不好？"

朱由校目光中透着欣喜，嘴里却不作声，只是将头又点了一点。

见他又不肯说话，徐振之便故意引他开口："光点头可不成，我做的玩具好玩得紧，你到底想不想要？说出来。"

"想要……"

"那好，你在我旁边坐着，我这便做给你玩。"徐振之说完，从蹀躞带上取下马千乘所赠的匕首，又选了几块小木料，开始动手削制。

朱由校在一旁看着，眼睛一瞬不瞬，两只小手却学着徐振之的动作不停比画。随着木屑纷纷而下，徐振之手里的木料渐渐变成了一个圆头方身的人形，待躯干刻好，徐振之又在其上钻出几处细孔，用丝线将几条小棍串接，当作四肢手足。

做好之后，徐振之提着丝线轻轻摆弄几下，那小木人就开始朝着朱由校点头作揖："怎么样，这木傀儡好不好玩？"

"好玩好玩！"朱由校乐得咯咯直笑，"姑丈，我也想学，你教我好不好？"

徐振之一怔："由校，你叫我什么？"

"姑丈啊，"朱由校说着，向许蝉一指，"她是我亲姑姑，所以我才叫你姑丈呀。"

徐振之与许蝉互视一眼，又追问道："这些话都是谁告诉你的？"

朱由校摇了摇头："没有人告诉我，是我偷听来的，有次我听到李进忠和嬷嬷在说话，说你们其实一个是公主，一个是驸马。"

李进忠和客印月脸色一变："哥儿，我们那是说着玩儿的，你千万不要当真，更不要四处去讲。"

朱由校走到许蝉面前，拉了拉她的手：“你真的不是我的姑姑？”

许蝉也不知应该如何作答，喉头一噎，只是将朱由校紧紧抱在怀里。

徐振之叹了口气，轻抚着朱由校头顶道：“好孩子，不管我们是谁，都会一样疼爱你的……只是你要记住，从今往后，那‘姑姑’‘姑丈’绝不能再提，明白了吗？”

朱由校似懂非懂地点了点头，又问道：“那我该叫你什么呢？”

徐振之想了想，道：“叫我先生吧。由校，先生不光会做木傀儡，还会做孔明锁、百变球等好多有趣的玩意儿，你想不想学？”

朱由校小孩子心性，一听有那么多好玩的，当即开心得拍手欢叫：“想学想学，先生教我！”

徐振之说教便教，朱由校也是说学便学，这二人当下各持了工具，守着一堆木料捣鼓了起来。别看朱由校年纪小，可他对木工之技着实有过人的天赋，那些斧锯刨凿被他摸过一遍后，竟使得无比熟练，没出两个时辰，徐振之先前做的那种木傀儡，朱由校已然能一模一样地仿制出来。

开始的时候，徐振之尚在夸赞，可越到后来，徐振之心里却越是惊奇。当看到朱由校别出心裁，在那做出的木傀儡上刻出了活灵活现的口眼鼻耳后，徐振之简直傻了眼，若非亲眼所见，谁敢相信一个七八岁的孩子，居然能制出如此精巧的木工手作？

朱由校也似着了迷，一发不可收拾，把徐振之会做的玩具全然学了个遍，犹觉不过瘾，索性对照着香山小筑中的亭台楼榭，做起了简单的模型。起初，朱由校只是照猫画虎，做的小房小阁虽有些样子，可轻轻一碰，便会歪倒散架。徐振之见状，就为他讲解了些构筑营造之理。朱由校一点就通，不光将那些木屋模型改造得稳固结实，还在四面装上了能开能合的小门窗。

对朱由校这种不凡的天赋，徐振之等人无不赞叹，可朱常洛却有些不以为意。得知儿子心病已除，朱常洛本欲将他接回慈庆宫去，但朱由校制木成瘾，总是哭闹着不肯离开小筑，无奈之下，朱常洛也只得随他。

这日清晨，徐振之和许蝉出得房来，见朱由校早早就在院中制起了新的模型，李进忠点头哈腰地陪在一旁，一面为他端茶抹汗，一面对他的手艺不住声地称赞。

客印月则梳了个美人髻，懒洋洋地倚坐在不远处的凉亭中，一手轻轻支颐，一手拈了枚精致的小点心，慢慢送入唇边。察觉到他们夫妇二人过来，客印月笑吟吟地招呼道："徐公子、蝉妹妹，来用早点。"

徐振之点点头，与许蝉入亭坐下："早啊，印月姑娘……瞧我这记性，总是忘了改口，如今该称你夫人才是。"

客印月微微一笑，又轻叹一声："成天被哥儿嬷嬷、嬷嬷地叫着，都快把我叫老了。反正眼下也无旁人，徐公子若瞧着我还有几分姑娘的模样，称我一声'姑娘'也未尝不可呢。"

许蝉从桌上碟中拾起一块点心，投入嘴里嚼着："姑娘怎么了，夫人又怎么了？不就是个称呼吗，值得这样斤斤计较？不过我瞧你容貌跟几年前的确变化不大，倒真不像是嫁过人的。"

"还是蝉妹妹会哄人开心。"客印月"扑哧"乐了，抬手比画道，"我不光嫁过人，连孩子都这般大了。"

"你自己也有孩子？"许蝉话一出口，便觉此问实在是多此一举。若客印月没有生育，岂能入宫去当朱由校的乳母？想到这儿，她脸上一红，又赶紧道，“这阵子事情太多，也没顾上仔细问你，你那孩子和夫君现在何处？找个机会也带过来，让我和振之哥见上一见。”

客印月眼神一黯：“我那夫君？他是个短命的，蝉妹妹和徐公子在有生之年，只怕是见不到了。”

许蝉与徐振之互视一眼，面上有些歉然：“是我不好，不该提起你这桩伤心事的……”

“伤心么？那也不见得。”客印月竟笑了笑，目光渐渐冷了下来，“说起来你们或许不信，那死鬼……是被我一刀杀了的。”

“什么？”徐振之和许蝉均是一凛，露出了不可思议的神色，“你……你该不是在说笑吧？”

“我像是在说笑的样子吗？”客印月缓缓抬起右手，眯起眼睛自顾自地打量着，“那死鬼叫作侯巴儿，本以为是个老实巴交的乡下人，谁知却也生了副包天的色胆。刚成亲时倒还算守规矩，不想又过了数月，居然开始放肆起来，有天晚上，他竟敢借着酒劲儿摸到了我的床上。我早防着他那一手，既然他不要命，那我就不需客气了，于是就从枕头底下摸出刀来，朝着他心窝上这么一扎！从此之后，我客印月便成寡妇了。”

徐振之怔了半天，又是吃惊，又是不解：“这……这是什么道理？你二人既已结成夫妻，同床共枕本也是人之常情，只因这个缘故便要将他杀死，实在是大不应该。”

客印月冷笑道：“那侯巴儿不过是个猪狗一般的蠢货，也配来碰我冰清玉洁的身子？我一刀把他宰了，有什么大不应该？”

许蝉秀眉微蹙，正欲说些什么，却咬住了嘴唇，生生忍了下来。

客印月又是一笑：“是了，我懂蝉妹妹的意思。你们原来见我举止轻佻、言语放荡，必会认为我是个随便的女子，那‘冰清玉洁’四个字，也不配用在我身上吧？可是，不管你们信与不信，我客印月这些年来只为一人誓守完璧，直至今天，仍是一个清清白白的处子之身！”

许蝉只听得目瞪口呆：“不会吧？你若真是个黄花姑娘，那……那怎么会又生了孩子？”

“我几时说过那孩子是我亲生的？”客印月妙目一转，望了下亭外的朱由校，见他还在埋头专心致志地做木工，这才又接着说道，“那孩子叫作侯国兴，是侯巴儿与他前妻所生，刚生下来便因难产克死了亲娘。说起来，也算咱们太子爷本事大，不知从哪里打听到了这爷俩儿，居然暗中派人接到了京城，安排我与他们硬生生凑成了一家子。”

徐振之舌挢不下：“这桩亲事，竟是太子殿下撮合的？”

“唉……”客印月长叹一声，面上闪过几丝凄楚，“算是主子撮合的，也算是我自己逼他的。有时候想想，真是造化弄人啊！”

许蝉晃了晃脑袋：“我怎么越听越糊涂了？你刚说一直为一个人守身如玉，怎么又要逼着太子为你找婆家？”

“蝉妹妹还不明白吗？”客印月苦笑道，“我苦苦等待的那个人，便是主子啊。”

许蝉和徐振之又是一惊：“你喜欢太子？”

客印月顿了顿，眼眶中已然泛起了晶莹的泪珠：“岂止是喜欢？我爱他，爱他爱得都快要发狂了。徐公子、蝉妹妹，你们可不要笑话我，我也就是当着你们的面，才敢将这些心里话说上一说。”

正如客印月所说，平日里她或嗔或喜，或调笑或怒骂，几时见过她这般真情流露？徐氏夫妇面面相觑，不知应该如何接言。

客印月拭了拭眼角，幽幽望着天空，似是在回忆前事："我深爱主子，可不是一天两天的事了。徐公子，那'三堂争霸'的旧事，你可有所耳闻？"

"三堂争霸？"徐振之自念几声，猛然记起两个人来，"是了，我曾听郭鲸、薛鳄二位大哥提起过，他们现在那'净武堂'的前身，就是'三堂争霸'。那三堂里的人，皆是犯官之后，从小便被烙上'罪章'，视作'罪奴'，学习格斗厮杀，专供达官显贵观赏为乐。"

"是啊，"客印月点了点头，"其实我与郭鲸、薛鳄一样，也是三堂的罪奴出身。"

"你居然也是罪奴？"

"不信吗？"客印月莞尔道，"我这后背上，同样也烙有'罪章'，若不是怕蝉妹妹不愿意，我把衣衫褪下来让徐公子瞧瞧也没什么打紧。"

许蝉蹙额道："才正经了没几句，你又来说这些疯话了。"

"蝉妹妹不爱听，那我不说了便是。"客印月笑了笑，又道，"三堂里分为翻江、镇山和御风，像郭鲸、薛鳄他们那种厉害的角色，会得个响亮的名号。我这种怎么练都不成器的，就被分派在御风堂下处，胡乱给了个'蝶'的称呼，给那些叫鹰、隼、雕、鹫的洗洗衣服，铺铺床褥，只等日后年纪稍大些，便要送到教坊去充作官妓。那种日子，我至今回想起来都怕得要命。那些鹰啊雕啊什么的脾气暴得紧，有时候在争霸中被其他二堂的好手打败了，就会把怨气发到我身上来，莫名其妙就踹我一脚、无缘无故便打我一拳。他们的力气多大呀，我只要挨上一下，就躺在地上半天都爬不起来……"

听到这里，许蝉动了恻隐之心，忍不住走上前，握了握客印月的手："想不到，你的身世也这般可怜。"

“好在都熬过来了。”客印月微微一笑，接着道，“那时候，我被他们打怕了。有次在为一个人包扎伤口时，偷偷在他身上揩了些污血涂抹在嘴角。后来再见到其他人时，他们便以为我已经被别人毒打过了，自然也就不好意思再拿我撒火出气。我尝到了甜头后，就开始了装凄扮惨，暗中收集各种材料，只要一听他们被打败了，便把自己头脸、身上涂得青一块紫一块，渐渐的，我这本事越来越高明，挨打的次数，也就越来越少了。”

徐振之叹道：“原来印月姑娘那乔装易容的本领，是打那时起练出来的。”

客印月自嘲道：“这也算是因祸得福吧？瞧我，这枝枝节节的事情说了这么多，却还是没说到正题上。后来，陈矩公公得知这事，将那残忍的‘三堂争霸’给废除了，有的孩子被人领养了去，像我们这种没人肯要的，便被陈矩公公暗中收在麾下，组成了‘净武堂’，留待日后为国效力。我与主子，正是在净武堂中相识的。那个时候，大伙都不知道他的真实身份，只知他自称常鲤，白白净净的一个少年，不怎么爱说话，练起武来却着实凶狠。起初，他谁也打不过，可不到一年的光景，他就可以与郭鲸、薛鳄他们打成平手。为练武功，他不知遭了多少罪、受了多少伤，我瞧着心疼，便默默地替他包扎、为他涂药。他那时从来没向我道过谢，也从不跟我多说一句话。直到有一次，我被一个人撞了，跌倒在地上。其实对我而言，这种事又算得了什么？谁想到主子见了，竟冲过去拉着那人不放，硬要他给我赔不是。那人仗着身旁伙伴多，自然是不肯的，可主子不依不饶，两句话说僵了，便与他们扭打起来。主子身手是不错，奈何他当时年纪小，而对方人又太多，打到最后，就被一群人压在了身下，还是郭鲸、薛鳄赶来将他救出来的。为了帮我出头，主子都断了两根肋骨，我又是心疼，又是感激，从小到大，何曾有人那般豁出命去对待过我啊？那天，我抱着主子痛痛快快地大哭了一场，一颗心，也彻彻底底地许给了他。从那天起，我就当自己是他的人了，将来一定要嫁给他，用我一辈子去追随他！

“再后来，陈矩公公安排我去了他的身边，我这才知晓了他的真实身份。这些年，我尽我所能，陪着他、帮着他，看着他一步步当上了太子。我宁可他不是太子，不是什么皇室中人。他娶了别的女人，我从不在乎；他有了自己的孩子，我更是替他欢喜。你们知道吗？我是真心实意地疼爱哥儿，因为那正是他的骨肉啊！”

说到这里，客印月已是清泪长流。她用情之深，思恋之苦，就连徐振之这等须眉男儿，听了亦是不胜唏嘘。许蝉更是百感交集，眼眶都情不自禁地红了：“你的这一番心意，难道太子不知？”

客印月叹道：“主子是何等聪明的一个人，岂会不知？不过是落花有意，流水无情罢了。”

许蝉愤愤道：“可他就算对你无情无义，也不该自作主张，把你胡乱嫁给旁人啊！”

客印月摆了摆手：“我说过，那事不能全怪他，也算是被我逼的。自打用传国玉玺重挫了福郑一党的锐气后，主子着实高兴了好一阵子，那日他在小筑摆酒庆祝，喝得有些醉了。我瞧着是个机会，便故意说些软话，挤对了他几句，毕竟这些年来，我为他鞍前马后，却从来没有讨要过什么赏赐。果然，主子被酒劲一顶，我再一激，便拍着胸脯说无论我提什么要求，他皆无一不允。当时，我没敢直接说让他娶我，我怕一提，他的酒就会登时醒了。便拐弯抹角地说想进宫去，也好与他朝夕相处。唉，我从没想过要什么名分，才人也好，选侍也罢，我统统都不稀罕，我只想嫁给他，可谁知终究是不能如愿。这不，最后主子也不算食言，帮我找来了‘丈夫’和‘儿子’，换了个寻常农妇的身份去给哥儿当乳母。的确是让我入宫了，也的确是跟他朝夕相处了……”

“当初他还不如食言呢！”许蝉愤道，“太子怎的这般铁石心肠？你也是的，既然不愿意，为啥还非得听他安排？”

客印月喟道：“谁叫他是主子，而我又这般深爱着他。其实我明白的，主子对我并非是无情，他只是不敢用情，儿女情长，就会英雄气短了。他要成就大业，就不能被这些所拖累，再者说，我也算是他的得力帮手，若真的进宫去当了什么太子的妃嫔，日后行事，就会处处掣肘。还是当乳母好，能随时出入宫禁，又不招惹耳目，唉，这样对他也好，我认了。”

嘴上说是认了，可客印月的目光中，却充满了不甘和无奈。许蝉瞧着她那凄楚的模样，又想到王恭妃悲惨的一生，心里五味杂陈，堵得十分难受：“振之哥，你说那宫里头到底有什么好？为了一个皇位，就争得手足相残、兄弟反目，连带着手底下的人也不敢爱、不敢恨的。那家国天下，就那么重要吗？重要得连自己的亲人、爱人都可以抛之不顾吗？”

“庙堂之上，所谋深远，咱们还是不要去妄加揣测了。”徐振之不欲再谈这些，轻拍着许蝉的肩膀宽慰一句，岔开了话头，“印月姑娘，那个叫侯国兴的孩子现在何处？”

客印月道：“他被我送到了净武堂，如今是由周鹤带着。”

徐振之一怔：“周鹤？”

客印月解释道：“这人你们都见过的，就是主子的那个替身。”

“原来是他。”徐振之点了点头，见许蝉还是怏怏不乐，便想带她去散散心，“印月姑娘请放心，今日所谈之事，我们自会压在心底。这阵子小知了总待在小筑中，依她的性子，想来已觉烦闷，我见天气不错，打算带她出去逛逛。”

“还是徐公子知道疼人，”客印月会心一笑，无不艳羡地望了许蝉一眼，“山脚下备有马匹，我让李进忠去帮你们上鞍吧。”

“不用，我们自上便是。”说完，徐振之就拉着许蝉，一起出了香山小筑。

香山脚下，一望无垠。许蝉信马由缰，直驰了好一阵子，额头微微见汗，胸襟方始通畅。

见许蝉的坐骑放缓了脚步，徐振之便拍马上前，与她并辔而行："感觉好些了吗？"

“嗯。”许蝉点了点头，又深情地望着徐振之，“振之哥，幸亏我遇到了你……这几天我时常在想，若当年我没有被送出宫去，此时会不会也跟他们一样，被那高高的宫墙囚禁着，终日介受着那些明枪暗箭，说着言不由衷的话，做着身不由己的事……”

徐振之怕许蝉再度伤感，便想揶揄两句逗她开心："那些我不知道，不过你现在若是堂堂公主，起码肚子是决计不会吃亏的。你想呀，只要你招招手，那些御厨们便会把各种山珍海味送到你面前，这样的扒两口，那样的夹一筷，用不了几年，那些为你抬轿的轿夫就该偷偷骂你了。”

许蝉不解道："我自吃我的，关那些轿夫何事，他们为什么要骂我？"

徐振之拖着长腔道："你是公主嘛，出门自然要八抬大轿，可你一番胡吃海喝，定会胖成一个圆滚滚的大肉球，身子重了抬着就沉，那些轿夫累得够呛，明着不敢说什么，但暗地里少不得要编排你几句坏话的。”

许蝉啐了一口，笑嗔道：“好哇，你在拐着弯子嫌我胖。”

“岂敢岂敢，”徐振之也笑道，“我是嫌娘子太过苗条，正打算带你去吃些好东西补补呢。我听郭二哥提起过，那米市大街上开着家烤鸭店，烤出来的鸭子又香又脆，咱们去尝尝看？”

“走着！”

二人拨转马头，朝着东南一路驰到宣武门外，这才下马入城。

京畿皇城，天子脚下，其胜状自然是冠绝九州。夫妇二人原来身负要事，无暇在城中闲逛，直至今日，方才见识到这大明国都的热闹繁华。

沿着纵横通达的街道，大小的商号店铺，可谓星罗棋布。放眼望去，乌泱泱一片人头攒动，信步游玩的士子、帷帽遮容的女眷、推车挑担的农户、招徕叫卖的小贩、欢跑嬉闹的稚童……比肩接踵，川流不息。

此起彼伏的叫货声，给这喧嚣的市井更添了几分烟火气。许蝉走了一阵，愈发感觉亲切，先前那些伤感和不快一扫而光，遂也不急着找吃的，与徐振之牵着坐骑，慢慢穿行在人群之中。

列肆之间，还设着不少摊位，一个个高张布棚，纵横夹道，所售货物林林总总，穿的有靴袜、布匹、毛皮；用的有铜锁、梳伞、蒲席；文人雅士玩的古瓷、彝鼎，丫头孩子耍的纸花、羽毽，应有尽有。除此之外，更有些新奇之物，像什么乌斯藏的密宗佛、欧罗巴的自鸣钟、倭扇、数珠、多罗绒、猩猩毡、西洋布，等等。漫说是许蝉，就连那见多识广的徐振之都觉眼界大开。

满目琳琅中，一只大碗尤为惹眼。那碗的底座通体鎏金，盖子上镶嵌着一圈宝石。许蝉越瞧，越觉得喜欢，忍不住伸出手去，想要拿在掌中把玩。

手才伸至半途，便听耳畔有人道："姑娘，那碗还是不碰为妙。"

许蝉一怔，手指就不由自主地缩了回来，再扭头一瞧，却见身旁站了个陌生人。

那人蓝褂白袜，额上束着网巾，看徐振之和许蝉望来，立即满脸堆笑："二位可莫怪小的多嘴。"

见他无甚恶意，徐振之便拱手以礼："兄台为何要劝阻内子取碗观瞧？这其中原委，倒要请教。"

"好说。"那人笑道，"你们有所不知，那只大碗是拿吐蕃高僧的头盖骨做的。"

"头盖骨？"许蝉惊得花容失色，赶紧离那摊位远了些，"你可别吓我，哪有用死人头当碗使的？"

那人笑得更厉害了："你们大可在这街上问问，我'包打听'几时说过瞎话？"

"吐蕃高僧……头盖骨……"徐振之望着那碗沉吟片刻，恍然道，"莫非那碗是'嘎巴拉'？"

"哟？"包打听有些意外，"敢情是个行家啊！"

"不敢当。"徐振之摆手道，"我曾听闻，藏地密宗有种法器叫作'嘎巴拉'，是用修为深厚的喇嘛灵骨所制，只是道听途说，从未见过实物，不想却被我猜中了。"

"那也难得。"包打听夸了一句，又道，"听二位口音，像是南边来的，走亲还是访友啊？"

徐振之不便透露实情，避重就轻道："路过京师，见这儿如此热闹，就打算随便逛逛。"

"这才哪儿到哪儿？要说热闹，当属咱们北京城的三大市。"

包打听说着，又掰起了手指头，“啥是三大市？庙市、灯市和宫市啊。庙市在城隍庙左右两街，每月的朔日、望日、二十五；灯市在东华门外，正月初十到十八，吃元宵、闹花灯；宫市更不得了，设在皇城之内、紫禁之外，逢四开集，那叫一个人山人海……”

见包打听如数家珍的模样，徐振之也暗笑他有副好口才，但恐他喋喋个没完，便笑着打断道：“如此受教了。然我算了算，眼下皆非三市开集的日子，包兄所说的热闹景况，我们怕是无缘得见了。”

包打听眼珠子一转：“出来游玩，未必非得赶集逛市呀，咱们北京好玩的地方多着呢，别的不提，单道那‘燕京八景’，就足以让二位流连忘返。”

许蝉想起前事，笑道：“原来我们去陕西，听说那儿有个‘长安八景’，你们这‘八景’又是什么？”

包打听一脸骄傲，好似打开了话匣子：“如今咱这北京才是帝都皇城，长安那边的都得矮上一头。二位听好了，咱们这燕京八景，乃是太液晴波、蓟门飞雨、西山霁雪、卢沟晓月、琼岛春云、金台夕照、玉泉……玉泉什么来着？”

徐振之笑着给他解了围：“玉泉垂虹，还有一个是居庸叠翠。”

包打听挠了挠头，有些不好意思：“对对，就在嘴边上，一时急了没说出来……怎么，这八景公子都去过？”

“没去过。”徐振之摇头道，“之前看过方志，上面记载着这几个名字。”

“着哇！”包打听一拍巴掌，“你看看，连书上都写了，这些地方还能不好？不瞒二位说，这路径我都极熟，你们若肯赏些跑腿钱，我便亲自带二位去游览一番，保你们玩得舒心惬意。”

直到这时，许蝉总算弄清了这包打听的身份：“原来你是个向导呀，可我们还有要事，不能多耽，游玩八景的事，等有机会再说吧。对了，既然这里你熟，那你跟我们说一下，米市大街怎么走？”

见生意做不成，包打听登时泄了气，转身要走：“白耽误这半天工夫了。什么米市糠市，你们找别人打听吧。”

“且慢。”徐振之摸出几枚铜钱，扔向了包打听，“我们慕名去那米市大街用饭，还请兄台指点一二。”

包打听一把抄过铜钱，马上热情起来：“二位是去尝烤鸭的吧？好说好说，那里离这儿不算远，喏，你们就照直走，穿过三条街左拐，再绕过两条小巷子，闻着味儿就能找到地方。”

按着包打听的指引，夫妇二人寻到了米市街上。又走出一阵，前方果真是香气阵阵，过去一瞧，只见一帘市幌迎风飘摆，上面竖列“便宜坊”三个斗大墨字，底下还专门标出一行小字——“金陵片皮鸭”。

“看来就是这里了。”徐振之笑了笑，与许蝉拴了马，双双进了店铺。

刚跨入门槛，就听里面吆吆喝喝的好不热闹。大厅里，三张桌子拼在了一处，边上围了几名身穿皮袄、脚蹬皮靴的大汉。他们也不用碗筷，各自抓着只油乎乎的肥鸭，一面叽里咕噜地说着话，一面啃得不亦乐乎。

见二人进来，那几名大汉仅抬了抬头，又继续吃喝。从他们的打扮和言语上，徐振之已猜到这几名汉子是蒙古人。其时明朝与蒙古人的关系已趋于缓和，边民时有互市，不少草原上的部落也赶着牛羊来贩卖，从中原换些茶糖布帛回去使用。故而徐振之见这里有蒙古人，心里也不觉意外，只是与许蝉挑了副干净座头，在角落里坐了。

这便宜坊的招牌，正是那焖炉烤鸭。所谓焖炉，便是要在炉内提前焚烧秫秸，待那炉壁烧热了，再将那洗干剥净的肥鸭送进去焖烤，整个过程不能见明火，这样烤出来的鸭子才会外皮油亮酥脆，肉质细嫩多汁。待鸭子烤熟之后，那巧手的师傅就将整鸭剔骨削片，再把片好的鸭肉拼凑成型。吃时抹上秘制酱料，夹上葱丝瓜条，用荷叶小饼卷了送到嘴里一咬，必然会唇齿留香，回味无穷。

许蝉迫不及待地品尝后，自是一迭声地叫好，接连吃了数卷，这才空出嘴巴问道："振之哥，这便宜坊既开在北京城，为何又在幌子上标了金陵片皮鸭？"

徐振之也包起一卷，慢慢嚼着："你有所不知，这焖炉烤鸭的制法，正是源自南京。相传太祖当年颇喜此味，每日必食烤鸭一只。后来永乐皇帝迁都北平，便将那些擅长烤制的金陵御厨带到了此地。到了嘉靖年间，烤鸭渐渐从宫廷流传到民间。这便宜坊打出那'金陵片皮鸭'的旗号，无非想说明他家是地道的正宗口味。"

"管它正宗不正宗，反正好吃就成。"许蝉说着，又冲徐振之努嘴笑道，"振之哥你瞧那几个蒙古汉子，拿这烤鸭当烤羊腿了，连撕带啃地，吃得多欢实。"

徐振之扭头望去，也是哑然失笑。心道古有囫囵吞枣，他们却是囫囵啃鸭："听说蒙古汉子大多豪爽，今日一见，果真如此。"

见二人瞧来，那边几名蒙古汉子也觉察了，打头一人突然将桌子一拍，指着徐振之和许蝉便大叫起来。

可那人一口的蒙古话，夫妇二人哪里听得懂？只见他瞪眼龇牙，语气又十分严厉，徐振之还以为触犯了他们的什么风俗，赶紧起身拱手："我二人并无恶意，只因好奇，这才朝诸位多看了几眼，若有冲撞处，还请多多包涵。”

那人再说了几句，见徐振之还是一脸茫然，面色这才缓和下来。他向徐振之摆了摆手，又朝柜上大喊道：“再来十只鸭子，还是不要片，整个上！”说的竟然是不太流利的汉话。

那店伴慌忙答应着，不多会儿，便从后厨拎来一堆热气腾腾的烤鸭。

徐振之与许蝉互视一眼，暗道原来那人会说汉话。正琢磨着，那店伴又搓着手走了过来：“二位够用吗，要不要再片上半只？”

许蝉点了点头：“好，那就再片半只，荷叶饼也再来几张。”

“成嘞。”那店伴说完，又压低了声音，悄悄道，“小的给二位客官提个醒，那几位蒙古大爷可招惹不得，他们……他们……”

许蝉眼尖，早就瞧见那几个蒙古人后腰鼓囊囊的，分明是藏了利刃。可她哪里在乎？当即便在腰间的秋水剑上一拍：“他们怎么了？又不是大姑娘小媳妇，瞧一眼有什么打紧？”

“这……”那店伴小心翼翼地望了望那伙蒙古人，有些欲言又止。

徐振之瞧出端倪，遂稳住了许蝉，向那店伴道：“多谢你好意提醒，我们知道了。”

“那就好、那就好……”店伴松了口气，“二位稍等，小的这便给你们片鸭子去。”

徐振之和许蝉虽不欲多生是非，可那伙蒙古人行事确实有些怪异，不由得对他们暗暗留心。此时，那些蒙古汉子也不似方才那般大嚷大叫，只是埋头吃着烤鸭。打头那个吃得热了，索性把头上皮帽一摘，搁在了桌上。

他这一摘帽，许蝉险些笑出声来。只见他颅顶的头发已全然剃光，只在前额上留了一团圆圆的刘海儿，就像汉人小童头顶的“茶壶盖”。两侧的头发却长，拢起来各绾成小髻垂在耳后，随着他那肥乎乎的圆脸不停摇晃，那左右的小髻也不住摆动，倒有几分可爱。

他们一行吃的都是整鸭，吐出来的骨头也随手扔在地上。不大一会儿工夫，外面的狗子寻着香味，大着胆子跑进来抢食。

蒙古人打猎牧羊多依仗犬类，对它们素来喜爱，见那些狗子吃得欢，那打头的非但不驱赶，反又将吃剩的鸭骨投了过去。店伴见状，也不好说什么，只得任由群狗在堂上撒欢争食。

其中有只黄狗瘦小，没抢到骨头，可怜兮兮地转了一圈，竟将两条前爪搭在了那打头的汉子腿上，向他讨要起吃的。

那打头的汉子一怔，笑骂句什么，便将那黄狗的前爪从自己腿上推了下去。

那黄狗不甘心，身子一抬，又将前爪搭上。

那汉子眉头一拧，显然是大不耐烦，呜里哇啦骂了几声，再次挥手把黄狗前爪扫下。

谁知那黄狗铁了心，不讨到吃的不肯罢休，再度把前爪搭来。

那汉子有些发恼，“呛啷”一声从腰里拔出一把弯刀：“是了，你是汉人的狗子，听不懂我们的话。再敢缠着我，我就把你宰啦！”

那黄狗固然不懂蒙古话，可那汉话它又岂能听懂？见汉子扬起刀来，还以为他是要喂自己吃的，乐得尾巴直摇，汪汪欢叫。

见黄狗眼巴巴望着自己，那汉子犹豫片刻，便将那没吃完的肥鸭塞进了它的嘴里：“算啦，赏了你吧！”

那黄狗一口接来，叼着肥鸭箭一般冲了出去。其他狗子瞧见，也都跟着追去店外，汪汪叫着，转眼就不见了踪影。

又过了一阵，那打头的汉子见同伴都吃得差不多了，就将油手在皮袄上揩了几下，从怀里掏出一锭大银拍在桌上。

那店伴见了，赶紧把那银锭抓在手里："几位大爷吃好了？小的这就去给你们找兑散钱去……"

"不用！"打头的汉子手一摆，抓起皮帽扣在头上，招呼着同伴起身离开。

"谢大爷赏，各位爷台慢走啊。"那店伴满脸堆笑地将他们送出店去，再回到店中，却是一边拭着额头冷汗，一边如卸重负地长舒口气，"天可怜见，总算将这伙凶神打发走了。"

许蝉闻言，不免好奇："店家，那些蒙古人出手阔绰，给了你这么大锭银子，你应该高兴才是，怎么还在那儿长吁短叹？"

那店伴又往门外瞧了几眼，这才慢慢走了过来："客官，你当他们是善茬儿吗？打刚才起，小的便一直悬着心呢……"

方才那圆脸汉子投鸭喂狗，许蝉早在一旁瞧了个满眼，不由得对他们生出几分好感："那些人嗓门儿是大了些，可心眼倒是不错的。"

"还心眼不错呢，"那店伴摇了摇头，"他们只怕是一伙杀人越货的强盗！"

"强盗？"徐振之一怔，"何以见得？"

许蝉也不信："就是，人家带着兵器就是强盗了？我不也拿了剑吗，你瞧我会不会杀人越货？"

那店伴赶紧摆手："小的不是那个意思，二位有所不知，他们一进店来，就开始旁若无人地说话，他们只当这里没人听得懂，却不知小的早年间，曾在边境上贩卖过皮毛，多少通晓一些蒙古话的。"

"你懂蒙古话？"许蝉追问道，"那他们说了些什么？"

那店伴回想起来，仍觉心有余悸："当时我隔得远，他们说话又快，隐隐约约，只听他们在商量着要去刺杀一个什么大人物。

后来，那打头的警惕起来，便用蒙古话叫了我一声，可我那会儿吓傻了，动也没敢动，他们这才放下心来。现在想想，可真叫人后怕啊，幸亏我当时没动……”

“刺杀大人物？”徐振之脸色一变，“店家，你可曾听清楚了，他们究竟是要杀谁？”

那店伴摇头道：“我哪敢多听？就记得好像是打北边来的。”

徐振之皱起眉头，已觉此事非同小可。那伙蒙古人既然提前来到北京城，定是打探到了什么线报，像那些镇守边防的大将，大多有家眷在京，也时常会回来探望。万一那些蒙古人要行刺的是他们，那后果当真是不堪设想。想到这儿，徐振之与许蝉互换个眼神，心里皆打定了主意，打算插手此事。

瞧见他二人神色，那店伴好心劝道：“二位可别嫌小的多嘴，那伙蒙古人端的不是好惹的，管他们要杀谁呢，只要别杀到咱们小老百姓的头上就好，正所谓各人自扫门前雪，莫管他人瓦上霜。”

徐振之微微一笑：“店家所言甚是。方才他们突然用蒙古话喝问，自然是为了试探我们二人。还好我们不懂，否则早就被他们灭口了。既然我们已在鬼门关外走了一遭，那等闲事定然是不敢再管的。”

那店伴放下心来：“就是，我瞧客官就是个晓事的。”

“关乎身家性命，不晓事也不成哪。”徐振之说完，冲许蝉眨了眨眼，“小知了，咱们吃饱喝足，这便结账回家吧。”

“好！”许蝉会意，抓起秋水剑，与徐振之匆匆离了店铺。

二人来到街上，那些蒙古汉子早已不见了人影。但他们要行刺的大人物既然是打北边而来，那他们就应该会出城向北埋伏。想到这儿，徐振之和许蝉便纵马直奔北门，出城沿着官道寻去。

可在官道上驰出很远，仍是未见那伙蒙古人的下落。寻找行刺之人不成，徐振之便把主意打到了被刺之人的身上，他心想，那大人物若是朝中大员，沿途必会在驿馆留宿歇脚，只要能提前打听到行踪，也好通知他们早做准备，不给那些蒙古人可乘之机。

谁知一连问了几家驿站，皆说最近并没接到有什么武将重臣要来的消息，再问下去，那些驿卒驿吏倒起了疑心，以为二人有什么企图，反将徐振之和许蝉盘查了好久。

眼见着天色渐黑，夫妇二人还是毫无头绪。正束手无策地打算往回走，却遇到了一名打柴的老汉。二人虽不抱什么指望，也还是向那老汉打听，岂料一问之下，那老汉却说曾见有伙差不多打扮的外族汉子往西北方去了。

夫妇二人闻言，不由得喜出望外，忙向那打柴老汉道了谢，赶紧往他所指的方向寻去。

然而越往前寻，便越是偏僻，别说是人，就连镇甸村落都极少看见。二人纵马又驰了一个时辰，仍是一无所获，此时月亮已升至中天，二人身处荒郊野外，往四下望去，皆是乌压压的一片黑暗。

许蝉坐在马上怔了一阵，无不懊恼地叹了口气："当初若那伙蒙古人一离便宜坊，咱们就开始追踪，也不会像现在这大海捞针般费力了，唉，都怪那店伴啰里啰唆，拉咱们说了半天的话。"

徐振之摆了摆手："若不是那店伴说起，咱们又如何得知那伙蒙古人要去行刺？谋事在人，成事在天，小知了，你别气馁，再接着找找吧，不管最后能不能找到，咱们尽力便是。"

"只能这样了。"许蝉点了点头，又催动坐骑，与徐振之漫无目的地找寻起来。

约莫一炷香的工夫，前方微微露出一点火光。二人心知有异，当下也不多想，齐齐朝着火光处驰去。等离得近了，便瞧见一处密林，林子里不单透出了火光，还传出了喊杀声和兵器击撞的动静。

“快瞧瞧去！”

夫妇二人急急下马，赶紧往那林间探去。再走了几步，那打斗的呼喝声已近在耳边，二人没有轻举妄动，只是寻了个隐蔽的地方，猫身树后，向那林间空地放眼打量。

借着几堆篝火，二人已瞧得清清楚楚，林中拴着几匹载负货箱的骆驼，驼群旁边，立着一名细眉吊眼的中年人。那中年人右臂中刀，鲜血顺着指尖直滴在地上，显然是受伤不轻。一个红面方脸的英武少年持了劲弓羽箭，紧紧护卫在他身侧。在这二人身前，是十来个汉家打扮的汉子，他们与先前那两人一样，皆穿着布衣棉袍，各自操着长枪短械向前奋勇地厮杀。

与这伙人对战的，正是之前在便宜坊遇到的那几个蒙古人，只是十个里已然有六七个横尸当场，剩下的两个手下也都脸上挂彩，身上受伤，与那打头的背靠背守在一处，挥刀猛砍，力战不退。

徐振之心下纳闷：“这伙蒙古人不是要刺杀什么大人物吗，怎么却找上了这些货商？”可转念一想，这些货商恐怕也不简单，瞧他们攻守有度、出招稳狠，倒像是些久经沙场的军健。那伙蒙古人前来行刺，反被他们一举杀伤了大半。

见那些货商打扮的应对有余，徐振之便放下心来，与许蝉继续躲在暗处静观其变。

场上再斗了一阵，一名蒙古汉子被人一枪搠穿了小腹，在临死之前，他竟一手夺拉枪杆，一手挥着弯刀向对手头上斫去。可重伤之下出手无力，只是将那人的帽子砍掉，便扑地而亡。那人又惊又怒，急忙从他尸身上拔出长枪，一边叽里咕噜地大骂着，一边又朝剩下的两个蒙古人杀去。

一听那人说的不是汉话，许蝉便是一愣，又见那人头发剃得光光，仅在脑后悬了两条辫子，许蝉更是大为不解："振之哥，那瞧着似乎是蒙古人所留的发型啊，他们怎么会跟自己人打起来了？"

徐振之眯眼仔细辨认一番，摇了摇头："那不是蒙古人，这伙货商打扮的，应该是群女真人。"

"女真人？"

"对，我听说那女真人的习俗是男子皆剃光头，只在脑后一上一下，留出两撮铜钱大小的长发，各自结成小指粗的细辫垂挂，叫作什么'金钱鼠尾'。原来那蒙古汉子要杀的是女真人，可这伙女真人却也奇怪，他们为何要假扮成货商来京，又因何与蒙古人结了梁子？"

许蝉再朝前看了一眼，急道："啊哟，剩下那两个蒙古汉子怕是撑不住了，振之哥，你说救他们不救？"

由于是蒙古人与女真人之间的厮杀，在原因未明前，是否要去插手，徐振之一时难以抉择。可就这么一犹豫，又听一声惨叫，一名蒙古汉子颈上中刀，"扑通"仰跌在地上，眼见是不活了。

现今一伙蒙古人中，仅存那个打头的圆脸汉子，似一头被围困的野兽，跌跌撞撞的，挥着弯刀左一下、右一下地胡乱劈砍。那些女真人稳操胜券，一招接着一招地逼了过去，只待那圆脸汉子露出破绽，便要齐拥上前，将他毙于刀枪之下。

事到如今，徐振之哪里还顾得上想别的？赶紧一拍许蝉，从藏身处跃出："小知了，救人！"

许蝉一听这话，秋水剑已然出鞘，飞一般冲到切近，"唰唰"几剑，便将那些女真人逼得连连倒退。与此同时，徐振之也奔至那圆脸汉子身边，正欲伸手将他扶稳，不想那圆脸汉子酣斗之余，居然分不清敌我，反而糊里糊涂地向徐振之砍了一刀。

徐振之一惊，侧身险险避过，急忙朝那圆脸汉子大喝道："别莽撞，我们不会伤害你！"

那圆脸汉子闻言，先是一愣，继而大喜，呜里哇啦地叫了起来。刚叫了几声，他就想起徐振之听不懂蒙古话，忙改说汉话道："我认出你来啦！我们在那烤鸭子的店里见过，勇士，你们是来帮我的吗？"

"我们是……"

徐振之话没说完，那圆脸汉子喜不自胜，竟猛地伸开双臂，将徐振之死死抱在怀里："感谢长生天，竟派来了两名勇士助我！"

那汉子力气不小，徐振之险些被他勒得背过气去："松开……先松开手……那边还斗着呢……"

"对啊！"经徐振之提醒，那圆脸汉子方记起尚有强敌环伺，慌忙松开了他，又帮着许蝉呐喊助威，"女勇士，女好汉！杀啊！他们只是一帮没用的豺狼，怎能敌得过你这只凶猛的母老虎？杀啊！杀啊！用你那尖利的爪牙，尽情地将他们撕碎吧！"

许蝉听得直皱眉头，又一剑逼开三个女真人，转头朝那圆脸汉子怒叱："什么乱七八糟的？你给我少说两句！"

徐振之和许蝉刚冲出来时，那个细眉吊眼的中年人，只当他俩是蒙古人埋伏下的帮手，这会儿却瞧出了端倪，赶紧用汉话向那些女真人道："快住手退下！"

这中年人声音不大，听上去却是威严无比，那些女真人闻言，齐刷刷收了兵器，退到驼队旁留神戒备起来。

许蝉见状，也收剑罢手，站回了徐振之身侧。

那中年人再冲夫妇二人打量一眼，又道："我有伤在身，恕不能行礼，敢问二位是何方英雄？"

许蝉知他是在套话，也不作声，只是瞧着徐振之。

徐振之虚拱一下，笑道："无名之辈，路经此处，不忍见双方再添死伤，便想来问个清楚，或许你们之间是有什么误会……"

那中年人尚未开口，旁边那持弓少年却已怒喝："什么叫误会？瞧不见我父……我爹爹被他们刺了一刀？"

"不用多说。"那中年人抬手一摆，又向徐振之和许蝉道，"二位有所不知，我们一行皆是货商，本打算在这林中歇脚过夜，却撞见了这伙图财害命的强盗。幸亏伙计们拼死抵抗，我父子二人才没有惨遭他们的毒手。"

"货商吗？"许蝉撇了撇嘴，"带着各种兵器四处行走的货商倒也少见，你们是要打仗呢还是做生意？"

那中年人忙道："路途险恶，我们带了兵刃，便是要防范有强盗来打劫，这不今夜正派上了用场。二位，咱们皆为大明子民，理应同仇敌忾，只要帮我们将那个蒙古强盗拿住，在下必有重谢！"

那圆脸汉子刚要叫骂，许蝉却冷笑一声，指着那个被砍掉帽子的女真人道："你们汉话虽说得流利，可想要冒充大明子民，先得将那条小辫子藏严实了！"

那中年人脸色一变，又强作镇定道："这位姑娘好眼力，只是我们确是货商，之所以作汉人打扮，是入乡随俗，也是为了做起买卖来方便些……"

他这番话不尽不实，许蝉和徐振之自然不信。可那圆脸汉子却急了，怕他二人信以为真，忙大声叫道："你们别听他的鬼话，他是努尔哈赤，旁边那个是他的儿子洪台吉！"

听他叫破自己的身份，努尔哈赤不由得打个激灵，两道目光如电，直直刺向那圆脸汉子：“你这厮果然不是寻常盗贼！说，你究竟是什么人？”

那圆脸汉子犹豫了一阵，没敢道出真名：“现在我还不能说……你就当我是一只来自草原的雄鹰吧！”

洪台吉“呸”了一口：“连名字都不敢说的人，也配称作雄鹰？瞧你那草包模样，倒像是一只蠢笨的狗熊！”

那圆脸汉子也“呸”道：“狗熊也比你好！你阿爹是野猪皮，你就是块小野猪皮！”

这“努尔哈赤”的名号，徐振之自然不会陌生，此人为建州女真之主，这些年来，他在关外拥兵自重，东征西战，早已收服了许多大大小小的部落。他表面上对明称臣，可暗地里野心越来越大，实为明疆边陲一大腹患。徐振之无论如何，也没想到竟是努尔哈赤亲来，更想不出他乔装潜入中原，究竟有何企图。

许蝉却不懂得那些，听那圆脸汉子与洪台吉你一言我一语，活似小孩子拌嘴吵架，不由得“扑哧”一下笑出声来。

见行踪暴露，那努尔哈赤早已起了杀心，向徐振之和许蝉冷冷道：“看来这浑水，二位是蹚定了？”

许蝉俏脸一寒：“我管你是什么喝什么吃的，这是在我大明京师的地界上，还轮不到你们女真人过来撒野！”

那努尔哈赤也不多言，挥手下令道：“一并杀了！”

“脸翻得倒快，果然不是什么好东西！”许蝉挽了几个剑花，冷笑道，“方才我意在救人，出手没动真格，你们有本事就再来杀杀看！”

徐振之低声嘱咐道：“小知了，这伙女真人来头不小，只将他们打倒便好，尽量别伤他们的性命。”

“知道了。”许蝉答应一声，纵身向着那杀来的女真士兵迎上。

那些女真士兵驰骋疆场，全凭着一股凌厉的狠劲，此时当着首领的面上，更是如冲锋一般，操着长枪短械奋勇争先。

那圆脸汉子见状，便想挥着弯刀上去助阵。徐振之怕他过去反会添乱，忙伸手拦下：“我娘子应付得了，咱们在这看着就好。”

刀光剑影中，许蝉倩影穿梭。女真人挺长枪频刺，挥利刀疾砍，却丝毫近不得许蝉身前三寸。这些女真士兵既能被努尔哈赤挑选出来作为南下的亲随护卫，自然皆是以一当百的死忠之士，故而在与蒙古人的仓促对战中，己方没死一人，反将对方几近全歼。

可他们身手再好，也仅是稳扎稳打，哪有中原武术那般招式繁多、拳脚精妙？况且此时的许蝉，已然今非昔比，那逍遥剑法甫一施展出来，就叫这伙女真士兵眼花缭乱、应接不暇，她虽是以一敌多，仍觉游刃有余。

许蝉不欲伤人，出剑时便多使虚招，只是用偏锋格开击来的兵刃，再以拳掌制敌。见斜刺里一梃长枪捅到，许蝉调转剑柄，在那枪头上重重一击。受这一下，那长枪头重尾轻，猛地朝下一沉，许蝉趁机一脚踏上枪身，借着一弹之力，身子腾在空中，“砰砰”两脚，踹中了另外两个女真士兵的胸口。

那两个女真士兵吃她一踹，齐齐仰跌出去。一个从地上挣扎着爬起，又冲过去加入了战阵，可另一个见徐振之和那圆脸汉子就在不远，竟抓起长刀，朝着二人怪叫着杀来。

那圆脸汉子先前见许蝉打得精彩，早已是目眩神驰，待惊觉那女真汉子扬刀杀至，慌忙摸出弯刀来挡。可仓促之间，那圆脸汉子握刀无力，“当”的一声，弯刀居然被撞得脱手而飞。

见他没了兵刃，那女真士兵更是肆无忌惮，再度举起长刀，朝那圆脸汉子劈头盖面地砍下。徐振之瞧得真切，飞身疾扑，拉着那圆脸汉子便滚倒在地。那女真士兵一击不得，又拿着长刀狂追乱砍，在那地面上砍出道道锋痕。

被他一通追砍，徐振之一时无法起身，只能抱着那圆脸汉子不断在地上翻滚躲避。再避开两刀，徐振之总算摸到了腰间暗悬的长鞭，瞅准了时机，长鞭"啪"的一声甩开，登时在那女真士兵的脸上抽了道血痕。

趁这工夫，那圆脸汉子也爬起身来，猛扑过去，双手攥住了那女真士兵的领子，同时伸足一勾，竟用上了蒙古人摔跤的功夫。那女真士兵被这一扭一绊，身子顿时歪斜。那圆脸汉子不光力气大，也会使巧劲儿，顺势将那女真士兵一甩，就把他连人带刀地掼向了围攻许蝉的同伙。

几名女真士兵受他一撞，身子不由得向前扑倒，若非躲得快，险些将自己送到了许蝉的秋水剑上。那几人又惊又怒，竟挥着兵刃向徐振之和圆脸汉子砍杀而去。

许蝉再三相让，对手却纠缠不休，她早就渐生恼火。此时见他们又想对徐振之不利，哪里还能忍得住？娇叱一声，脚步疾变，横剑将他们尽数截下："不给你们点颜色瞧瞧，谅你们也不知本姑娘的厉害！"

话音方落，秋水剑便化作一道道寒光，那些女真士兵只觉手里一轻，各自的兵刃就断成两截，"咣当咣当"的，纷纷坠落在地。

兵刃一断，那些女真士兵齐齐傻了眼，一个个愣在原地，皆有些不知所措。

许蝉抬剑一指："我们不愿多生是非，知趣的就赶紧滚！"

那圆脸汉子急得大叫道:“别啊！那努尔哈赤不是好人，女勇士、女好汉，你这么厉害，快帮我杀了他！”

许蝉秀眉一蹙，瞪了那圆脸汉子一眼:“什么‘女勇士’‘女好汉’的？难听死啦！你就不会叫声‘女侠’？”

“好好，”那圆脸汉子赶紧改口，“女侠，求你帮帮我吧！我以长生天的名义发誓，只要你帮我杀了他，我就送你一箱金子，一百头牛羊……”

“我要金子和牛羊做什么？”

“要是女侠不喜欢金子和牛羊，那我多送你几个精壮的男勇士也成哪！”

“真是胡说八道！”徐振之听得好气又好笑，抬手便在那圆脸汉子肩上拍了一巴掌，“哎哎，她夫君我还在这儿呢！行了行了，你也别添乱了，我不清楚你们之间有什么恩怨，但要打要杀，你们尽可去别处，死在大明算怎么一回事？”

那些女真士兵闻言，又纷纷回头朝努尔哈赤望去。那努尔哈赤冷哼了一声，脸上阴晴不定。

见首领没开口，那些女真士兵只得力战不退，都从地上拾起枪头断刀，夹枪带棒地复朝许蝉杀来。

许蝉勃然大怒，剑尖忽上忽下、时左时右，电光石火间，便在那群女真士兵里疾穿而过，堪堪抢至那努尔哈赤跟前。

旁边的洪台吉大惊，正想持弓来打。许蝉手腕却一翻，将秋水剑的剑尖，生生抵住了他的咽喉。

“真当本姑娘不会杀人吗？”许蝉目光一转，冷冷瞥向努尔哈赤，“那什么喝什么吃的，你怎么说？”

那努尔哈赤抬眼望去，见那些女真士兵个个手腕中剑，鲜血长流，连兵器都无法握了，遂长叹了一口气："想不到中土竟有如此人物……眼下这般光景，我还有什么好说？一切依姑娘便是。"

"好！"许蝉将秋水剑从洪台吉颈间移下，还插于剑鞘之中，"那就赶紧带着你的人离开！"

努尔哈赤点了点头，冲着手下一招手。那些女真士兵见状，便退了回来，强忍着腕间剧痛，牵起骆驼，逐一退出了林子。

临走前，努尔哈赤朝徐振之三人恨恨地望了一眼，见他们正准备收拾那些蒙古汉子的尸首，便向身边的洪台吉使了个眼色。

洪台吉会意，从箭壶里抽出三支羽箭，悄悄搭在了弓上。别看这洪台吉年纪不大，可他从小跟着努尔哈赤狩猎征战，早已是弓马娴熟，无论步射骑射，几乎矢不虚发。此时洪台吉躲在树后，屏气凝神，一瞅准机会，便急速地扳动弓弦，三箭连珠，呼啸着朝徐振之等人激射而去。

一听得破空之音，许蝉登时警觉，想也未想，当即拔剑挥斩。饶是她反应迅速，却也只能削断两支来箭，第三支羽箭劲势未减，竟直直刺向那圆脸汉子的面门。

在这千钧一发的关头，一条长鞭陡然甩至，紧贴那圆脸汉子的鼻梁，"啪"的一声撞开了射来的劲矢。

不光那圆脸汉子怔在当场，就连挥鞭救护的徐振之也惊出一身冷汗。徐振之连道"好险"，方才若是迟个片刻，那圆脸汉子必将被那利箭穿颅。

许蝉回过神来，已知是那伙女真人暗施杀手，不禁气得柳眉倒竖："好啊，咱们饶过他们一伙，他们居然回来偷袭，如此下三烂的东西，我追上去杀了！"

徐振之怕出意外，赶紧将她拦下："算了算了……"

那努尔哈赤和洪台吉见诡计不成，哪里还敢逗留？早已带着手下逃远。许蝉又叫骂一通，这才愤然作罢。

那圆脸汉子虽保住了一条性命，可非但没有杀成努尔哈赤，自己所带来的蒙古武士反而悉数丧生。他向那些横七竖八的尸首呆望一阵，只觉悲从中来，突然一屁股坐在地上，放声大哭。

徐振之叹了口气，走过去拍了拍他的肩膀，以示安慰："生死有命，你也别太难过了……"

那圆脸汉子闻言，猛地扭过头来，眼泪汪汪地瞪着徐振之。

徐振之一愣："怎么了？"

那圆脸汉子抹了把眼泪："勇士，算起来，今天晚上你已经救过我三次了！我听说你们汉人有句什么话，叫作'滴水之恩，涌泉相抱'。你瞧我的眼泪早已涌得像泉水了，我是不是该抱抱你？"

他嘴里问着该不该，两只手臂却已然朝徐振之伸去。徐振之赶紧躲闪，急忙解释道："别别……那个字是报答的'报'，又不是拥抱的'抱'！"

"哦？"那圆脸汉子停下手来，挠了挠脑袋，"是啊，我应该怎么报答你们呢？"

徐振之哭笑不得，指着地上那些蒙古汉子的尸首道："你还是先想想怎么安葬你的手下吧，总不能让他们暴尸荒野啊。"

"有道理！"那圆脸汉子左右一顾，央求道，"女侠，勇士，你们能不能帮我一起砍些树枝来？"

徐振之怔了怔："你是想将他们的尸身焚化？"

那圆脸汉子点了点头："是的，就让熊熊烈火带着他们的灵魂，飞升到长生天的身边去吧！"

许蝉和徐振之见状，便帮着他忙活开来。树林里最不缺木材，许蝉用秋水剑削斩，徐振之拿匕首切割，没耗费多大工夫，就砍下了一堆堆长长短短的枝条。

那圆脸汉子将枝条码好堆平，在空地上渐渐垒出个四四方方的大台架。他刚才见识过许蝉那把削铁如泥的秋水剑，此时又瞧徐振之也有把同样锋利的匕首，心里不由得暗暗艳羡。

等那用层层树枝搭建的台子垒好，三人又将那些蒙古武士的尸首搬到台上放平。那圆脸汉子再行了几个礼，便从未灭的篝火中拾了条燃着的木柴，将那台子的四边逐一点燃。

火苗急蹿，浓烟升腾，“噼里啪啦”地越烧越大，没一会儿，便燃成了冲天的烈焰。跳动的火光，将那圆脸汉子的面庞映得更红了，只见他立在火旁，神色十分郑重，时而双手捂胸，时而展臂向天，嘴里用蒙古话不断地说着什么。

等他说完，许蝉有些好奇，便问道：“你方才叽里咕噜地说了些什么呀？”

那圆脸汉子道：“我在向我那些忠心的部下承诺，他们的爹妈，我会派人赡养；他们的儿子，将来我也要封下官职！”

徐振之察言观色，早就猜到这圆脸汉子定是蒙古权贵，可一听说他能封官，心里又不禁一凛。难不成他还是个王族？

许蝉也很是纳闷：“既然你能封人家官职，在蒙古的权力肯定不小吧？哎，你究竟是什么人呀？”

那圆脸汉子想了想，便说道：“我的真名，不能对那努尔哈赤说。可你们是我的恩人，我不能再隐瞒。我是成吉思汗的后代，孛儿只斤·凌丹巴图尔，呼图克图汗！”

徐振之和许蝉听那名字十分拗口，不约而同地问道：“什么？”

那圆脸汉子舌头一卷，重新向二人说了一遍：“孛儿只斤·凌丹巴图尔……你们叫我呼图克图汗也成！”

“虎……墩……”

“呼图克图汗！”

“虎墩兔……憨？”许蝉模仿着他的腔调，结结巴巴地学了一遍，总算说通了，“我的天！险些咬了我自己的舌头。哎呀，你这名字叫起来太费劲了，又是虎又是兔的，反正你瞧着也憨头憨脑的，干脆简单点叫你‘大憨’算啦！”

“大汗？”虎墩兔点了点头，“也成。不过在外人面前可得保密。”

“这有什么好保密的？”许蝉一怔，见虎墩兔一脸郑重，便笑着答应道，“好吧好吧，没人时我叫你大憨，外人面前我叫你小虎。”

“成吧！就这么定了！”

这两人各自会错了意，好似鸡同鸭讲、鸭对鸡说，徐振之只听得暗自好笑。像那“大汗”，乃是游牧民族首脑的称谓，相当于汉人的君主，哪里是什么“大憨”了？不过见二人糊里糊涂地聊得正欢，徐振之也不去戳破，咳嗽一声，又问道：“虎兄，接下来你有什么打算？”

那虎墩兔摇了摇头：“我还没想好……对了，勇士，你还没跟我说你叫什么名字呢。”

“鄙人徐振之……”徐振之刚说出口，突然想起这等文绉绉的谦辞虎墩兔怕是不懂。

果不其然，只听虎墩兔道：“原来你的名字也不短，毕勇士……”

徐振之赶紧纠正道：“我姓徐。”

“徐毕仁？”

“徐振之！”

虎墩兔恍然大悟：“我懂了。徐振之勇士，刚才你既然叫我一声‘虎兄’，我心里着实是高兴得很，这样吧，不如咱们两个结成安答？对，就这么定了，结安答！”

徐振之听得一头雾水：“结安答？安答又是什么？”

虎墩兔解释道：“安答好比是你们汉人的结义兄弟，咱们结成安答，从此就是一条心了，有美酒一起喝，有金子一起使……”

“不必了不必了……”徐振之急忙摆手，“咱们只是初次相逢，彼此之间又不熟悉，那结安答一事，当真是不必了。”

“不行！”虎墩兔执拗道，“你们汉人老说什么‘一回生二回熟’，在那烤鸭子店我们见过，在这里我们又见过，都两回了，为什么不熟？”

徐振之再三不允：“不是这话，虎兄你听我说……”

虎墩兔一下捉住他话头，放赖道：“你瞧你瞧！你自己都叫我好几次‘虎兄’啦，为什么还不肯跟我结安答？你是不是瞧不起我们蒙古人？”

见徐振之竟被虎墩兔噎得哑口无言，许蝉在一边掩嘴偷笑。此时，徐振之早感觉一个头两个大，见虎墩兔尚在啰啰唆唆地夹缠不休，赶紧把手一挥：“结结结！我答应你，你快别再说了！”

虎墩兔大喜，忙扯着徐振之跪倒在地，向着夜空拜伏祝颂。二人起身后，又互道了生辰，徐振之一算年纪，才知这面相粗犷老成的虎墩兔，居然只有十九岁。

许蝉犹自不信，绕着虎墩兔端详了半天，仍是摇头：“你真的只有十九岁？怎么一点儿也看不出来？”

虎墩兔有些不大高兴：“我还能骗安答不成？我们草原人，从小便接受风霜的洗礼，看着肯定是比你们汉人成熟一些。”

许蝉盯着他那红扑扑的脸膛和下巴上密密的胡茬，感叹道：“你都快熟透了……”

徐振之方才一直叫他虎兄，此时得知他年纪小上自己不少，便在那“虎兄”后面，加了个“弟”字：“虎兄弟，咱们这安答算是结完了吧？”

“还差着一步！”虎墩兔说完，便从自己脖子上摘下一条坠着颗大虎牙的项链，替徐振之挂在了颈间，“按照我们蒙古人的习俗，结安答时要互赠礼物。我送你这颗珍贵的虎牙，徐安答，你要送我什么呢？”

“还得送礼物？”徐振之一怔，在身上摸了几下，苦笑道，“这趟出来得仓促，我也没带什么值钱的东西，虎兄弟，要不等下次吧？”

“下次哪成？这种事等不得的！”虎墩兔眼珠转了几转，忽然一把抓过了徐振之腰间悬挂的匕首，“我瞧这把匕首就挺好的，安答，你把它给了我吧。”

“这个不行。这把匕首是我一个未曾谋面的子侄亲手打制的，对我而言，意义非凡。虎兄弟你别闹，快将它还给我。”徐振之说着，便伸手来抢。

虎墩兔哪里肯松手？只是将那匕首捂得死死的：“安答你听我说，那颗虎牙可是从我爷爷的爷爷手上传下来的，这么珍贵的东西，我本来应该传给我的儿子孙子，却舍得送你。你怎么这般小气，连一把匕首都不舍得送给我？”

“这不是小气不小气的事，这样，我把那虎牙还你，你也把匕首还我！”

“不成，没有礼物就结不成安答啦！”

徐振之急了，脱口道：“结不成就结不成！”

“什么？”虎墩兔一愣，登时眼泪汪汪地瞧着徐振之，“你们汉人怎么说话不算数？你说好和我结安答的……”

一瞧他这模样，徐振之彻底没了辙：“好好，方才是我说错了。唉，你这么大个人怎么还像小孩一样撒泼啊？哎哎，别哭别哭！你喜欢那匕首就拿去好了！”

听了这话，虎墩兔这才破涕为笑，他将那匕首往自己腰间一插，拍了拍徐振之的肩膀：“这才是我的好安答！安答，你们是住这附近吗？我肚子饿了，快带我去你家吃些东西吧。”

徐振之和许蝉互视一眼，踌躇道：“我们……”

虎墩兔见状，皱起了眉头：“我们蒙古人都十分好客，别说是自己安答，就算有陌生人路过，也要将他请进自己的帐篷里，给他吃手抓肉，喝马奶酒的！”

徐振之苦笑一声，暗道这虎墩兔面上憨里憨气，心里却是机灵得紧，自己不知不觉间，竟一次次被他牵着鼻子走。另外，他为何要杀努尔哈赤，而努尔哈赤又为何要乔装潜入中原，这些疑问，都要着落在虎墩兔身上。想到这儿，徐振之这才点了点头：“既然如此，那咱们就带虎兄弟先回住的地方吧。”

说完，三人便出林寻了坐骑，徐振之将一匹让给虎墩兔，自己与许蝉同乘另一匹，纵马扬鞭，朝着香山小筑的方向驰去。

第七章 搏红颜

因徐振之和许蝉久去未归，客印月等得有些焦急。待哄得朱由校睡了，仍不见夫妇二人回来，心下不安，怕出什么事，她便急急打发李进忠去东宫报信。朱常洛得知此事后，也担心他们出了什么变故，忙安排郭鲸、薛鳄带人暗中四处寻找，自己也没闲着，只身来到香山小筑询问详情。可对于徐振之和许蝉的下落，客印月所知也不多，只说他二人出去骑马散心，之后便一直未归。

朱常洛心乱如麻，焦急地在厅上走来走去。正当这时，院外响起了叩门声，等赶出去一瞧，便见那徐振之三人立在外头。

见徐振之和许蝉安然无恙，朱常洛心中的石头总算落了地，可眼睛又一瞥，瞧见了那蒙古打扮的虎墩兔，不由得眉头一蹙："他是何人？"

还没等徐振之开口，虎墩兔便在他肩膀上一搂，反问朱常洛道："我是他的安答，你又是谁？"

徐振之也没想到朱常洛会在这里，赶紧让许蝉和客印月带着虎墩兔进屋用饭，自己却压低了声音，向朱常洛道：“殿下，此事另有曲折，请借一步说话。”

朱常洛点了点头，等虎墩兔进屋后，便随徐振之来到偏厅上。徐振之掩好门窗，就将在烤鸭店遇到蒙古人，无意间得知他们要行刺以及密林间撞见努尔哈赤等事一一道出。

听完徐振之所述，朱常洛沉吟道：“蒙古人与女真人的恩怨倒还罢了，可那努尔哈赤暗中潜入京师，着实有些可疑。”

徐振之道：“正因为如此，我才将那虎墩兔带回小筑，本打算等天明后报知太子殿下定夺，不想太子殿下却自己来了。”

二人正说着，忽见那窗户纸上投着个黑影，分明是有人躲在外面。原来，那虎墩兔见小筑内还有别人，徐振之进门后又与朱常洛躲在偏厅里，他心里起了疑，便借口说尿急。许蝉和客印月皆为女子，自然不能跟着他。虎墩兔溜出来后，就蹑手蹑脚地来到偏厅外偷听，不想月光一照，将他的身影清清楚楚地投在了窗户上。

通过那人影的轮廓，徐振之已猜出外面藏着的人就是虎墩兔，遂与朱常洛都闭了嘴，心里只觉好笑，暗道这虎墩兔当真是机谨，生怕掉进别人的圈套。

虎墩兔又听了一阵，却发现里头没了动静，他心下着急，便想在那窗户纸上捅出个洞来瞧瞧。不想他只顾着戳纸，却忘记了在手指头上蘸些唾沫，只听“刺啦”一声脆响，那窗户纸已然被他粗大的指头抠破了一块。

虎墩兔吓了一跳，正要扭头溜走，徐振之和朱常洛已然推门出来。

“虎兄弟别跑了，我都瞧见你了。”

虎墩兔停下脚步，讪讪笑了几声：“安答，我正想叫你过去吃饭……对了，你身边这个人是谁？你到现在还没给我介绍呢。”

徐振之还未接言，朱常洛已淡淡道：“方才你应该听见了，我是大明太子。”

虎墩兔又装起傻来：“啊呀，原来你是太子殿下！那这里是大明的皇宫吗？”

徐振之也不点破，笑着道：“虎兄弟，既然大家都亮明了身份，咱们就去厅上说话吧，我还有几件事要向你请教。”

“好！”虎墩兔点点头，便与徐振之和朱常洛并肩走向正厅。

三人入厅后，分宾主落了座，李进忠过来依次奉了茶水，便退到一边，与许蝉和客印月旁听起来。

见朱常洛等人与徐振之关系密切，虎墩兔也慢慢地放下了戒心。几番问询，大伙才知这虎墩兔是为蒙古帝国第三十五任大汗，因其父莽骨速早逝，故而十三岁时，他作为长孙，从祖父布延彻辰汗手中继承了汗位。他们的都城在察汉浩特，统辖着察哈尔部。

其时，草原上已四分五裂，像漠南的科尔沁、土默特，漠北的外喀尔喀诸部都各自为政，并不承认虎墩兔为共主；像漠西的瓦剌，甚至视察哈尔部为敌，二者时有冲突。

听了这些，徐振之方知草原上的势力竟如此错综复杂，难怪虎墩兔一行刺杀努尔哈赤时，敢穿着蒙古服色，就算努尔哈赤认出他们是蒙古人，也定然猜不出究竟是草原上哪一支部落干的。至于虎墩兔没敢留下姓名，自然是怕努尔哈赤兴兵报复，此时虎墩兔羽翼未丰，定是不肯冒险与建州女真轻言开战。

对于他们蒙古人的事，朱常洛似乎不太关心，只是连连追问有关建州女真的事：“那努尔哈赤和洪台吉潜入京师，应是他们女真的机密，你为何能提前知道？”

虎墩兔得意道："那自然是密探的功劳！"

朱常洛又问道："你可知他们为何要来此处？"

虎墩兔想了想，说道："听说他是要给一个姓李的大官拜寿……"

"姓李的大官？"朱常洛沉吟片刻，"可是那李成梁？"

虎墩兔道："好像是叫李什么梁的，我们当时只关心那努尔哈赤要走哪条路线，对于他给什么人拜寿却不大留意。"

徐振之回想起女真人所带骆驼上皆负着货箱，里面八成是些寿礼。可既然要拜寿，努尔哈赤为何不光明正大，偏偏要假扮汉人货商，夤夜赶路？况且他二人一个是女真首领，一个是大明边将，何时起攀上了关系，竟在私下里走动交好？

要知这李成梁，在大明的名头可谓不小，此人镇防辽东，战功赫赫，堪称一代名将。他自嘉庆年间，便以参将领军，纵横北方边塞四十余年，前后镇守辽东近三十年，力压各部，屡破豪强。其子李如松、李如柏、李如桢等人蒙承父荫，也都各授要职，或为总兵官，或为都督佥事，或为执掌南北镇抚司的锦衣卫指挥使，使得李氏一门重权在握，叶茂根深。

对于朝野之中的大小权贵，朱常洛早有一番调查。他瞧出徐振之心中疑惑，便缓缓道："说起来，这李成梁对于努尔哈赤，既有杀祖杀父之仇，又有知遇再造之恩。"

徐振之等人齐怔，忙说道："这个中原委，还请殿下详解。"

朱常洛点了点头，慢慢道出了过往："早在万历初年，时任辽东总兵的李成梁，为了缓和与游牧各部的关系，在抚顺开通了马市。不想当时的建州女真都指挥使王杲生了异心，竟在那马市上诱杀了我大明的备御裴承祖。此事一出，朝廷立即断绝贡市，并命李成梁督兵进剿王杲所在的古勒寨。在那一役中，女真人大败，王杲被杀，其子阿台逃脱，其亲家觉昌安和女婿塔克世则率家小降明。

“这觉昌安和塔克世父子，便是那努尔哈赤的祖父与父亲。为了表示忠心，觉昌安就将孙子送到李成梁处为质。见努尔哈赤年少英武，李成梁生了爱才之心，对他回护有加，处处照顾。努尔哈赤感念其恩，与李成梁情若父子。到了万历十一年，王杲之子阿台为报父仇，又纠起一拨人马犯明边境，觉昌安和塔克世见是个立功的机会，便仗着有层亲戚关系，当先去了阿台的寨中劝降。其时李成梁不明就里，因战事紧急，接连催促手下的图伦城主尼堪外兰猛攻阿台所在的城寨。尼堪外兰破城后，便在李成梁的纵容下，于城中大肆屠杀，觉昌安和塔克世也因此丧生在刀兵战火之中。”

听到这里，徐振之恍然道：“难怪殿下说李成梁于努尔哈赤有杀祖杀父之仇，原来是这个缘故。”

朱常洛颔首道：“是啊。得知父亲祖父被杀，努尔哈赤自然是又惊又怒。可当时他势孤力单，不敢直接向大明兴师问罪，就把这笔仇记在了尼堪外兰的头上。然尼堪外兰因助大明剿灭阿台有功，朝廷不但没有指责，反欲立其为建州女真之主。最后还是李成梁自知理亏，为做补偿，派人送还了觉昌安和塔克世的遗体，并向朝廷为努尔哈赤讨要了‘龙虎将军’的封号与承袭都督指挥衔的敕书。回到建州之后，努尔哈赤以此为根基，扩招人马，壮大队伍，先后征服了建州大大小小的部落，又挥师东向，直攻海西女真的叶赫、辉发、乌拉、哈达等部，大有一统女真，虎视中原之势。”

徐振之蹙额道：“努尔哈赤这些年来于关外东征西讨，可谓锋芒毕露，若任由他的势力一味壮大，于我大明而言，恐非幸事。那李成梁作为边防大将，就始终坐视未管吗？”

朱常洛冷哼一声，道：“他岂止是坐视不管？简直是养虎为患。

越到后来，李成梁对那边事便越是敷衍，非但不对建州女真加以扼制，反与努尔哈赤明言，只要他表以忠心，就保奏给官，甚至不惜弃地以饵之！”

“弃地以饵之？”

“正是，在万历三十四年，李成梁以孤悬难守为由，竟下命舍弃了辽左宽甸六堡，擅自将那里的六万四千余户汉民迁至内地。当时，很多汉民依恋故土不肯离开，李成梁便派出大军强行驱赶，生生将那八百里大好疆土拱手予人。因这个缘故，李成梁大受朝野谴责，但朝廷念在他昔年镇边有功，最后未治其罪，只是将他罢官夺职，留在京中颐养天年。”

徐振之道：“这李成梁年事已高，按说应无不臣之心，可他对努尔哈赤的态度如此暧昧，究竟是何道理？”

朱常洛道：“李成梁是只老狐狸，深谙鸟尽弓藏、兔死狗烹之道，他虽年老，可一群儿子仍在朝中担任统军大将。为保他们李氏一门长荣不衰，自然要留下一个强力的对手，好让他们有用武之地。只是那努尔哈赤今非昔比，就算他还念及旧情，也不至会亲自来为李成梁拜寿。”

徐振之点头道：“殿下说得是。只怕那努尔哈赤借拜寿之名，暗中来我大明窥探什么消息，否则的话，他也不会想将我们灭口了。”

“不错。”朱常洛想了想，又道，“看来李成梁那边，也得派人去调查一番，他们李家的势力着实不小，别真的与努尔哈赤有什么勾结才好。”

虎墩兔听朱常洛谈论起女真之事，竟如数家珍，也暗中敬佩不已，心道这大明太子消息果然灵通，居然连那努尔哈赤如何发迹，都掌握得一清二楚。

徐振之见虎墩兔沉思起来，只当是冷落了他，想起自己还有疑问要向他请教，便清了清嗓子道：“对了虎兄弟，你为何要千里迢迢地赶来刺杀那努尔哈赤，莫非你与他也有什么深仇大恨？”

对于徐振之和朱常洛之前所讨论的话题，许蝉实在是提不起兴趣，光是那些拗口的人名，就让她听得头大。此时见徐振之问起虎墩兔与努尔哈赤的恩怨过往，许蝉方觉好奇，这才从椅上直了直身子，竖起耳朵倾听。

只见那虎墩兔摇了摇头，道：“其实我与那努尔哈赤也没什么深仇大恨，之所以要杀他，是因为一个女人。”

“是因为女人？”许蝉听得愈发起劲儿，忍不住插嘴问道，“大憨，那努尔哈赤抢走了你心爱的姑娘是不是？”

虎墩兔又摇了摇头：“那个姑娘的确是我最心爱的，可也没让努尔哈赤抢走……我打算娶那个姑娘，所以才想提了努尔哈赤的人头当聘礼，去向她求亲！”

听了这话，别说是许蝉，就连徐振之、朱常洛等人心头也皆是一颤。

许蝉回过神来，又向虎墩兔道：“拿个死人头去做聘礼，真亏你想得出来！你就不怕把人家姑娘给吓死啊？”

“不会的！”虎墩兔摆了摆手，笃定道，“她看见那努尔哈赤的人头，比看见天底下最珍贵的珠宝首饰还欢喜，就算是死，也是开心死、高兴死的！”

客印月先前一直坐在一旁，未曾开口，此时也接腔道：“越说我越好奇了。放着那珠宝首饰不要，偏喜欢那血糊糊的人头？到底是哪家的姑娘，怎的这般生猛彪悍呀？”

虎墩兔双手捂胸，一腔爱慕之情溢于言表：“她的名字叫作东歌，海西女真叶赫那拉部的公主！是整个女真……不，是天底下最最美丽的姑娘！”

此言一出，厅上登时一阵轻哗，几个声音同时问道：

“海西女真叶赫部的公主？”

“天底下最美丽的姑娘？”

关心那东歌身份的自然是徐振之和朱常洛；至于许蝉和客印月，一听这东歌竟被虎墩兔封为天下容颜之最，难免勾起了好奇心，恨不得当场就将那叶赫公主拉到眼前，瞧一瞧她是否真有那倾国倾城的绝色美貌。

客印月对自己的容貌向来自负，听虎墩兔极赞东歌，不由得暗生了比较之心。她也没直说，只是向虎墩兔笑道：“人外有人，天外有天，你们久居草原大漠，对这世上的千娇百媚，还未能尽数见识。那东歌公主的姿色，想来定是不会差的，可说她是天下最美的女人，只怕是你情人眼里出西施了。”

虎墩兔一怔：“西施是什么？怎么会从人眼睛里面出来？”

“西施是我们汉人中自古有名的大美女，那句话的意思是说，一个人对另一个人喜欢得紧了，就会感觉对方浑身上下没有一处不好看，明明模样只有三分，瞧着却成了十分，哪怕是个乡野村姑，看上去也能跟西施那样的美人平分秋色。”客印月说完，又妩媚地笑了笑，指着许蝉道，“远的不必说，我们这蝉妹妹不也生得貌美如花、楚楚动人？你瞧她那俏生生的眉眼，较你那心爱的东歌公主又如何？”

“你只问你的，却又扯我做什么？”许蝉嘴巴一翘，白了客印月一眼。可她毕竟也是女子心性，面上说着不在乎，心里却也想听听，那虎墩兔究竟会做出何等评价。

虎墩兔一脸郑重地打量了许蝉一阵，这才认真地说道："小知了女侠的模样，我汗帐中的那几个老婆全加起来都是比不上的，并且她还有着很厉害的功夫，要娶到她这样的，聘礼起码要有上千头牛羊！"

听他称赞自己，许蝉心中也十分开心："那么多头牛羊，我和振之哥可没地方养。瞧不出你这大憨花花肠子还不少么，媳妇都有好几个了，还老惦记着人家什么叶赫公主。"

虎墩兔道："要是能娶到东歌，我那些老婆统统不要了都成啊！"

客印月妙目一翻："蝉妹妹值上千头牛羊，那你瞧我又值多少呢？"

虎墩兔瞧了瞧她，又掰着手指头算了算："嗯，你这样的，有个三五百头也差不多啦……"

客印月啐了一口，笑道："听你的意思，那东歌公主怕是要一万头了吧？"

"那不止的！"虎墩兔正色道，"别说是一万头，就是十万头、一百万头、一千万头都换不来的！你们知道吗？她的微笑，比那最醇的百年美酒还要醉人；她的声音，比那最会唱歌的百灵鸟还要好听。她在河边洗脸，水里的鱼儿都要争着游来看她；她在野外跳舞，天空的鸿雁也都瞧得忘记了飞翔；你们知道吗？我们草原上的萨日朗花，花朵原本是朝上开的，正是因为看见了美丽的东歌公主，这才羞愧地全部低下了头去……"

徐振之微微一笑："沉鱼、落雁、羞花……嗯，只差闭月了。虎兄弟，是不是那一轮明月见了东歌公主，也比她不过，都要赶紧躲进云朵里不敢出来啊？"

"极是！"虎墩兔大喜，"怎么安答，你也见过她吗？那你肯定知道我是没有说谎话的！”

徐振之赶紧摆手，笑道：“我只是根据虎兄弟的描述帮着润色了一番，哪里见过那东歌公主了？虎兄弟，既然你对那东歌公主这般了解，就请给我们讲一讲她的来历，还有她为何喜欢努尔哈赤的人头吧。”

“成啊。”因是挚爱渴慕之人，故而虎墩兔一说起东歌公主来，自然是口若悬河、滔滔不绝。有时候说得激动，虎墩兔不免夹杂几句蒙古话，其间也少不得对东歌样貌的极力夸赞，翻来覆去、絮絮叨叨，但好在他别的事还算说得清楚，众人侧着耳朵耐着性子听了好一气，总算弄明白了个大概。

原来，这东歌是海西女真叶赫部首领布寨贝勒之女，在她诞生那天，部落里的大萨满法师便有预言，说这个小女孩将来可兴天下，亦可亡天下。后来，这东歌渐渐长大，果然出落成一位风华绝代的佳人，仅在八九岁时，便以美貌扬名草原各部，拥有“女真第一美女”之称誉。

在东歌九岁那年，其父布寨将她许配给了哈达部的贝勒代尚。代尚得知消息，喜不自胜，却不知自己已中了手下孟格布禄和布寨的“美人计”。这孟格布禄本是哈达部酋长之后，一直不愿屈居于代尚之下，所以他与布寨密谋，在迎亲的路上埋下伏兵，将代尚及亲信部下尽数杀害，夺得了哈达部大权。

待到努尔哈赤以十三副铠甲起兵后，短短数年时间，便一统建州三卫，继而挥师东向，直逼海西女真。

见努尔哈赤的野心越来越大，海西女真的各部首领皆是坐立不安，决定先发制人，打击建州女真的势力。万历二十一年，叶赫部以西城贝勒布寨、东城贝勒纳林布禄为盟主，联合哈达部贝勒孟格布禄、乌拉部贝勒满泰以及其弟布占泰、辉发部贝勒拜音达里、蒙古科尔沁部贝勒明安以及锡伯、卦尔察、长白山女真朱舍里、讷殷共九部联军，大举向建州进发，准备荡平努尔哈赤的人马。

在开战之前，布寨为了鼓舞士气，提出要将女儿东歌许配给乌拉部的布占泰为妻。眼见能抱得美人归，那布占泰格外卖命，作战时奋勇当先，恨不得要将那努尔哈赤生擒活剥。

双方在古勒山展开了激烈交锋。九部联军虽然势众，奈何首领太多，调度杂乱；而努尔哈赤面对数倍于己方的敌军，沉着应战，步步为营，将有限的兵力合成一股，把九部联军各个击破。

经这一战，努尔哈赤名扬天下，不但在阵前斩杀了布寨，还俘虏了乌拉部统兵主帅布占泰。其他诸部首领见状，也纷纷溃败，努尔哈赤乘胜追击，一直杀到百里之外的辉发部境内方收兵回城。此一役中，建州女真斩获首级无数，使得草原上大小部落皆闻风丧胆。

因努尔哈赤恨极了布寨领兵来犯，故而命手下将布寨的尸首砍成两半，侮辱作践了好一番后，用马匹拖着送还到叶赫西城。当见到父亲的残尸时，东歌悲痛欲绝，遂与那努尔哈赤结下了不共戴天之仇。

在九部大战之后，努尔哈赤声威大震，远迩慑服，他乘热打铁，又前后发兵，征服了长白山女真的讷殷部和朱舍里部，再以大军压境，进犯海西女真四部。

迫于努尔哈赤的淫威，海西各部的首领纷纷派出使者投诚示好。当时，布寨之子布扬古继承父职，接任叶赫部的西城贝勒，他深知自己不是努尔哈赤的对手，在无计可施的情况下，提出将妹妹东歌嫁于努尔哈赤，当作议和的条件。

对于这国色天香的东歌，努尔哈赤垂涎已久，大喜之余，当即退兵，并留下聘礼准备迎娶。不想这东歌极有骨气，宁死也不愿嫁与杀父仇人。她不但当众毁了婚约，并对天起誓，放出口风，说无论是谁，只要能提来努尔哈赤的头颅，她便心甘情愿地嫁给那人为妻。

有道是英雄难过美人关。听说这女真第一美女公然征婚，草原上的豪强登时跃跃欲试。哈达部的首领孟格布禄奋不顾身，率先与努尔哈赤宣战，不想却兵败被杀，所辖部落也遭建州女真彻底吞并；辉发部的贝勒拜音达里，本与努尔哈赤之女定下婚约，可一见东歌，立马背盟。努尔哈赤怒火中烧，发兵攻打，拜音达里力抗不敌，辉发部遂被建州女真一举消灭。后来，那个曾被努尔哈赤俘虏过的布占泰，也逃回了所在的乌拉部，同样纠起手下的人马，对着建州女真打起了游击……各路豪杰前赴后继，只为能娶到东歌，不惜甘冒着灭族身亡的风险，纷纷向着努尔哈赤进攻。被他们这接二连三地攻打，努尔哈赤也有些疲于招架，倒使得那叶赫那拉部，难得有了喘息之机。

蒙古人与女真人的渊源颇深，虎墩兔的大福晋苏泰，便是当时那叶赫部东城贝勒金台吉的孙女。在虎墩兔去叶赫迎娶苏泰时，曾无意间看见了西城的东歌公主，这一见之下，虎墩兔将东歌视为天人，被她当场迷得神魂颠倒。虎墩兔年纪虽小东歌许多，可他哪里又在乎这些？浑浑噩噩地回到蒙古后，茶也不思、饭也不想，心心念的全都是东歌的音容笑貌。这些年来，他的福晋娶了一个又一个，可始终未能把东歌从他脑子里忘却。等到东歌征婚的消息传来，虎墩兔不由得大喜过望，但鉴于哈达、辉发等部的悲惨下场，虎墩兔没敢公然与努尔哈赤为敌，只是暗中打探，寻找机会割下他的人头。这才有了他带着手下来到大明，意图行刺努尔哈赤之事，他想着只要努尔哈赤一死，建州女真群龙无首，剩下的人也就不足为惧，自己到时候便可率领麾下怯薛军，大摇大摆地扫平建州残部，再高高兴兴地迎娶东歌为妻。

这一番来龙去脉，直叫那厅上众人瞠目结舌。听闻那东歌仅凭一己之貌，便令草原上的各路英豪竞相折腰，无论年少的还是年老的，就连努尔哈赤那样的枭雄都甘愿为其大杀四方，说她是倾国倾城，倒也一点不为过。

想到这儿，客印月怅然望了朱常洛一眼，幽幽叹道："能让那么多人争得头破血流，看来那东歌公主的容貌，确实是举世无匹。我若能有她一半的姿色就好了……"

许蝉也咋舌道："是啊，我可当真想象不出来，那东歌公主到底能漂亮成啥样了。"

朱常洛心怀大业，素来不看重这些儿女情事，见客印月和许蝉张口不离那东歌样貌，大感不耐，不由得冷哼一声："想那商纣王受妲己魅惑，酒池肉林败朝纲；那周幽王为博褒姒一笑，遍燃烽火戏诸侯，这二人贪恋美色，最终都落了个亡国的下场。前事不忘，后事之师，模样生得再好，也不过是祸水红颜！"

客印月见状，便闭口不提，可许蝉心里却不大服气，据理力争道："什么红颜祸水？人家长得好看就是祸害了？要我说，还是那些男的没用，这才把罪名强安在女人头上。就算那些女人心肠坏，干吗还要哄着她们，讨好她们？等到出事了，自己反倒推脱得一干二净，左一个被迷惑，右一个悔不该，哼，有句话虽然粗俗，却也十分有理，这就叫'拉不出屎来怨茅房'……"

见朱常洛眉额已拧成了麻花，徐振之赶紧拦着许蝉，不让她再说下去。

可虎墩兔对那“红颜祸水”四字不甚了解，又对那什么妲己、褒姒的非常好奇，便缠着徐振之不停追问。

徐振之被他缠不过，就简单地把那些典故讲解了一番。不想虎墩兔听后，竟对那商纣、周幽二人大生知己之感，嗟叹半天，居然起身负手，一边在厅上踱着步子，一边放声吟哦：“北方有佳人兮，绝世而独立。一顾倾人城兮，再顾倾人国。宁不知倾城与倾国兮，佳人难再得……”

这首诗若出自他人之口，倒还不会那么突兀。可从虎墩兔一个蒙古人的嘴里吟出来，却足令徐振之等人大觉意外。他们有所不知，自从虎墩兔见过东歌一面后，就对她念念不忘，回到蒙古，便命手下人编写诗歌，去赞颂东歌的美貌。可那诗歌编了无数，虎墩兔始终不满意，手下人实在没办法了，这才从汉人那里抄得几首《佳人赋》交差。虎墩兔一见，果然大悦，不但重赏了手下，而且因此迷上汉学，开始习说汉话，这什么北方有佳人、绝世而独立的几句，他更是时常朗诵，故而才会说得声情并茂、字正腔圆。

吟到最后，虎墩兔又想起此番错失了良机，那努尔哈赤回去后，定然加强戒备，再要刺杀他，势必难若登天。机会一渺茫，那迎娶东歌的希望也就更小了。想到这儿，虎墩兔又悲又悔，不由得喉头哽咽，“吧嗒吧嗒”掉下泪来。

见他用情至深，许蝉也大受感动：“大憨，你仅仅见过那东歌公主一面，就要冒着风险去杀努尔哈赤，这样做值得吗？”

“值得！”虎墩兔想也不想，脱口道，“那东歌公主，我是无论如何也要娶到手的，只要她能当我的妻子，我死了也心甘！”

一听这话，徐振之没来由地记起了汤显祖《牡丹亭》里的一句话，不禁轻轻念出了口：“情不知所起，一往而深，生者可以死，死可以生……”

虎墩兔听得都痴了，一边抹着眼泪，一边道：“安答，你这几句话说得真好……不成，你得找笔帮我记下来！”

见虎墩兔又要缠着徐振之找纸墨，朱常洛对这蒙古察哈尔大汗更轻视了几分。在朱常洛的心目中，江山和美人，从来就不能相提并论，哪怕是再美丽的容颜，也会随着岁月渐渐老去，百年之后，终将化作尘土，就如镜花水月、过眼云烟。能让他舍命追逐的，唯有那锦绣的江山、不世的功业，和那君临天下的无上权力。

虎墩兔再闹了一阵，似是悟到了什么，突然朝着朱常洛“扑通”跪倒，“砰砰”磕起头来。

朱常洛一怔，其他人也同样不解。许蝉见虎墩兔脑袋都撞得红了，赶紧过去拉他：“大憨你干吗？快些起来呀！”

虎墩兔挣扎几下，仍旧伏在地上叩首：“太子殿下，你们大明的士兵很多，请你帮帮我，发兵去打努尔哈赤吧！”

“真是笑话！”朱常洛冷哼一声，“我这太子一没监国，二无兵权，如何能调动我大明军队？”

虎墩兔犹自不信，使出了缠磨徐振之的那套手段：“你骗人！我知道的，太子就是将来的皇帝！现在大明除了老皇帝，就属你地位最高，太子殿下，我求求你了，只要你答应派出五万士兵帮我，我就能娶到东歌公主啦！”

见朱常洛还是不语，客印月便想着帮他解围，她几步走到虎墩兔身边，笑吟吟地说道：“你这小算盘可打错了。你想想看，若我们太子爷打败了努尔哈赤，那东歌公主最后是要嫁谁呢？”

虎墩兔愣了，结结巴巴道：“那自然……自然是要嫁我的……”

客印月媚眼一翻:“那我们太子爷图什么呢?他又是出兵又是出力的，最后反要替你作嫁衣……”

“做嫁衣?给谁做嫁衣?”虎墩兔情急之下会错了意，不由得大惊失色，一把扯住了朱常洛衣衫的下摆，“太子殿下，难道……难道你也要跟我争东歌公主吗?”

“胡闹!”朱常洛不胜其烦，赶紧挣脱了下摆，喝道，“你当本宫也是你们那等无聊之人吗?就算我现在执掌百万铁甲，也照样不会发出一兵一卒去助你!”

虎墩兔急问道:“那又是为什么啊?”

朱常洛俯视着虎墩兔，缓缓道:“两军交锋岂是儿戏?你不知会杀得血流成河、尸横遍野吗?仅为了区区一个女子，就要轻启战端，这种荒唐的行径，你们做得出来，我朱常洛可做不出来!况且不管怎么说，那建州女真素来对大明称臣纳贡，我又有什么理由，去名正言顺地攻打他们?虎墩兔，既然你口口声声喊着为了东歌，命都可以不要，那为何还要假他人之手?自己带兵去向努尔哈赤宣战就是了!”

虎墩兔垂下脑袋，流泪叹道:“努尔哈赤太厉害，我现在肯定是打不过他的。为了东歌公主，我是真的不怕死的，可我不能让我的族人也跟着我白白送命啊……”

见虎墩兔那可怜兮兮的模样，朱常洛也不似之前那般声色俱厉，语气稍稍缓和了下来:“虎墩兔，你好歹算是草原上的一方霸主，怎的如此鬼迷心窍?那东歌凭借一副好看的皮囊，就将草原各部团团玩弄于股掌，你们在那里明争暗斗、流血厮杀，她却在那里煽风点火、推波助澜。难怪那大萨满早有预言，说她可亡天下。这等不祥之女，你避犹不及，不该执迷不悟，再去苦苦追求于她……”

话音未落，虎墩兔竟一下子从地上跳起来，只见他圆脸涨得通红，瞪着眼龇着牙，显然是气愤无比：“那努尔哈赤虽然坏，可他起码有眼光，还知道东歌公主是大大的美人！你又没有见过东歌公主，为什么要说她的坏话？太子殿下，东歌公主不但人美，心肠也是极好的，她不是不祥的女人，我不许你再侮辱她！”

朱常洛说那些话本是好意，没想到虎墩兔非但不领情，反朝着自己大嚷大叫，不由得再生愠怒：“侮辱？哼，她自己做得，偏生别人就说不得？你自己想想看，那东歌先后许配过多少人了？像我们汉人的女子，素来将那名节看得比性命还重要，如此朝三暮四、水性杨花之行径，连妓院里的妓女都不敢做得这般张扬，也就是你等之辈，才会将她这种人尽可夫的轻浮女子，稀里糊涂地捧到了天上！”

对那“水性杨花”“人尽可夫”之语，虎墩兔不甚了了，可那“妓女”二字，意思却是再明显不过。听朱常洛竟拿娼妓之流，与自己视为天仙圣女的东歌相比较，虎墩兔只觉胸中气血翻腾，暴怒之下，哪还管眼前是什么人？居然大吼一声，挥拳向朱常洛打去。

这一下事起突然，徐振之和许蝉等人尚未来得及劝阻，虎墩兔的拳头已击到朱常洛胸前。

朱常洛避也未避，冷笑一声，一把将虎墩兔的手腕攥住，再轻描淡写地一推，虎墩兔便觉头重脚轻，踉踉跄跄倒退了几大步，跌在地上摔了个四仰八叉。

徐振之急忙上前将他扶起：“虎兄弟，不可莽撞！”

“他侮辱我的东歌公主，我要跟他拼啦！”虎墩兔推开徐振之，作势要爬起身来向朱常洛扑去。

“怎么，你真想跟我比画比画？”朱常洛目光一凛，抬掌便劈在身旁的桌角上。只听“咔嚓”一声，那硬木所制的桌角，竟被他齐生生劈下一大块。

“啊呀！”虎墩兔见他亮了这手惊人的功夫，哪里还敢再逞强？忙将屁股一墩，又顺势躺回了地上。

瞧朱常洛面沉似水，徐振之赶紧替虎墩兔求情：“殿下息怒，这虎兄弟是个直肚肠，又不懂咱们汉人的规矩，请殿下宽宏大量，饶恕他无知之罪。”

朱常洛心想这虎墩兔毕竟是蒙古大汗，也不好当真跟他为难，遂摆了摆手道：“罢了！这等颟顸匹夫，我也懒得与他计较……”

谁知那虎墩兔虽不敢再向朱常洛动手，嘴巴却不肯服软：“你们不讲道理！安答，你之前都听见了吧？是他先骂我的东歌……”

“你的东歌？”朱常洛鄙夷道，“你连向那努尔哈赤宣战的胆量都没有，还在那里一口一个‘你的东歌’？”

“我……我……”虎墩兔噎了半晌，赌气道，“我现在是不成，可将来肯定是能打败努尔哈赤的！还有太子殿下，你虽然功夫很厉害，可我却不会服你！你无缘无故地骂了东歌公主，那是不对的，你要向我道歉！”

朱常洛将头一昂：“我若是不肯呢？”

虎墩兔气急之下，口无遮拦：“你要是不肯道歉，那我等打败努尔哈赤之后，就立即南下攻打你们大明！”

这句大逆不道的话一出，其他人脸色登时大变，就连许蝉也听出了不妥，赶紧朝虎墩兔喝道：“大憨，你少说几句！”

朱常洛心性高傲，听虎墩兔这话满含威胁之意，心里的火气又噌噌直冒，他抬手止住许蝉，眼睛死死逼住虎墩兔：“你要攻打大明？”

受他目光所慑，虎墩兔情不自禁地后退两步：“那……那又怎么样？我就是想让你们知道一下，我们成吉思汗的子孙也不是好惹的！”

朱常洛不屑道：“你们成吉思汗的子孙若真的有本事，那就不会被我大明的铁骑赶出中原了！虎墩兔，你听仔细了，当初是我大明天恩浩荡，这才没将你们蒙古人赶尽杀绝，任由你们在那草原上自生自灭！哼，那区区萤烛之火，也配与日月争辉？要来犯我大明，你又能凭什么？”

“你不要瞧不起人！”虎墩兔被这一激，也怒道，“察哈尔有铁槊科诺特十苏木，我帐下也有成千上万的怯薛军！我们草原上的男儿都是以一当百的勇士，总有一天，我会让你们见识见识他们的厉害！”

朱常洛怒极反笑，连道了三声“好”，又冷冷道：“虎墩兔，本宫不与你逞那口舌之快。总之你若真敢进犯我大明边界，小心你那颗脑袋，会变成悬挂在我大明将军马前的饰物！”

虎墩兔还想争辩几句，徐振之赶紧将他拦住。

朱常洛瞥一眼虎墩兔，又把目光投向徐振之：“他打哪里来的，就送回哪里去，我不想再见到这个人！”

说完，朱常洛便拂袖出厅，客印月和李进忠见状，也忙跟在其后去了。

等他们三人走远，虎墩兔兀自不忿，朝着厅外恨恨道：“这地方是我安答家，又不是你的屋子，凭什么赶我走？”

徐振之瞧着他，苦笑着摇了摇头：“虎兄弟，你正好说反了。这里不是我家，整座院子也都是太子殿下的。”

“啊？”虎墩兔怔了一会儿，又负气道，“既然是他的屋子，那我不能再待下去啦！安答、小知了女侠，我瞧那太子也没什么好，要不你们跟我走吧！”

徐振之也怔了：“跟你走？去哪儿？”

“去我们蒙古大草原啊！”虎墩兔又向许蝉道，“小知了女侠，我们草原上可好了，有烤得金黄的嫩羊羔、切得薄薄的涮肉片、又香又醇的奶酪干……”

许蝉摆了摆手：“我可不会帮你去刺杀努尔哈赤的。”

听她识破了自己的小心思，虎墩兔面上一红，又道：“你不愿杀他我又不会逼你，到时候我封你个‘护国女将军’。安答也同去，我当成吉思汗，他当耶律楚材！”

见许蝉微微皱眉，显然是不知道耶律楚材的身份，徐振之忙解释道：“这人是蒙古的一代名相，曾辅佐过成吉思汗及窝阔台两代大汗。”

虎墩兔喜道：“你原来也知道他？安答，你就跟我去吧，我保证封你个比耶律楚材还要大的官！”

徐振之摇头道：“虎兄弟，我一生淡泊名利，别说是你们蒙古的官，就连我大明的官也同样是不在乎的。况且我的家人在中原，我的朋友们也在中原，我又怎能弃之不顾，跟你去蒙古？”

虎墩兔眼巴巴望着徐振之：“安答，你真的不跟我去？”

徐振之也直直望向虎墩兔，斩钉截铁道：“是的，我不会跟你去！”

“唉……好吧，就算你不跟我去，你也永远是我的好安答。”虎墩兔长叹一声，伸出手掌，“安答，那你给我点银子吧。”

徐振之和许蝉一怔：“你要银子干吗？”

虎墩兔道：“我带的银子，都放在手下身上了，烧他们的尸首时我忘记了摸出来……我没有银子，怎么回蒙古啊？”

徐振之方知他是要盘缠，心道这虎墩兔倒挺会为自己打算，忙和许蝉将身上的银两全掏出来，又找了些食物打成个包袱：“待会儿我再做回主，从小筑里选匹好马送你当脚力！”

虎墩兔大受感动，将包袱系在背后：“安答，你待我真好！那我这便走啦！”

徐振之想了想，又道：“虎兄弟，临行前我有一言相赠。蒙古与大明能有今天的平静祥和，实属不易。咱们虽不同族，可也应该和睦相处，打打杀杀的有什么好？之前你那些话，我就当是负气之言，就连求娶东歌公主之事，你也该好好斟酌一番，毕竟……”

虎墩兔大手一摆：“安答，你不用再说啦！东歌公主我是定要娶到手的，天下大得很，大明不肯借兵，我到别处借去！”

徐振之听罢，也只当他说的是一句气话，遂笑着摇了摇头，不再多说，与许蝉将虎墩兔送下了香山。

虎墩兔这一走，徐振之只当是不复再见，谁承想数月之后，他居然又被人五花大绑着，押回了香山小筑。押他的也不是外人，正是那石砫土司马千乘、秦良玉夫妇，以及他们的儿子马祥麟。

徐振之和许蝉见了，又惊又喜，忙将他们迎进小筑，又问起何故把那虎墩兔绑缚。那马祥麟年纪虽少，却也不怯场，他不似其父马千乘那般寡言少语，性子跟秦良玉一般火辣直爽，见徐振之问起，也不等父母接言，侃侃谔谔地，把这来龙去脉给说了一遍。

原来这虎墩兔自打离开京师，心里就怏怏不乐。他此番来到中原行刺努尔哈赤，不但没有得手，带来的部下反而全都折在了那树林之中。原想着向大明借兵征讨，却又被朱常洛一通奚落，可如此灰溜溜地返回蒙古，虎墩兔实在不甘，盘算来盘算去，便想着到西南苗疆、石砫土境甚至藏地吐蕃等处走一遭碰碰运气，看是否能借来一支兵马，助他去攻打建州女真。

也真是合该有事。虎墩兔行在半道上，便遇到了一名番僧。这番僧叫作撒尔大喇嘛，乃藏地花教中得道的法师。这二人一见如故，言语互投，均觉相见恨晚。这撒尔大喇嘛东来中原，本是为了传播和弘扬他们的教义，不想汉人对本土的佛道信奉弥坚，撒尔接连奔走数地，皆是收效甚微。得知虎墩兔竟是蒙古察哈尔大汗，撒尔便想借其势力，让花教在草原上开枝散叶，故而就口吐莲花，大阐精妙佛理，并为虎墩兔表演了几招“隔空取物”“绳索自解”之类的障眼法。

见撒尔施展出这般出神入化的“法术”，虎墩兔登时折服，不但接受了深奥密乘之灌顶，并且当场便将那撒尔大喇嘛封为蒙古“国师”。这二人越聊越起劲，决定要效仿先人，重振昔日雄威。要知这花教也便是藏传佛教中的萨迦派，想当年，萨迦派的五祖八思巴，就曾被那元世祖忽必烈尊为国师，总领天下的释家门徒。

一想到先祖忽必烈的丰功伟绩，虎墩兔自然是心潮澎湃；而那撒尔大喇嘛同样是踌躇满志，誓要成为八思巴那样的大德先贤。得知虎墩兔想要借兵，撒尔大喇嘛就欲效力，打算凭着自己的三寸不烂之舌，陪这新结识的大汗游说四方豪杰。

他们这第一站，便去了石砫的鱼木寨，那土家白杆兵赫赫有名，不光参与过平播之役，还曾远赴朝鲜抗击过倭寇。若真能借出一支人马与蒙古兵合在一处，必能对付得了努尔哈赤。

来到寨中，虎墩兔自报了家门。听说他是蒙古察哈尔大汗，秦良玉和马千乘开始时也十分客气。可当虎墩兔提起借兵之事，夫妇二人却是大皱眉头。这石砫毕竟效忠大明，没有朝廷的授意，他们自然不会将手下兵士借给外人。

虎墩兔软磨硬泡了好一番，马氏夫妇始终是摇头不允，左右只是那句，要想石砫出兵，须奉大明号令。听他们屡屡言及大明，虎墩兔不由自主地回想起朱常洛的那番轻视之语，心里又急又气，竟口出狂言，将那大明朝廷骂了个一无是处，并极力撺掇马千乘和秦良玉反明自立。

马氏夫妇听后，勃然大怒，当即将虎墩兔和那撒尔大喇嘛拿下。在挣扎的过程中，虎墩兔腰间的匕首落在地上。那匕首正是自己儿子马祥麟亲手打制，夫妇二人岂会认不出？可这匕首明明已赠予了徐振之，为何会在这蒙古大汗腰间插着？想到这儿，秦良玉忙向虎墩兔追问这匕首的来历，虎墩兔便把如何结识了徐振之，如何互换礼物结安答之事道出。

听虎墩兔自称是徐振之的安答，夫妇二人起初根本不信，可这匕首摆在眼前，虎墩兔又能描述出徐振之、许蝉的大致模样，遂再无它疑。

其实马氏夫妇虽将这虎墩兔和撒尔擒住，却一时也不知应该如何发落。思来想去，便决定把他们押到京城，交给徐振之和太子朱常洛处置。

得知爹娘要入京，马祥麟也非要跟着开开眼界，秦良玉和马千乘拗他不过，只得答应。唯恐路途惹眼，一家三口也没带随从，亲自押了虎墩兔和撒尔北上。不想那撒尔身怀异术，半道上趁人不备，使出那“自解绳索”的本领跳窗逃了。三人寻找未果，自是懊悔不迭，但幸好虎墩兔这个“首犯”尚在，他们也没过多自责，只是将他严加看守，食宿不懈地押送。因虎墩兔识得路径，秦良玉等人刚到京城，便马不停蹄地寻到了香山小筑。

听完这些，徐振之长叹一声，望着虎墩兔道：“虎兄弟，当初我跟你说什么来着？”

虎墩兔坐在椅上，手足上的绳索却仍未解去：“安答，我知道错了，我不该骂大明的……可我那当真都是些气话啊！他们将我捆了一路了，手脚都麻死啦！安答、小知了女侠，你们别光在那里坐着，倒是快些帮我解开啊！”

许蝉瞧他可怜，正要过去为虎墩兔松绑，徐振之却一把拦住。他走上前，拍了拍虎墩兔的肩膀：“虎兄弟，你这事说小也小，说大也大。我需禀明太子殿下让他定夺，在此之前，只得先委屈你一阵子了。”

“啊？”一想起朱常洛那冷冰冰的模样和那惊人的武功，虎墩兔便没来由地打个激灵，“不成啊安答，你们那个太子凶得紧，上次他不是说了吗？他要把我的头砍下来，挂在你们汉人将军的马上当摆设……”

许蝉“扑哧”乐了：“大憨，你才知道怕啊？当初你在马大哥和秦姐姐面前胡说八道的时候，怎么没想起太子要杀你的头呢？”

“好了。”徐振之摆了摆手，又向虎墩兔道，“虎兄弟，其实你也不用慌，太子殿下颇识大体，只要你好好认个错，他想来也不会难为你的……”

正说着，徐振之忽然听到厅外传来李进忠的声音：“小的叩见主子。”

外头一人“嗯”了一声，便疾疾进得厅上，正是那太子朱常洛。

见厅上有生脸，朱常洛先是一怔。徐振之赶紧上前，笑着冲其道：“殿下，你瞧谁来了？”

朱常洛又惊又喜："马将军、秦夫人？二位可真是稀客。"

"想不到当年的护卫常鲤，竟是当今的太子爷。"秦良玉笑着说完，又冲马祥麟一招手，"孩儿，快来见过殿下。"

马祥麟纳头便拜："给殿下请安。"

"好个少年儿郎！"朱常洛赞了一声，将马祥麟扶起，"不必多礼。"

几人站在厅前说了会儿话，徐振之见朱常洛似有心事，便出言问道："殿下此来，可是有要事？"

朱常洛点了点头，道："这里没有外人，我直说也无妨。我刚刚收到确凿消息，蒙古察哈尔部居然率军三万，进犯我大明边境！"

"什么？"其他人俱是一惊，"察哈尔部起兵犯明？"

"不错！"朱常洛蹙额道，"他们扬言说，咱们大明杀了虎墩兔，他们要为他们的大汗复仇。"

"大明杀了虎墩兔？这话从何说起？"徐振之回身一指，"殿下，你瞧那人是谁？"

还没等朱常洛开口，徐振之反先愣了，原本虎墩兔坐的那张椅子上，竟是空空如也。

许蝉眼尖，几步跃至厅柱后面："大憨别躲了，赶紧出来！"

原来虎墩兔忌惮朱常洛，打他一进厅，便悄悄藏在了柱后。马祥麟也不管三七二十一，上前扯起虎墩兔，拉到了朱常洛面前："太子殿下，这厮就请你发落吧！"

虎墩兔哇哇大叫："那事跟我没关系，你不要杀我的头……"

"住口！"朱常洛喝问道，"你怎么会在这里？既然你没死，那察哈尔部为何又说要为你复仇？"

"殿下，这怕是个误会。"徐振之急忙上前，为朱常洛简单说了虎墩兔借兵石砫，因言语放肆反被马千乘夫妇擒拿，押送至京师等事。

听完这些，朱常洛对马千乘和秦良玉好生感激，向着二人再施一礼：“贤伉俪忠君恤国，堪称是赤胆诚心。常洛代大明皇室，谢过二位高义！”

“殿下说的哪里话！”秦良玉将手一摆，“这些都是分内之事，咱们石砫吃的是大明俸禄，忠君恤国也是理所应当。只可恨我们路上押守不严，令那番僧撒尔逃了，定是他跑到蒙古搬弄口舌，这才挑起了察哈尔与大明的兵端。”

秦良玉所料不错。那撒尔脱困后，便一路北逃，他只当虎墩兔这次冒犯天威，定然是凶多吉少，到了察哈尔的都城察汉浩特后，就添油加醋地哭诉了一番，说什么大汗被明朝擒拿，指不定已押在京师开刀问斩了。虎墩兔的弟弟粆图台吉得知后，竟信以为真，当即点起麾下全部兵将进攻明界，誓要为兄长报仇雪恨。

朱常洛也猜到了这层，便向虎墩兔狠狠瞪了一眼：“这笔账该怎么算？你自己说吧！”

虎墩兔嗫嚅道：“方才安答不是说了吗，这就是场误会。要不你们把我放了，我去让他们退兵？”

“退兵？”朱常洛冷笑道，“人也杀了，城也攻了，你一句‘退兵’就想打发过去吗？当我大明是什么地方？岂容你们说来便来，说走就走？”

虎墩兔苦着脸道：“那怎么办？这事也不能赖我啊，要不是马千乘和秦良玉把我捆了，也不会引起这场误会。对，这事从根上算起来，都是怪他们不好！”

“哼，你这厮口出谋逆、心怀鬼胎，反倒是有理了？”秦良玉朝虎墩兔呵叱一声，又向朱常洛道，“太子殿下，只要朝廷一声令下，我石砫数千白杆兵即刻挥师北上，一举捣了他们那察汉浩特城！”

那马祥麟也摩拳擦掌，跃跃欲试：“娘说得是，小小察哈尔，咱们还怕他们不成？我愿打头阵、做急先锋！”

见几人越说越僵，徐振之赶紧道：“边关战事紧急，咱们就不要去争论孰是孰非了。当务之急，是要化解眼下这场兵戈，别再让双方的士兵，做无谓的流血牺牲了！”

朱常洛沉吟半晌，权衡利弊，总算点了点头：“为了社稷苍生，暂且饶他这一回。但至于追不追究，那最终要看父皇的旨意，我自会托叶阁老他们去尽量周旋。”

虎墩兔喜道：“这么说你们是肯放我啦？那快给我松绑啊！”

朱常洛哼道：“那麻绳不结实，稍后我会让人换条铁链将你锁了！虎墩兔，你现在可重要得紧，在把你押至边关前，不能让你逃了或是死了！”

秦良玉主动请缨：“那我们去……”

“不要你们送！”虎墩兔扭着身子大叫道，“你们凶得很，我要让我安答和小知了女侠送！他们待我好，不会打我骂我……”

秦良玉秀眉一皱，喝道：“你说清楚，哪个打你骂你了？”

许蝉笑道：“秦姐姐你别理他，这大憨就爱夹缠不清。”

徐振之摇头叹道：“殿下，那我们就陪他走一遭吧？”

朱常洛想了想，颔首道：“那就偏劳你们了。我再去从净武堂选几个高手同行，沿途供你们差遣。”

“好，那事不宜迟，我与小知了收拾一下便动身！”

待徐振之一行启程奔赴边关，马千乘一家也辞别了朱常洛，返往石砫鱼木寨。

因提前收到了致函，领军来袭的粆图台吉暂罢了刀兵，然他尚未亲眼瞧见兄长虎墩兔，心里将信将疑，也没退兵，只是把部队驻扎在离边境五十里外静待。

又过数日，徐振之和许蝉等人紧赶慢赶，总算将虎墩兔平安送至蒙古的军营中。见兄长果真安然无恙，粆图台吉喜出望外，与虎墩兔相互拥抱着，诉说别情。二人叽里咕噜说了好一通，虎墩兔又问起己方的伤亡情况，那粆图台吉得意扬扬地说，虽然蒙古折了几百号人，也没能攻下边城，却将那境上的汉民百姓俘虏了不少，并掠夺了千百头牛羊、马匹。

得知自己的蒙古军竟能与大明一较短长，虎墩兔胸中油然生出一股豪气，待亲眼瞧见了那些被俘的汉民奴隶和那一排排抢来的牲畜，他更是心生贪念，难以割舍。

好在徐振之早有防备，一瞧出苗头不对，便动之以情、晓之以理，并对虎墩兔直言，说他若不立即退兵，就将是何人去中原刺杀努尔哈赤大肆宣扬，到时候大明与建州女真齐攻，察哈尔必遭大祸。

识时务者为俊杰。虎墩兔会说汉话，自然也知道汉人的这句至理名言。被徐振之这通连哄带吓，虎墩兔决定老老实实地退兵，不但归还了掠来的人畜财物，并且还写了请罪书，托徐振之带回大明。只是临走时，虎墩兔见自己的人马拔营起寨，浩浩荡荡，颇具声势，心下不免得意，遂大发感慨，竟为自己加了个长达四十多字的尊号，叫作“凌丹呼图克图圣武成吉思大明薛禅战无不胜无比伟大恰克刺瓦尔迪太宗上天之天宇宙之玉皇转金轮法王”。

因朱常洛、叶向高等人的奔走活动，朝廷最后也不予追究，并在明蒙边境上开通了互市，纳结盟约、和睦相处。

至此，徐振之此行可谓是功德圆满。

第八章 斩龙袍

自打从边境上回来，朝野之中，难得出现了一阵安宁。此时，王恭妃的灵柩已在天寿山的东井左侧葬好，虽无坟户看守，但好在建起了坟园，也算是入土为安。

掐指算来，徐振之和许蝉别家已然一载有余，如今大小事毕，郑福一党也暂时没有作浪兴风。眼见年关渐近，夫妇二人思乡之情愈盛，于是就向朱常洛辞行，打算回到江阴看望父母家人。

吃罢了朱常洛的送行酒，夫妇二人便离京南下，扬鞭策马，直奔江阴而去，不久便回到了阔别已久的南旸岐村。他们先赶至家中拜见了王孺人，又来到归游居，与汤显祖、许学夷等人相见。

众人别后重逢，自有一番悲喜。尤其许蝉一句“爹爹”叫出，许学夷更是激动得老泪纵横，与爱女相拥在一处，抱头痛哭。汤显祖等人不明就里，见他父女二人哭成那样，均觉讶异，心道许蝉这丫头倒还罢了，许夫子堂堂须眉，竟也会想女儿想得这般婆婆妈妈。

徐振之见状，便对大伙道出了原委。得知许蝉的真实身份竟是太子胞妹、大明公主，众人不由得又是吃惊又是嗟叹。

汤显祖咂了咂嘴，抬起玄铁扇来往徐振之肩头轻轻一拍：“想不到馋丫头还有这等来历，你这小子娶了公主，不也成了皇亲国戚了？老夫是不是应该叫你一声‘驸马爷’？”

“老糊涂你少在那里胡说八道！”许蝉抹着眼泪嗔道，“我姓许，不姓朱，爹爹我只认一个，就是许学夷许老夫子！”

徐振之也道：“是啊汤先生，那什么公主、驸马之类的话休要再提。”

“好吧好吧，算老夫说错了话。”汤显祖挤了个鬼脸，又向许学夷笑道，“许夫子，你们父女俩哭够了吧？若是哭够了，咱们就赶紧准备酒菜，为振之小友和馋丫头接风洗尘。”

许学夷心道也是，遂命童仆整治宴席。一伙人重聚在一块，少不得要推杯换盏、谈笑风生。宴上许蝉叽叽咯咯的，将徐振之稀里糊涂地与蒙古大汗虎墩兔结成安答、化解了边境干戈等事道出，直叫众人听得啧啧称奇。而后，徐振之又问起五脉之事。听闻那钱谦益在许学夷的教导下突飞猛进，程五奎和弟兄们的功夫也精进了一层，徐振之不由得替他们高兴。然而令徐振之和许蝉没想到的是，那炎尊赵士桢却在他们入京那年，意外身亡。

徐振之虽与赵士桢相处的时日不多，可对他那一身研制火器的本事却是敬佩得紧。因赵士桢没有传人，他死之后，火脉的绝学就此失传，火脉一支也算断了。所谓世事无常，众人回想起上次相聚时，赵士祯每每说起火器时神采奕奕的样子，都不禁感慨喟叹了一番。虽然没人提起，但徐振之仍能感觉到，那日断香的凶兆，仍笼罩在众人的心头。

时光荏苒，随着那爆竹声声，旧岁除去，转眼便是新的一年。

待得冰雪消融，万物复苏，徐振之和许蝉皆是闲不住的性子，就打算前往温州乐清，亲自去赵士桢墓前祭拜，也好尽一下同盟之谊。

当初五脉会盟后，程五奎的手下伍有德，曾护送过赵士桢回乡，赵士桢出事前后，他也曾数次往返于江阴、乐清两地帮着张罗。因伍有德熟悉路径，夫妇二人便邀他同行作为向导。三人简装轻骑，自宁波府入浙，经由台州府，来至温州府境内。

自江阴南来，一路上山清水秀。三人因行程不赶，沿途也游览了不少风景名胜。他们曾在天台山上遥赏过石梁卧虹、飞瀑溅雪；也曾在国清寺那棵古老的隋梅下，瞻仰过唐代诗僧寒山、拾得盘膝对谈的那块大石；温州的雁荡山中，他们访灵峰寺、越谢公岭、穿水帘谷、观屏霞嶂，又溯着大小龙湫，攀岩登崖，去寻找那高蓄于万丈绝顶上的雁湖。

宋时王安石在《游褒禅山记》中曾云："世之奇伟、瑰怪、非常之观，常在于险远，而人之所罕至焉，故非有志者不能至也。"对这句话，徐振之深以为然。在游历天台、雁荡二山之时，也曾因峰巅绝路、峭壁无着而屡遭险象，可当他们历尽艰难险阻，终见那举世奇景后，只觉云生足底、群峦在下，不由得心目俱摇，胸襟大畅，均感只要能临此胜境，纵使再有千辛万苦亦是值得。

这日，天色渐晚，三人因错过了宿头，便在那四十九盘岭上的一处草棚里暂栖过夜。这草棚或是附近猎户搭的，虽然简陋，倒也可以遮风挡雨。

伍有德去周边打了两只野味回来，许蝉便帮着搭柴生火，徐振之则待在草棚中，从蹀躞带上取了算袋，掏出笔墨，在一本册子上写写画画。

许蝉瞧着好奇，便蹑手蹑脚地走到徐振之背后，出其不意地将他手里的册子抢去。

“哎呀！”徐振之一怔，埋怨道，“小知了你做什么？瞧那墨点子都溅我身上了。”

“衣服脏了不怕，反正我会替你洗。”许蝉晃了晃手中册子，笑道，“振之哥，这阵子你总是偷偷在这册子上又写又画的，到底搞什么鬼？”

“我能搞什么鬼？”徐振之苦笑着摇了摇头，“你自己往那册子上瞧瞧不就知道了？”

“前几次问你，啥也不说，这会儿倒肯让我自己瞧了？”许蝉说着，翻到那册子的首页，一看之下，不由得念出声来，“癸丑之三月晦，自宁海出西门。云散日朗，人意山光，俱有喜态。三十里，至梁隍山。闻此地於菟夹道，月伤数十人，遂止宿焉……咦，这不是咱们来时候的事吗？振之哥，你在写日记啊？”

徐振之点了点头：“正是。”

许蝉挠了挠头，又指着册上二字问道：“那这‘於菟’是什么？”

徐振之摇头晃脑道：“於菟者，猛虎也，就是那会吃人的大虫。”

“老虎就老虎，还什么於菟，你们这些文人，就喜欢扯酸篇。”许蝉撇了撇嘴，又在那册子上翻了几页，接着念道，“荒草靡靡，山高风冽，草上结霜高寸许，而四山回映，琪花玉树，玲珑弥望。岭角山花盛开，顶上反不吐色，盖为高寒所勒耳……我看出来了，这里是写那天咱们从太白堂出发，登上天台山顶，瞧见了那些奇花异树。”

“然也。”

许蝉再翻几页，又念道：“遂别而下，复至龙湫，则积雨之后，怒涛倾注，变幻极势，轰雷喷雪，大倍于昨。坐至暝始出，南行四里，宿能仁寺……哈，这里记的不是昨天的事吗？咱们从雁荡山顶寻湖下来，又瞧见那龙湫瀑布。”

“然也。”

“你别老然也、然也的，酸都酸死了。”许蝉笑嗔一句，又由衷道，“不过振之哥，你写得可真好，我匆匆瞧了一遍，就好像又回到那些地方游玩了一通似的，对了，你为何突然想起记这些来？”

徐振之要过册子，神色开始变得郑重：“其实我早就有此想法，只是一直没有想好如何落笔。我之所以记这些，一来是因观赏景胜后大生感慨，不想只是走马观花，草草阅毕，趁着没有忘却，将美景翔实记录，日后也可以时常回味；这二来么，是为了母亲。”

许蝉一怔：“为了娘？”

“是啊。”徐振之颔首道，“母亲年纪大了，腿脚又不好，咱们见过的这些名胜，她估计是难得一见了。因此我把沿途美景记下，回去后念给她听，虽不及亲眼看见，但我会尽我所能，将那些景色描写得细致些，多少也会让她有些身临其境之感吧！况且除母亲之外，世上有太多人无法像我们一样远行游历，若日后我把沿途遇见的风物一一记录在册，有机会付梓刊印出来，不也能让那些不曾远游的人读了，稍解猎奇之渴吗？”

许蝉沉吟片刻，忽然欣喜道：“振之哥，你这可是件功在千秋的大好事啊！若那些出不了门的人通过读你的书，就能领略这大好河山，他们指不定要多感激你呢！那你将来岂不是要扬名立万了？说不定娘子我还要沾你的光，被人在那史书上留下个什么‘徐许氏’呢……”

“瞧你那点出息……”徐振之摇头笑道，“我这刚开始写，你就替我自吹自擂了？这八字还没一撇呢，谈什么著书立传？”

许蝉催促道："那你赶紧写呀，我还等着看。"

"好吧好吧，那我就再写几句，权当是这阵子游记的小结吧。"说完，徐振之便约莫了一下路径，在那册上又写道，"遂从岐度四十九盘，一路遵海而南，逾窑岙岭，往乐清。"

华灯初上，一名童仆打扮的人，悄悄敲开了京城福王府邸的角门。

管事的认出了来人，也不敢怠慢，急忙引着他去见福王朱常洵。那朱常洵本在花厅上拥着舞伎饮酒作乐，一见这童仆，便知他有要事来报，赶紧挥退了舞伎、下人，向其问询。

那童仆伏在地上磕了个头，又毕恭毕敬道："福王殿下，孔先生和三诏真人有要事相商，让小的来请殿下劳动玉趾，过府一叙。"

这童仆口中的孔先生，叫作孔学，其人见多识广，性子却是阴险狡诈；而那方士王三诏，自幼混迹于江湖，也不知从哪里学来一套旁门左道，宣称是身怀高深法术。朱常洵为了对付太子，便暗中将这二人招揽，尊其为心腹幕僚和座上贵宾。

孔、王二人，平日里只躲在京郊的一处宅中，轻易不来露面。此时却命童仆相邀，必是有什么要紧之事。想到这儿，朱常洵也不叫随从，更衣换马，在那童仆的引领下，匆匆赶至孔、王二人所居的大宅。

刚跨入院中，那孔学和王三诏便从厅里出来相迎。只见那孔学瘦长脸庞，眉头紧拧，嘴角下垂，面带愁苦之相，一双眼睛倒是透着阴鸷的精光；那王三诏发束高髻，身披玄袍，颔下留着几撮稀疏的长胡子，瞧其扮相，多少有那么几分道骨仙风。

等三人进了厅上，朱常洵便急不可耐地问道："孔先生、三诏真人，你们两个急匆匆叫我过来，究竟是为了什么事？”

那孔学一咧嘴，露出个比哭还难看的笑来：“去年蒙古虎墩兔汗犯我大明边界，这事殿下知道吗？”

“这又不是什么新鲜事，我早听说了。”朱常洵有些不耐烦，“孔先生，你就别在那里绕圈子了，有什么事直接说成不成？”

孔学又笑了笑：“好好好，福王殿下有所不知，经我多方打探，查得那蒙古之所以犯边，是与太子朱常洛有关。”

“真的？”朱常洵一喜，“难不成是朱常洛勾结了外贼，与他们蒙古人里应外合？”

“那倒不是。”孔学摆了摆手，便将那虎墩兔借兵、反被马千乘夫妇擒拿等事道出。

朱常洵听完，却提不起精神：“我还当孔先生真拿到了什么把柄呢，既然朱常洛没有与虎墩兔勾结，那你啰啰唆唆地说这一大通有什么用？”

孔学微微一笑：“他二人勾没勾结我不知道，可却实打实地碰过面。一个是大明太子，一个是蒙古大汗，没见面之前，大明与蒙古相安无事，可自打一见面，蒙古就来犯明边，这事情也太过凑巧了吧？福王殿下，你可别嫌我粗鲁，有句俗话说得好，黄泥巴掉在裤裆里，不是屎也是屎了。咱们只要咬定那朱常洛暗中与虎墩兔相见，保管叫他太子爷百口莫辩！”

“好像有几分道理，孔先生不愧是本王的智多星！”朱常洵回过味来，刚喜了一阵，突然又有些泄气，“可那朱常洛又不是傻子，他只要不承认与虎墩兔见过面，咱们又能奈他何？”

“殿下所虑甚是，”孔学卖了个关子，“不过太子不认，难道就没有别人指认了？”

朱常洵急道："何人能指认？孔先生你赶紧说！"

孔学伸出三根手指，一字一顿道："马千乘！"

"马千乘？"

"对。那马千乘曾押运虎墩兔入京，这点不容他抵赖。还有，我听说那马千乘生性木讷、不善言辞，若咱们派人威逼利诱一番，说不定还能从他身上挖出些什么来。就算他不肯乖乖就范，那咱们就不会严刑拷打，胡乱编份罪状让他诬指那朱常洛？只是那马千乘好歹也算是石砫的宣抚使，没有皇上的旨意，倒是不太好对他下手。"

一听说有机会扳倒太子，朱常洵乐得眉飞色舞，当即大包大揽道："不要紧，父皇那里我去想法子。"

孔学又道："这条计策我也是刚想出来的，也不知妥是不妥，要不要再跟郑贵妃娘娘商量一番？"

"不用不用，"朱常洵连连摆手，"这些年来，我娘也不知怎么了，年纪越大胆子却越小，左一个沉住气，右一个从长计议，再被她拖下去，我怕是头发都要等白了。孔先生、三诏真人，我可把话说在前面，这事需咱们悄悄地办，谁也不许告诉我娘！"

孔学与王三诏相视一笑，道："既然殿下发话了，那我等依命就是。"

朱常洵点点头，又问王三诏道："真人，那你找我又有什么事？"

王三诏拈着长须，故作神秘："福王殿下，你随山人去那后花园里一瞧便知，殿下请吧。"

"弄什么玄虚！"朱常洵嘀咕一声，站起身来，随着王三诏和孔学向那后花园的方向走去。

一进园子，朱常洵便觉香烟袭人，只见那园中树立的太湖石旁，已然用砖块砌了座八卦法台，台心设着香案供几，案几上不光摆着三牲，还竖了三个扎结成束的小草垛，每个草垛都有八寸高矮，上面皆贴了个手足眉眼俱全的纸人。

朱常洵绕着案子瞧了一圈，不解其意："三诏真人，你这是要开坛作法？"

"正是。"王三诏缓缓道，"殿下，这次的法术可非同一般，前阵子山人我遍阅道藏，又屡寻奇方，终于将那失传已久的'黑瓶摄魂大法'给琢磨了出来！"

朱常洵一怔："黑瓶摄魂大法？"

王三诏点了点头，正色道："相传行此法者，能于千里之外，摄人魂魄。而受法之人，先是头疼眼花，再是手足俱废，最终汤水不进、一命呜呼。就算再老练的仵作，也决计验不出其死因，只当是急症暴毙，可谓是神不知鬼不觉。"

"这么厉害？"朱常洵咋舌道，"那真人作此法术，是要去摄何人的魂魄？"

王三诏微微一笑，指着那草垛上的纸人道："都写在这上面了。"

朱常洵眯起眼睛一瞧，果见那纸人上用朱笔写了几个字，不禁喃喃念道："壬午、丙申、戊寅、丙辰……这是？"

"这是太子朱常洛的生辰八字。"王三诏手指纸人，依次道，"这个是老太后，这个是当朝的万历皇帝。"

朱常洵脸色大变："还……还有我父皇？"

那孔学咳嗽一声，从旁劝道："殿下，成大事者不拘小节。殿下请想一想，那朱常洛、李太后固然是绊脚石，可之后当今圣上若仍然健在，殿下不同样也坐不上那龙椅吗？"

"这……"朱常洵犹豫良久，还是摇了摇头，"我还年轻，再多等几年也不打紧，父皇对我向来很好，我决不能害他。"

王三诏点点头：“山人也料到殿下会不舍，故而才请你来商量……”

“不用商量了！”朱常洵打定了主意，上前一把将那写有万历八字的纸人扯下。

“无量寿福。”王三诏宣声道号，“福王殿下宅心仁厚，山人佩服。”

朱常洵摆了摆手：“不说这些，那朱常洛自是不必说了，老太后素来与我为难，把她除了倒也没什么。只是三诏真人，你这什么‘黑瓶摄魂大法’当真可靠？”

王三诏叹道：“山人不敢欺瞒殿下，这黑瓶摄魂大法的功效究竟如何，山人确实不能打包票。可山人受殿下知遇之恩，定当会尽我所能，全力一试。”

朱常洵道：“你说得不错，试试又不打紧，万一真能成呢。”

那孔学也道：“就算真人的法术不成，咱们不还有马千乘那条路子？这就叫双管齐下，定让他朱常洛不得善终！”

“正是！”朱常洵又振奋起来，“那三诏真人，你这便开坛作法吧！”

王三诏道：“殿下不要心急。这黑瓶摄魂大法，需备七七四十九枚铁钉，依次钉于那纸人的五官、手足、躯干等处，每钉一枚，都要用一整天的时间来念咒烧符。”

朱常洵皱眉道：“每天只能钉一枚？四十九枚铁钉就要四十九天，两个纸人加起来不得要小半年？”

“那倒也不必。两个纸人可同时施法，七七四十九天也就够了。”王三诏说着，除下鞋袜、散开发髻，“既然殿下着急，那山人这便开坛就是。”

言讫，王三诏跣足披发，登上那法坛，左手从案上抓过一只黑瓷瓶，右手持了一柄桃木剑，闭目念咒，喃喃有声。

也不知他用了什么伎俩，只见那王三诏又念了一会儿咒语，头顶上竟慢慢生起了一阵白烟。紧接着，他身子开始急晃，脑袋也乱摆起来，带动着手脚狂舞，如疯如癫。又过了一会儿，王三诏直愣愣打个激灵，手中桃木剑疾指案上火烛。那燃烧着的烛火仿佛是被泼了热油，“呼”的一声，腾出一个硕大的火球。与此同时，王三诏倒转了那黑瓷瓶口，朝那火球上一罩，又将瓷瓶置于案上，再取了两枚细铁钉，“噗噗”两声，分别刺入两个纸人的眼睛中。

待这些弄好，王三诏已是大汗淋漓。他又朝着香案祭了祭，便盘膝坐在了法台上，闭上二目，掐着指诀，似是入定了一般，物我两忘。

朱常洵又看了一气，渐觉有些乏味，朝身边的孔学悄声道：“孔先生，既然三诏真人法坛已开，那我就不打扰了。这里你多帮衬着些，我去宫里走一趟。”

“好，”孔学点了点头，“那我二人便候在这里，等着殿下的好消息。”

朱常洵离开大宅后，就回府邸取了一个精致的木匣，又急匆匆赶往了紫禁城。见是福王前来，守门的禁卫赶紧放行，朱常洵没费多大周折，便抱着那木匣来到了乾清宫外。

其时万历帝正欲就寝，忽闻殿外来报说是福王求见，便披了衣服，起身相迎。

万历帝打个哈欠，拍了拍朱常洵肩膀：“洵儿，这么晚了所为何来？”

“父皇请恕孩儿鲁莽之罪。”朱常洵说着，将手里的木匣打开，

“是这样的，孩儿新得了一支西域雪莲，有着滋补益阳之奇效，孩儿想着能让父皇早些服此神药，便不顾规矩，连夜送进宫来了。”

“你这是一片孝心，何罪之有？”万历帝接过雪莲，随手放在一边，“来，坐下说话。”

“是。”朱常洵随万历坐定，又笑道，“多日未见，父皇瞧着还是那么精神矍铄。”

万历帝摆了摆手，又打个哈欠：“精神什么？终归是年纪大了，今日多阅了几篇奏折，这不就觉得头晕眼花，身子也跟着困倦不堪。”

朱常洵忙凑了凑身：“想那政务倥偬，父皇不可过度操劳，要保重龙体才是。”

“唉……”万历帝叹了一声，“真正关心朕的，也就是你们娘俩了。想那朝野之中，明里暗里的，哪个不说你父皇怠于政事、只顾偷闲享乐？”

“真是岂有此理！”朱常洵故作愤色，“那些人又懂得什么？想父皇冲龄践阼，便奋发图强，将这大明江山治理得井井有条。不光如此，想当年父皇运筹帷幄，东援朝鲜，击溃倭寇；西讨宁夏，镇压哱拜；待得播州杨应龙反叛，父皇又用兵如神，一举平定了苗疆。如此文治武功，古往今来能有几人可及？况且父皇贵为大国天子，哪能事必躬亲？孩儿近来在读《尚书》，那‘武成’篇里有一句，‘惇信明义，崇德报功，垂拱而天下治’。这说的不正是父皇吗？那《道德经》里也说，‘我无为，而民自化；我好静，而民自正；我无事，而民自富；我无欲，而民自朴’。故而孩儿认为，父皇的治国之策，也正应了道家无为而治的玄妙至理！”

对于那抗倭援朝，平定宁夏、播州等三役，万历帝向来自得。而那偷懒怠政，又被朱常洵捧成了“无为而治”，万历帝听后，如何不喜？不由得连道三声“好”，向朱常洵赞道：“读书能使人明理，洵儿你有这番见识，朕实在是欣慰得紧。”

“那也是父皇教导有方。正是因父皇奠定了这不世基业，我等皇室子孙才得荫受其恩。就拿那支雪莲来说吧，番邦心甘情愿地将它送来，还不是冲着父皇的面子？只因父皇天恩浩荡，才使得四海咸服、八方来朝……”

朱常洵尽其所能，恨不得将那连珠马屁拍得震天响。万历帝开始时也听得心花怒放，奈何时间一久，倦意频袭，只觉眼皮沉重，嘴里哈欠连天。

见时机差不多了，朱常洵便将话锋一转：“不过父皇，近来孩儿阅读史书，也悟出个‘恩威并重’的道理。远的不说，就像去年那蒙古虎墩兔，受我大明皇恩已久，不也因一己之私，兴兵犯我边境？所以孩儿想，如辽东的努尔哈赤、西南的马千乘等人，虽眼下对我大明俯首称臣，可他们毕竟雄踞一方、拥兵自重，万一生了异心，后果不堪设想，咱们不可不察。”

说努尔哈赤时，朱常洵把字音咬得极重，提到马千乘时，他又刻意放轻。万历帝本就昏昏欲睡，只是隐约听朱常洵言及努尔哈赤，后面那人名也没有在意，遂顺着话头道：“是啊，不可不察……”

一听此言，朱常洵不由得一阵狂喜。那“察觉防备”之“察”与“严查”之“查”字音相谐，字义却截然不同。并且经朱常洵这一番偷梁换柱，便成了要对“马千乘不可不查”。他自以为奸计得逞，就起身道：“夜色已深，还请父皇早点歇息，孩儿先行告退了。”

万历帝正等他这句，遂点了点头：“去吧。”

等朱常洵出宫后，便宣称自己得了万历口谕，急不可耐地要派人调查马千乘。与孔学等人商议再三，又从靠得住的宦官中选了个名叫邱乘云的太监，胡乱给了个钦差矿监的身份前往石砫。

这邱乘云受到朱常洵密嘱，自然要尽心讨好这个深受皇帝宠爱的福王。他知马千乘绝非易与之辈，便提前备好了认罪书，打算施以手段，将其屈打成招。

临行前，邱乘云又暗中挑了十来名死士，让他们扮作随从，这才向西南而去。不一日，邱乘云一行到了地方，因石砫隶属夔州卫，他们便没有贸然前往石砫，而是到了夔州卫住下。

听说是朝廷的特使到了，卫所的指挥使、同知、佥事等大小官员慌忙迎接。那邱乘云摆足了钦差的架子，又将此行的目的道出，命他们全力配合。得知有圣上口谕，一干官员更是百般奉承，纷纷献计献策，最后决定要摆下“鸿门宴”，使那马千乘入彀。众人布置齐备，便遣人去石砫相邀，只说朝廷来了特使，请马千乘速来卫所赴宴相见。

说来也巧。这阵子秦良玉恰好带了马祥麟回忠州娘家省亲，马千乘接到来报，不疑有它，当即带了两名亲兵，赶至夔州卫。

因是赴宴，马千乘便没带随身兵刃玄铁锤。等到了地方，那接迎的军官借故把两名亲兵支开，只是引了马千乘一人入衙赴那晚宴。

那晚宴设在后花园中，马千乘每进一道门，便发现皆有卫兵把守。然他生性粗直，哪里想那许多？只是闷声不响地慢慢向里头走去。

乍见马千乘，那邱乘云倒是装得十分客气，忙从上座起身，热情招呼道：“咱家在京城时，便久仰马将军大名，如今一瞧，果然是英武不凡。来来来，马将军请与咱家同坐，咱们二人也好亲近一番。”

马千乘也不答话，只是抱了抱拳，坐在了那邱乘云身边。

邱乘云偷偷使个眼色，那指挥使就抱着一坛酒上前道："马兄弟，这坛佳酿可是邱公公专程从京里带来的，你素来好酒，须得喝个痛快。"

说完，那指挥使便拍开封泥，为马千乘倒了一盏酒。见盏中酒水呈琥珀之色，马千乘也知是上好佳酿，遂端起酒盏，一饮而尽。

"好！马将军真是海量！"邱乘云赞了一声，又接过酒坛，"来，咱家要亲手为马将军斟酒。"

马千乘来者不拒，皆是酒到杯干，不知不觉，已是大半坛落肚。

那邱乘云瞧时候差不多了，便放下了酒坛，朝着马千乘轻声道："马将军，咱家听人说，去年你曾押着一个蒙古人去过京城，是否有此事啊？"

马千乘一怔，"砰"地放下酒盏："你怎知道？"

邱乘云笑了笑："咱家不光知道此事，还知马将军押的那人是虎墩兔汗，去京城面见的那人，是当朝太子。"

听到这里，就算马千乘心思再粗，也觉出了不对："你什么意思？"

邱乘云接着笑道："马将军是个爽快人，咱家也不绕弯子了。实话说吧，去年太子与那虎墩兔密会之后，蒙古便立马率兵来犯，圣上疑心这里面有什么见不得人的勾当，所以发下口谕，着咱家过来查上一查。"

见马千乘皱眉不语，邱乘云继续道："此事非同小可，马将军，这摊浑水你可蹚不得。咱家帮你指条明路，只要马将军出面，指认太子曾与虎墩兔密谋作乱，保证让你……"

"胡说！"不等邱乘云说完，马千乘已一掌拍在了桌上，他力道极大，那些碗盘杯碟登时被震得叮咣乱响。

那指挥使喝道："马千乘，邱公公可是上差，你不得放肆！"

邱乘云将手一摆，向着马千乘冷笑道："瞧这样子，马将军是要吃罚酒了？"

"吃你姥姥！"马千乘怒极，陡然将那桌子掀翻在地。

那指挥使赶紧护着邱乘云退至一边："马千乘，你想造反吗？"

马千乘"哼"了一声，正想起身离开这后花园，不料才迈出两步，脚下便打了个踉跄。

邱乘云远远瞧着，心下十分得意："马将军，咱家劝你还是识相些。方才你饮下的酒水里，已提前掺入了毒药。这当口，你怕是腹中有如火烧吧？"

马千乘晃了两晃，狠狠瞪了邱乘云一眼。

邱乘云又道："你不必惊慌，那毒药虽然猛烈，可一时半刻却不会致命。马将军，只要你答应指证太子，咱家立即将那解药双手奉上。"

马千乘二目血红，恨不得将这邱乘云生吞活剥。他虽寡言少语，行事素来堂堂正正，曲意逢迎尚且不齿，更何况让他去颠倒黑白、诬陷他人？

邱乘云从怀中掏出一只小瓷瓶，朝着马千乘一亮："马将军，这便是解药。那太子有什么好，值得你为他搭上一条性命？"

"卑鄙！"马千乘大吼一声，从身旁抓过一把椅子，奋力朝那邱乘云掷去。

不等那椅子掷到，斜刺里倏然跃出个人来，"砰"的一掌，将那椅子击向一边："保护邱公公！"

"是！"

又听一阵齐喝，十几个黑衣人也不知从什么地方冒了出来，只见他们手持钩索、目透精光，皆是功夫不弱的硬手。

这些俱为邱乘云带来的死士，见他们现身，邱乘云更是有恃无恐："好哇，马千乘这逆贼见事情败露，居然敢行刺咱家！左右，上前拿下了！"

一名黑衣人闻言，便挥臂猛甩，将那精钢所制的弯钩急急朝马千乘抛来。

马千乘让过钩尖，一把攥牢了长索，继而运劲一扯。只听"嘣"的一声，钩索陡然拉成一条直线，那黑衣人不及撒手，被生生拽到了马千乘面前。还没等他反应过来，马千乘的拳头已击在了胸口，那黑衣人喷出一口鲜血，顿时飞跌在地上再也爬不起来。

见马千乘中毒之余，仍有这等神力，那邱乘云不由得脸色一变："马千乘，你不要命了吗？你越是运功顽抗，那毒性发作得越快！"

马千乘腹痛如绞，也知邱乘云所言不虚，可他宁死不屈，一把抹去额头冷汗，奋力冲前杀去。

"反了反了！快挡住这逆贼！"邱乘云大叫着避到一旁，那些黑衣人"呼啦"包抄上来，将马千乘围在中央。

那些黑衣人也不靠近，只是抡着钩索，绕着马千乘跃来跳去。马千乘刚扑向东侧，西侧便有三条钩索向他背后搭来，待他险险避过，另外一条钩索又穿至胁下，"刺啦"一声，在他衣服上划开一道口子。幸而那钩子失了准头，只透过衣衫，划破了马千乘胁下浅浅一层皮肉。马千乘赤手空拳，便想要抓些物什来抵挡。那些黑衣人也瞧出了他的意图，一面向他寻隙进攻，一面把附近的桌椅悉数踢开，不让马千乘寻到任何应手之物。

又斗了一阵，一名黑衣人动作稍缓，已被马千乘扯住了领子。

马千乘正要举掌将他击毙，忽觉肩上一紧，传来了一股撕心裂肺的剧痛。原来另一名黑衣人趁其不备，竟一击得手，抛钩钩住了马千乘的肩头。

马千乘强忍剧痛，便欲依照前法，伸掌在那钩索上一拉，想要将那偷袭之人扯将过来。那人见机倒快，急忙撒手，任凭钩索被马千乘夺去，也好过被他一击毙命。

趁这工夫，先前被马千乘攥住衣领的黑衣人也挣脱开来，正想纵身跃走，马千乘却眼疾手快，一下甩开那钩索尾端，卷住了他的脖子，复将他生生拽了回来。

那黑衣人不及转身，一个肘锤捣向马千乘心窝。马千乘拼着受了这一击，双臂陡伸，按住他的脑袋猛然一拧，“咔嚓”扭断了他的脖子。

马千乘不顾胸口气血翻涌，当即倒握了那死尸双踝，抡舞起来，继续朝着一众黑衣人冲杀。马千乘天生神力，那死尸在他手中，简直如同狼牙棒一般。一名黑衣人躲闪不迭，被马千乘用死尸砸中了脑袋，连吭都未吭一声，颅骨骤裂，扑地而亡，那死尸的后脑也被撞得凹进一大块。

再有几钩搭来，马千乘便横尸去挡。有此“奇物”护身，马千乘就不似先前那般左支右绌，他强打精神，一鼓作气，竟又一连击杀了七八个黑衣人。

此时，马千乘手中的死尸已是头烂肢残，那鲜血飞溅得四处都是。他身中剧毒，又经一番激斗，早就筋疲力尽，可仍在兀自强撑，苦战不休。

马千乘脸上血迹斑斑，口中嗬嗬怒吼，披头散发，宛如战神。那指挥使见状，只吓得魂飞魄散：“邱公公，这厮忒地凶狠……我去调弓箭手过来……”

“不必！”邱乘云见自己这么多硬手，愣是没制住那饮下毒酒的马千乘，不禁又惊又怒，遂向那场上仅存的黑衣人厉喝道，“若再擒不下那逆贼，你们四个也别想活着回去了！”

那四个黑衣人闻言，相互交换了眼神，急急分作两组，将马千乘前后包夹。

马千乘喘着粗气，眼观前方，警惕背后，丝毫不敢大意，忽听得身后劲风袭来，赶紧转身迎敌。那两名黑衣人只是佯攻，一见马千乘察觉，倏地朝两侧一分，与此同时，手中钩索相对直甩。两枚弯钩激撞之下，咬扣在一处，将那两条钩索登时绕成了一根绊马绳，向着马千乘当胸勒来。

被这一逼，马千乘不由得倒退。不料退出三步，脚下便觉一滞。原来，另外两名黑衣人也如法炮制，在同伴的掩护下，结绳去绊马千乘双足。

马千乘打个趔趄，身子直直向后仰倒。四名黑衣人同时扑上，锁臂抱腿，将他死死压在地下。马千乘暴吼一声，拼尽所有力气，双腿猛地一蹬，甩开了一名黑衣人。紧接着屈膝抬顶，正中另一名黑衣人胸前。只听“咔嚓”几声，那人肋骨断了几根，嘴角流下血水，歪倒在一旁不知死活。

这最后一搏，使得马千乘彻底脱了力，他身子勉强抬了几抬，又重重地砸在地上。剩下的三个黑衣人不敢大意，两个反拧着他的双臂，一个猛扯着他的头发，将马千乘从地上拉起。

见手下总算制服了马千乘，那邱乘云这才迈着方步走上前来：“马将军，咱家说什么来着？哪怕你是块生铁，也能将你熬成铁汁！识相的便乖乖磕两个头，兴许咱家一高兴，还能饶你一条小命！”

“公公让你跪下！听见没有？”黑衣人大声呵叱，抬脚狂踢马千乘腿弯。

马千乘死咬着牙，腰背强挺，双腿打战，却始终硬撑着没让两膝着地。

那黑衣人又踢了几脚，火气上来，摸起那钩子便“噗噗”两下，扎在了马千乘的膝盖上。

钩尖一拨，马千乘的双膝登时血流如注，他再也支撑不住，“扑通”一声，跪倒在邱乘云面前。

那邱乘云伏下身子，皮笑肉不笑道：“现在才跪，只怕是有些迟了……”

马千乘突然将头一仰，一口浓痰吐在了邱乘云脸上：“阉狗……”

“大胆！”

没等邱乘云放话，一名黑衣人“砰”的一拳，狠狠击在了马千乘嘴边。马千乘吐出一口血水，里面还混杂着几颗被打落的牙齿。

那邱乘云抹去面上浓痰后，又气急败坏地掴了马千乘一耳光：“姓马的，你这厮也忒不知好歹！等着吧，咱家不会让你痛快死了，定要叫你零碎受苦！”

马千乘耷拉着头，嘴里含糊不清地念了几个字：“秘密……太子还有个秘密……”

邱乘云一怔，赶紧将耳朵凑了过来：“什么？你说太子还有个秘密？说出来，咱家给你个痛快……”

马千乘猛然睁大了眼睛，双肩一顶挣脱两臂，拼力扼住了那邱乘云的脖子。

受这一掐，邱乘云登时喘不过气来，一张脸憋得发紫，手足胡乱挥踢。那些手下也急了，扯着马千乘的头发又拉又打，可马千乘决定与邱乘云拼个鱼死网破，任凭他们如何击打，皆是不管不顾，十指死命收紧，一心要将这阉狗扼毙掌下。

见那邱乘云已翻起了白眼，一名黑衣人哪还顾得了许多？挥起钩子，猛地钩在马千乘颈中，使劲往后一勒。

马千乘喷出一口鲜血，手指再也无法用力，两条胳膊慢慢垂下，身子仰天跌倒，一双眼睛兀自怒睁。

那邱乘云咳嗽了好一阵，脸色早已吓得惨白。一名黑衣人走过去，试了试马千乘鼻息："公公，他死了。"

"真死了？也好，一不做二不休，死便死了！"邱乘云缓了半天，这才从怀里掏出一张提前拟好的"认罪书"，拿起马千乘的手掌蘸了血水，按了指纹手印。

"逆贼马千乘，伙同东宫勾结外寇，铁证如山，业已认罪伏诛！"

行在路上，徐振之没来由地打了个激灵。许蝉见状，忙关切道："振之哥，你怎么了？"

"没事。"徐振之摆了摆手，"方才好端端的，突然感觉后心蹿上一股寒气……"

"别是着凉了吧？来，我试试你额头热不热。"许蝉说着，伸出手掌朝徐振之前额探去。

因伍有德在侧，徐振之感到有些不好意思，忙退了几步："不用不用，我真的没事……伍兄弟，咱们快到地方了吧？"

伍有德点了点头："差不多还有四五里路。"

"那好，咱们赶快些。"

过了一顿饭的光景，徐振之和许蝉便在伍有德的引领下，来到了赵家老宅。宅子十分破败，里面也无甚人丁，只有个白发苍苍的老仆孤零零守着门。

伍有德认识那老仆，上前招呼道：“成伯，我带了两个朋友，专程从江阴赶来，想要到赵老爷坟前祭拜一番。”

徐振之和许蝉也上前道：“见过成伯。”

那成伯颤巍巍站起，向着三人感激道：“难得你们这些好朋友还惦记着我家老爷。走，我带你们过去。”

见他腿脚不便，徐振之拦道：“我这伍兄弟识得路径，就不麻烦成伯了。对了，我三人尚未饮食，劳成伯备些茶饭，待我们回来后吃用。”

说完，徐振之便从怀里掏出一小块银锭，向成伯递去。

成伯哪里肯接，急忙摆手道：“粗茶淡饭，哪用得了这些？”

徐振之见他孤身守宅，知他在赵士桢死后，定然过得凄苦，故而有接济之意，遂拉过成伯的手，执意将银锭塞入他掌中：“拿着吧成伯，就当是我们对赵先生的一番心意了。”

言讫，三人动身去往赵士桢坟前。来此之前，三人已备得了祭奠之物，在坟头摆好供果酒水后，又点燃香烛、焚化纸钱。待这些弄好，徐振之再向墓碑长揖一礼，便与许蝉和伍有德折回了赵家老宅。

这时，那成伯也购来了茶点，邀着三人入厅歇坐。见厅上悬挂着几幅字屏，徐振之知是赵士桢手迹，遂起身观看。

论道起来，这赵士桢的书法，堪称本朝一绝，号称是“骨腾肉飞，声施当世”。他早年间，以太学生的身份游学京师，时常为人在折扇上题写诗句。曾有一名太监将他所题的诗扇带入宫中，万历帝一瞧扇上书法，大为赏识，遂将他召入朝中，任了鸿胪寺的主簿。

这鸿胪寺不但掌朝会、宾客、吉凶仪礼之事，外吏朝觐、诸蕃入贡等也一并打理。因这个缘故，赵士桢接触了不少西洋使节，也见了不少如自鸣钟、远望筒、近视镜之类的新鲜物什。因他另一个身份是火脉炎尊，故而对那些西洋火器尤为痴迷，只要一有空闲，便对着各色火器拆解分析，再取长补短，配比改良。

因赵士桢醉心火器、不擅辞令，仕途可谓大不得志。那鸿胪寺主簿足足当了一十八年，才勉强升任为武英殿中书舍人。当年“妖书案”发，朝野之间人人自危，相互攻讦，赵士桢受其牵连，这才罢官还乡。

这些旧事，徐振之皆从汤显祖口中得知，又向那壁上字屏望了几眼，不由得生出物是人非之感：“炎尊逝后，世上再无炎尊。成伯，赵先生当年是怎样出的意外？”

成伯见问，也叹了一声：“老爷出事的地方就在后院，我带几位去瞧瞧吧。”

等四人到了地方，成伯便指着前面一片废墟道：“那里本是座大屋，叫作‘后湖斋’，是老爷研制火器的地方。”

徐振之仔细打量一番：“那后湖斋是被炸毁的？”

“是啊。”成伯点了点头，又指着伍有德道，“出事那天，这位好汉也在场。”

徐振之一怔：“伍兄弟也在此处？”

“不错。”伍有德接言道，“当年五脉会盟后，我护送赵老爷返乡，回来的路上，他对咱们江阴的黑杜酒念念不忘。后来，我便找了个空闲，专程送了几坛过来，不想那次，竟成了我与赵老爷的最后一面……”

成伯擦了擦眼角，回忆道：“当时，老爷在那后湖斋里研究什么，我与伍壮士便坐在这后院中闲聊些家常，突然之间，伍壮士扭头大喝声‘谁’，就起身朝墙角追去。待我跟过去后，伍壮士已然匆匆折回。原来，伍壮士发现有人鬼鬼祟祟地攀上墙头，手上明晃晃的，好像还带了利刃。只是他赶过去时，那人已不见了踪影，伍壮士怕老爷有什么闪失，只得回来看护。我二人刚要奔向后湖斋找老爷，就听得‘轰隆’一声大响，整个屋子都炸塌了。等伍壮士帮我把老爷从乱砖破瓦堆里挖出来时，老爷早已断了气。他那些研究的东西和用毕生心血写成的《神器谱》，也一并毁于爆炸之中了……”

许蝉好奇道：“神器谱？”

“是啊，”成伯道，“老爷将他研制的所有东西，都写在那《神器谱》中了，那谱上不但有各色火器的构造、制法、打放架势，还一一绘制成图。平日里，老爷一直把那谱贴身收藏，不想……唉！”

徐振之追问：“成伯，当时你们就没仔细找找，或许那《神器谱》失落在什么地方了？”

成伯摆了摆手：“都找了，老爷的尸身上没有，那废墟下也翻遍了，八成是被炸得粉碎了吧。”

“可惜……”徐振之喟叹一声，又沉吟道，“那爆炸着实有些蹊跷，后来便没见到那个可疑之人吗？”

成伯摇头道：“没有。”

徐振之稍加思索，再问道：“在赵先生出事之前，还有什么外人来过此处？”

成伯想了想，道：“除了伍壮士外，倒是还有两个人来过。那两人都像是练家子，一个生了张黄面皮，一个缺了左眼，说话带着江西口音，我们老爷还叫那独眼什么魁……”

“龙魁？”许蝉脱口而出。

成伯一拍巴掌：“对，就是龙魁！”

既然那独眼的是龙魁俞百川，另外那个黄脸的自然是彭勇。徐振之与许蝉互视一眼，又问成伯道："那两人来做什么？"

"我也不大清楚，好像是找老爷借什么东西，老爷没答应，之后他们就走了。他们走后，我见老爷不高兴，也没敢细问，后来便渐渐忘了这事……"

正说着，前厅上突然传来一声大喊："振之小友！馋丫头！你俩跑到哪里去了？"

许蝉一愣："这不是老糊涂的动静吗？他怎么会到这里来？"

"走，去看看！"徐振之听汤显祖声音里带着几分焦急，急忙招呼其他人赶向前厅。

等到了外面一瞧，厅上不光站着汤显祖，居然还立着风尘仆仆的郭鲸。

瞧这二人面色不对，徐振之心下"咯噔"一声："汤先生，郭二哥，你们这是？"

郭鲸望了望汤显祖，又向徐振之道："徐公子，出事了。"

"出什么事了？"

汤显祖眼圈一红："马千乘兄弟他……他被奸人害死了！"

"什么？"徐振之和许蝉身子双双急颤，"马大哥死了？这……这怎么可能？"

郭鲸恨道："是那福王假传圣旨，派人以谋反之名把马将军加害！不止如此，马夫人得知噩耗，也恨极了朝廷陷害忠良，特意向太子送了一封书信，说是要起兵反明，为她夫君复仇！"

许蝉惊道："秦姐姐要起兵复仇？"

郭鲸点头道："是啊。所以太子殿下一得到消息，便派我快马加鞭去江阴找徐公子商议。豫庵公于石砫有恩，眼下马夫人怒气正盛，怕是只有徐公子的话她才听得进去。听汤先生说你们到了这里，我们又急急赶来……徐公子，你快给拿个主意吧！”

想到五脉从聚到散，不过短短几年，还未等携手匡扶社稷，便接连失了赵士桢、马千乘，徐振之不禁悲从中来，他强忍悲痛，沉吟半晌才道：“当务之急，是要先稳住马夫人，别让她太过冲动。汤先生，你是山河令主；小知了，你与马夫人情同姊妹，这样吧，你二人即刻前往石砫，尽力劝一劝马夫人，就说我徐振之无论如何，也会为马大哥讨回公道，让她千万暂缓起兵之事。”

汤显祖叹道：“这也是老夫所担心的，一旦石砫起兵，那可就无法收场了。不过那马夫人性烈如火，夫君又蒙了这等奇冤，单单老夫和馋丫头二人是否能劝住她，难说啊……”

“能拖一天算一天，我另有要紧之事。”徐振之说完，又向郭鲸道，“郭二哥，我这便与你上京见太子，事不宜迟，咱们即刻动身！”

“好！”许蝉答应着，也向郭鲸道，“郭二哥，那这一路上，我振之哥就拜托你了。”

郭鲸一拍胸膛：“徐夫人放心，我会誓死护卫徐公子周全！”

几人出了赵家老宅，匆匆去附近买齐了坐骑脚力，汤显祖和许蝉向西南直奔石砫，徐振之和郭鲸纵马北上，昼夜兼程、急赴京师。

一见徐振之，太子朱常洛也顾不上寒暄，直接恨恨道：“徐兄，事情你都知道了吧？那朱常洵当真是胆大妄为！”

徐振之问道：“关于此事，殿下打算如何区处？”

朱常洛道：“那阉狗邱乘云，已被叶阁老派人羁押起来了。我欲拿了他的口供，上呈父皇，追究朱常洵假传圣旨、诬陷忠良之罪！”

徐振之轻轻摇了摇头：“在来的路上，我已反复思量过。眼下首要之事，乃安抚石砫，至于福王之罪责，留待日后追究也不迟，这样在圣上面前，也好有回旋的余地。”

朱常洛点了点头，又道：“依徐兄之见，那石砫该如何安抚？”

徐振之道：“此事仍要着落在圣上身上。这样吧，殿下，请你邀叶阁老同行，带我去入宫面圣！”

朱常洛一怔：“怎么，徐兄也要进宫？”

徐振之颔首道：“正是。叶阁老乃国之栋梁，殿下为国之根本，一旦有个言差语错，难免会惹来圣上猜忌。故而思来想去，这事需由我来出面去说。殿下，劳你安排一下，咱们这便入宫！”

待约好了叶向高，三人便直奔乾清宫而去。得知马千乘被害、秦良玉欲兴兵复仇之事，万历帝不由得大惊失色，忙问起这其中因果。

朱常洛因提前与徐振之商量过，便有意隐去一些不必要的枝节，把发觉虎墩兔要行刺努尔哈赤，而后游说石砫被擒等来龙去脉道出。

听完朱常洛所述，万历帝良久不语。又过了好一阵，才指着徐振之道：“这是何人？”

叶向高忙站出来道：“启禀圣上，这徐振之是臣的一个子侄辈，现于京城游学。”

徐振之又躬身一礼：“振之乃一介布衣，因与石砫宣抚使马千乘马将军交好，故而才斗胆面君，想请圣上还他一个公道。”

“公道？”万历帝冷冷道，“你没听见他那夫人秦良玉要起兵反明吗？”

“圣上容禀。”徐振之正色道，“这前因后果，方才太子殿下已悉数阐明。马将军一心为国，反遭陷害身死。若圣上念其精忠赤诚，肯为马将军昭雪，马夫人得以安抚，那石砫与大明也便会相安无事了。”

万历帝拈着胡须，问道：“那依你说，石砫该如何安抚？”

徐振之道：“首先，那邱乘云是首恶，需将此人押至石砫问斩，以告慰马将军在天英灵。”

见万历帝没接腔，徐振之又道：“其次，需圣上颁下旨意，彰表马将军之忠勇，命他的后人世袭其官职，统辖石砫，永镇我大明西南边陲。”

万历帝沉吟半晌，才道：“这两件事不难，朕准了。”

“圣上英明。”徐振之定了定神，再道，“除此二事外，我还想请圣上恩准，借出一件龙袍。”

“龙袍？”万历帝一愣，“你借朕的龙袍意欲何为？”

徐振之将心一横，抬起头道：“此事追根究底，过在皇室一方。因此草民斗胆，借圣上龙袍送往石砫，斩于马将军灵前，以效当年曹孟德割发代首之旧故。”

“放肆！”万历帝勃然大怒，登时从椅上立起，“徐振之，你这话可谓是大逆不道！来人，给朕将这狂徒拉出去斩了！”

“是！”宫外几名禁军听令，“呼啦”拥上殿来，反剪了徐振之手臂，要将他往外拉。

“且慢！”叶向高忙止住禁军，朝万历帝跪下求情，“圣上，念我这子侄年少无知，请饶他一命吧！”

朱常洛也慌得伏地叩首：“父皇请开恩！”

徐振之挣扎几下，朗声道：“圣上，我死不足惜！之所以口出狂言，皆是为了化解那场干戈，维护我大明安宁！”

万历帝冷哼道：“区区一个秦良玉，能成什么气候？大明铁骑一到，就算十个石砫也能一举踏平！”

徐振之急道：“圣上所言不虚，那石砫确是无法与大明抗衡！

然我要说的是，圣上乃一代明君，似那鸡虫之争，绝非不能为，而是不屑为之！灭了石砫容易，可防民之口却难！想那马家世代忠心为国，最后却落了个这等下场，边疆其他土司闻知此事，心里会作何感想？圣上，得民心者得天下！民心一失，我大明社稷危矣！”

听了徐振之所言，万历默然不语。他非糊涂之人，心里也明白利害得失。又过了一会儿，万历朝那些禁军挥了挥手，禁军会意，便放开了徐振之，齐齐退出殿外。

见万历帝的态度有所缓和，徐振之又进言道：“圣上，舍却一件龙袍，不单可保境安疆，还能使数万计黎民百姓免遭战火荼毒。传扬出去，四海之内无不称赞圣上洪恩，边关将领、各部土司也必将死命效忠朝廷。将来青史之上，此举亦会流芳千古……更重要的是，此事一过，那邱乘云身后之人，也便得以逃脱千夫所指了！圣上，请你三思！”

邱乘云背后之人是谁，万历帝心里自然雪亮。他暗忖道：此事马千乘的确是冤枉，朱常洵也实在是无法无天。如今国库吃紧，若真逼得与石砫刀兵相见，大明最终也不免元气大伤。徐振之所言，除了化解干戈、安抚民心外，倒也多少有些维护朱常洵之意，万历帝权衡再三，终于长叹一声，唤人取来一件龙袍，抛在徐振之面前：“你们去吧！”

“谢万岁恩典！”

三人叩首后，抱起龙袍退出殿外。直到出了宫门，叶向高和朱常洛方大松了口气。

叶向高拭了拭额头冷汗，向徐振之道：“贤契，方才真是凶险。”

朱常洛也道：“徐兄，你要向父皇借龙袍一事，怎么也没跟我们提前说起？”

徐振之叹道："我若提前说了，二位定会阻拦。可要想让马夫人息事宁人，唯有此举不成。然而，我对圣上会作何反应也毫无把握，怕让二位担上干系，这才执意要入宫……"

叶向高由衷赞道："方才贤契在殿上仗义执言，那份胆识，真是令老夫敬佩！"

徐振之苦笑一声："叶阁老谬赞了。实不相瞒，当时一听圣上要将我拉出去斩了，我吓得腿肚子差点转筋，什么胆识，不过是在尽力强撑罢了。不信你们摸我后背，早就被那冷汗溻透了。"

朱常洛道："明知不能为而为之，真丈夫也。"

"殿下就不要往我脸上贴金了。"徐振之笑着摆了摆手，又朝叶向高道，"叶阁老，那个告密的王曰乾安置妥了？"

叶向高道："放心吧，我已让心腹严密看押，那处宅子也派人暗中盯紧了，只要一有异动，便能将他们一举拿下！"

"好！"徐振之点了点头，"石砫事态紧急，我得和殿下先去走一遭，等回来之后，也该与福王他们清算一下了。叶阁老，在此之前，就劳你多费心，尽量不要打草惊蛇！"

辞别了叶向高，二人又稍事准备，请了圣旨，押了邱乘云，叫上郭鲸和薛鳄，马不停蹄地朝石砫赶去。

如今的鱼木寨中，笼罩着一团悲凄。秦良玉得知夫君被害，也不知哭晕了多少次，等她痛定思痛，便与马祥麟点起一支白杆兵，冲进卫所衙门，将马千乘的尸首抢了回来。

见马千乘蒙冤身亡，石砫上下无不悲愤，痛骂那万历昏庸无道、不辨忠奸，誓要与朝廷决裂。秦良玉大恸之下，也决意反明为夫报仇，一面联络娘家的兄弟秦邦屏、秦邦翰、秦民屏等人起兵响应，一面致书太子朱常洛，表明割袍断义、再见为敌之意。

当秦氏兄弟率兵抵达鱼木寨时，汤显祖和许蝉也匆匆赶至。在汤、许二人苦口婆心地劝说下，秦良玉总算答应延缓十日起兵。眼见日子一天天过去，徐振之那边却仍未传来消息，汤显祖和许蝉无计可施，不由得暗暗焦急。

这天一早，秦良玉传令合寨白杆兵，让他们披盔贯甲、整装待发。与此同时，那马千乘的尸首也被抬到寨中的高台上，周围摆上了香烛供酒。

一见这架势，汤显祖便知不好，忙与许蝉去找秦良玉劝说："马夫人，此事非同小可，万不可鲁莽行事……"

秦良玉将手一摆："汤老爷子，请恕良玉不敬。我非你们五脉中人，不需听你号令，夫君之仇，我是非报不可！不过你们放心，我秦良玉绝无叛明夺位之心，若能成功，我们入京杀了那奸王和昏君，之后拥那太子为帝就是；若是兵败，我们也没话说，只当我秦良玉殉夫全义！"

许蝉也急道："秦姐姐，我振之哥应该就快到了，请你等一等他……"

秦良玉摇了摇头，斩钉截铁道："蝉妹妹，非是姐姐心急。就算是徐公子到了，我还是这番话。如今你马大哥头七已过，指望那昏君悔改，怕是痴人说梦。我意已决，你们不必再劝了，待午时一到，我便对着夫君尸首祷告誓师，而后就即刻率兵东征！"

话音方落，马祥麟匆匆赶来："娘，太子和徐叔叔到了。"

秦良玉一怔，汤许二人一喜，急忙迎了出去。

等到了外面，便见徐振之、朱常洛等人已立在停有马千乘尸首的台前。秦良玉留意到，不光是徐振之，就连那朱常洛也是一身素衣，腰间还系了一条麻绳。

见秦良玉前来，朱常洛急忙冲她一揖到地：“马夫人节哀……”

秦良玉赶紧侧身，不肯受他这一拜：“太子不必多礼，只怕从今往后，你我免不了刀兵相见了。”

“马夫人，”徐振之走上前道，“殿下得知马大哥遭此不测，心下也是难过得很。这趟过来，我们还押了那邱乘云……”

秦良玉猛打个激灵：“那阉狗在哪儿？”

郭鲸和薛鳄双双上前，将那邱乘云掷在地上：“夫人，这厮在此！”

还没等秦良玉开口，马祥麟已大吼一声，抬脚便将那邱乘云踢了个跟斗：“好阉狗！还我爹爹命来！”

那邱乘云惊惧欲死，匍匐在地上连连磕头：“小英雄，奴才也是奉命行事啊……饶了我这条狗命吧……”

“等你到了地下，再去跟我爹爹讨饶吧！”马祥麟恨得咬牙切齿，一手攥住邱乘云头发，一手掣出腰刀，“唰”的一声，斩下了他的首级。

之后，马祥麟又提起那血淋淋的头颅，置于马千乘灵前，一句“爹爹”刚叫出口，便扑倒在尸身上放声大哭。

秦良玉红着眼圈没说话，只是冷冷瞧着朱常洛。徐振之见状，忙向郭鲸道：“我们还带来了圣旨，郭二哥，你来宣读吧。”

“是。”

郭鲸从怀中取出圣旨，朗声诵读。秦良玉等人立而未跪，只是静静听着。

那圣旨上彰表了马千乘的忠勇功绩，命马家世袭石砫宣抚使一职，只因其子马祥麟年纪尚轻，其职暂由秦良玉代任。

听完这些，秦良玉不住冷笑，她冲到灵前，抓起那邱乘云的头颅，掷在了朱常洛脚下：“太子殿下，这阉狗虽然可恨，可有句话说得不错，他仅是奉命行事，并非罪魁祸首。要拿人头来祭我夫君，至少也要用朱常洵那颗脑袋！还什么世袭，还什么暂代，太子殿下，若换成是你，会因这点小恩小惠便善罢甘休吗？”

朱常洛长息一声，叹道：“马夫人说得是。马将军忠心为国，却遭此下场……唉，我实在是愧疚得紧。”

“愧疚？你们大明皇室当然应该愧疚！”秦良玉哽咽一声，揭开了盖在马千乘尸身上的白布。

只见马千乘上身赤裸，旧疤新创遍布，秦良玉轻抚着那些伤口，眼中流泪，语带恨意：“我没有为夫君换上殓衣，就是要让你来亲眼瞧瞧！这胸口上的箭痕，是那年我们远赴朝鲜跟倭寇血战时留下的；这腰腹的刀疤，是那年跟杨应龙叛军厮杀，被他部下砍的……这些年来，但凡朝廷有命，我夫君皆是身先士卒，东奔西走、南征北战，没有过半句怨言！他为大明立下了汗马功劳，可曾向你们讨要过一点赏赐？我夫君是堂堂好汉子，他站着是根柱，倒下也是条梁！如此忠烈之人，没死在倭寇、叛军手里，却被他一直效忠的朝廷，以谋逆之名加害了！太子殿下，你说那万历皇帝是不是昏君？我们该不该反他？”

朱常洛静默不语，突然双膝跪倒，冲着马千乘尸首磕了三个响头。

秦良玉一愣：“你这是何意？”

朱常洛缓缓站起身道：“我敬重马将军为人，亦代大明皇室向他叩首赔罪。马夫人，此事皆是那福王假传圣旨。对于福王，我日后定不轻饶。至于我父皇，他之前确实是不知情，闻听马将军遭遇后，他也深感歉疚，故托我送来一物，希望多少消却夫人心头愤恨，一切以大局为重，莫让狼烟再起、百姓遭厄！”

说完，朱常洛便从包裹里取出万历帝那件龙袍，徐振之也从许蝉那里借来了秋水剑，一并呈在秦良玉手中。

望着手中那件金光闪闪的龙袍，秦良玉心中千头万绪。这龙袍代表九五之尊、帝王之誉，斩于其上，堪比斩于其身。万历此举，甚于颁下罪己诏。

“罢了！”秦良玉左手一扬，将那龙袍抛起，同时右手秋水剑一划，把那龙袍斩成两段。

望着夫君尸身，秦良玉悲从中来，再也忍不住，扑在马千乘身上号啕痛哭。

待从石砫回来，徐振之和朱常洛歇也未歇，连夜与叶向高暗审了那告密之人。

那人叫作王曰乾，乃是锦衣卫的一名百户，生性颇为无赖。早前，他曾与孔学起了龃龉，闹到公堂上输了官司，因而记恨在心。便遣了几个手下的锦衣卫，找出了孔学在京郊的宅子，日夜监视。没想到竟发现那三诏真人升坛作法，用厌胜之术诅咒太子和太后。这种事历来是抄家灭门的重罪，王曰乾得了消息，当即大喜过望，但心知事情涉及福王，不闹出点儿动静，怕是成不了事儿，于是将心一横，索性闯入皇城放爆竹。刑部官员大惊之下，正要将王曰乾以“禁地放炮”论死，却接到了王曰乾的秘密奏疏。叶向高得知此事之后，深感关系重大，便没有声张，只是命人将那王曰乾暗中羁押。

审完了这王曰乾，三人又商议起来。徐振之将整桩事反复串联一遍，开口道：“这的确是个契机。不过咱们要对付福郑一党，还得使那个‘以退为进’的法子。”

朱常洛皱眉道：“以退为进？”

“对，”徐振之接着道，“这桩事人证、物证俱全，容不得福王抵赖。然就算铁证如山，圣上最后也不会拿他怎么样。为今之计，是要用这事给圣上施以压力，再由殿下和叶阁老出面，把全部罪责担在那孔学、王三诏等人身上，如此一来，圣上心中愧歉，再请老太后添柴引灶，或可促使福王之国就藩！”

叶向高点头道：“贤契所说，与我心中所想不谋而合。这样吧，稍后我亲自带人去那宅中捉拿奸党，待到天明，便与太子殿下去慈宁宫见老太后。”

徐振之道：“我不便同行，就于宫外静候二位的好消息。”

“若此事能成，徐兄当记首功！”朱常洛说完，站起身来，“叶阁老，我与你同去捉人！”

漏尽更残，晨光熹微。万历帝刚用罢早膳，便听太监来报，说是老太后相召。

万历向来以仁孝标榜，听说母亲召唤，当即更衣备辇，匆匆赶至慈宁宫。

一踏入慈宁宫正殿，朱常洛和叶向高便双双上前。

“给父皇请安。”

“臣叩见圣上。”

万历帝一怔：“怎么你们也在？”

话音未落，便听寝居内传来了李太后的声音：“是哀家叫他们来的……咳咳……”

听李太后咳得厉害，万历帝顾不上多说，抬脚赶了过去。只见李太后面色苍白，正卧在榻上，皇后王喜姐在一旁照料服侍。

万历帝皱眉道："母后凤体抱恙，瞧过太医没有？"

李太后又咳了几声，摆手道："找他们没用。哀家这病，可不是无缘无故得的……是拜你那好儿子所赐啊！"

"什么？"万历目光一冷，转身望向朱常洛，"太子，这是怎么回事？"

李太后"嘿"了一声："喜姐你瞧瞧，咱们这皇帝有多偏心？好事没见他想到洛儿，遇上这种事，反倒记起洛儿来了。"

万历帝脸上一红："母后说笑了。"

"那哀家便把话点明了吧，你那好儿子，叫作朱常洵！"

"是洵儿？"万历帝怔道，"母后，这话是从何说起？洵儿他……"

李太后摆手道："你先不必急着替他狡辩，哀家已打发人去叫他们娘俩了，咳咳……待会儿等人到了，就什么都清楚了。"

"是。"万历帝不敢再问，只好立在一旁等待。

约莫一盏茶的光景，郑贵妃便和福王朱常洵到了。见万历、太子、叶向高等人都在慈宁宫里，郑贵妃心下已觉不妙，面上却不动声色，款款走向榻前就要请安："老祖宗……"

李太后喝道："你不要说话，就在那里跪着听！"

"是……"郑贵妃心里打个突，望了万历一眼，老老实实地跪下。

李太后缓了缓，又道："朱常洵，你过来。"

朱常洵赶紧伏在榻前："孙儿给皇祖母磕头，祝皇祖母凤体祥和、福寿无量……"

"福寿无量？"李太后冷哼道，"只怕你巴不得哀家早点死啊！"

此话一出，不只是朱常洵，就连万历也是脸色大变："母后，你这话也太重了些……”

“嫌哀家话说重了？”李太后扭头望向朱常洵，“你做了什么好事，自己说给你父皇听听吧！”

朱常洵垂着头，心里恐慌，不敢接话：“这……这……”

李太后喝道：“什么这个那个的？哀家给你提个醒，你请的那妖人好深的道行，咳咳……哀家这不就被他咒得生了重病吗？”

“什么？”郑贵妃只觉脑子里“嗡”了一声，“老祖宗，洵儿他绝不会……”

“你给我闭嘴！”李太后怒叱之余，又剧烈咳嗽起来。好容易平复了些，这才无力地招了招手，“叶阁老，你把那帘子掀起来，将那些劳什子给咱们万岁爷瞧瞧吧……”

“臣遵太后懿旨。”叶向高答应着，走到一处布帘前掀开，露出了其后的香案、草垛、纸人等物，“圣上请看，这便是那妖道作法之物，纸人上记着太子殿下、老太后的生辰八字，宣称要通过什么黑瓶摄魂大法，对我大明皇室不利！”

似这些诅咒、巫毒之术，历来是宫中大忌。万历帝一瞧，便气得浑身发抖，绕着那香案连转了三圈，面上红一阵、白一阵，拳头攥得“咯咯”直响。瞧万历这样，朱常洵和郑贵妃只吓得大气也不敢出，伏在地上，瑟瑟发抖。

李太后冷冷道：“朱常洵，哀家瞧你是不见棺材不落泪。那王三诏和孔学就押在这慈宁宫外，你这一声不吭地趴着，是想跟他们对质吗？”

“皇祖母，孙儿知错了……”朱常洵见瞒不住，忙朝李太后磕了个头，又急急爬到万历身边，抱着他的脚痛哭道，“父皇，是孩儿一时糊涂，听信了那妖道……”

万历闭上眼睛，强忍着胸中怒气：“那草垛有三个，另外一个纸人因何撕去了？”

朱常洵流泪道：“他们……他们本来也将父皇的八字写在上面……孩儿实在不忍，便将那纸人撕去了……”

万历吐出一口恶气：“算你还有几分良心……”

李太后冷笑道：“他若真有良心，便不会来咒哀家了！朱常洵，你不但祸乱皇室，而且陷害忠良！那孔学已经招了，石砫土司马千乘是怎么死的？”

朱常洵张皇失措道：“那主意都是孔学出的，我原本也没打算杀马千乘，都是那邱乘云……”

李太后打断道：“是了，千错万错皆是他人的差错，你朱常洵就没有半点不是！”

郑贵妃再也按捺不住，爬起身来冲到朱常洵面前，朝他面上“啪啪”抽了几个嘴巴。这几巴掌货真价实，朱常洵脸上登时肿起一排红指印。“老祖宗，是妾身教子无方，求您老人家开恩……”

李太后瞥了她一眼：“你还教子无方？这些年你跟你那宝贝儿子兴风作浪，将这朝里朝外翻腾得多热闹啊！好了，现在你那儿子出息了，敢假传圣旨了，还敢诅咒哀家了！好！好啊！咳咳咳……皇帝，该如何治这朱常洵的罪，你看着办吧！”

“这……”万历怒归怒，可一到这时，心下却犯起了踌躇。若按大明律法，朱常洵定是死罪难逃。然真要将这宝贝儿子开刀问斩，万历又如何能舍得？思来想去，左右为难，急得冷汗直掉。

叶向高见状，便上前道：“圣上，老臣倒有个折中之法。”

万历帝目光一亮：“叶阁老请讲！”

“是，”叶向高道，“此事不必宣扬，只将那一干恶徒秘密处决，以正国法、尊国体。其中有关福王之事，亦不必尽露，然为防天下悠悠之口，圣上宜速定福王就藩之吉期，只要福王到了洛阳封地，此事自然也就平息了。”

万历帝沉吟片刻，又向朱常洛道：“太子的意思呢？”

朱常洛赶紧道：“我赞成叶阁老的提议。三弟虽犯了大错，但毕竟是皇室宗亲，若他肯改过自新，理应网开一面。”

万历再朝李太后问道：“那母后……”

李太后叹道：“杀人不过头点地，哀家也知道你舍不得……罢了，赶紧让他就藩去吧，省得他老在哀家眼前晃悠！”

万历长舒一口气：“那好，之后我选个吉日……”

李太后喝道：“还想拖下去吗？你总说‘之后’‘之后’，究竟是要多久？哀家就大发一次慈悲，允他朱常洵留在宫里过个年，明年开春，就让他立马动身去洛阳！”

万历瞧了瞧郑贵妃，却见郑贵妃眼中流泪，拼命地向自己摇头。

李太后见状，哼道：“怎么，贵妃娘娘不愿意？那也成，既然你舍得儿子，就按国法从事，让他们将朱常洵拉出去杀了吧！”

“老祖宗！”郑贵妃哀啼一声，哭道，“妾身不是那个意思……老祖宗让洵儿之国，妾身不敢有半句怨言……只是……只是……能不能再迟一些，等明年让洵儿为老祖宗再过个寿诞啊？”

李太后冷冷道：“为哀家过寿诞？被你这么一提，哀家倒想起我另外一个儿子潞王来了，潞王就藩卫辉已二十五年，他是不是也该回京为哀家贺寿啊？”

万历闻言，长叹一声，向着郑贵妃道：“罢了！爱妃，朕是因为疼爱你与洵儿，这才一次又一次地装傻充愣。如今朕老了，也实在是累了，不想再折腾了，就依着母后，等明年开春后，让洵儿之国去吧！”

“好！皇帝乃一国之君，说话一言九鼎，希望你这次别再食言，咳咳咳……叶阁老、洛儿，你们也听着，我这身子骨怕是不成了……若我死在了前头，你们就让画师绘了我的挂像，挂进那乾清宫去，我要一直盯着咱们的万岁爷，他那好儿子朱常洵一日不就藩，哀家便一日不闭眼！”说完，李太后又向着郑贵妃和朱常洵喝道，“退下吧，哀家瞧着你们，浑身上下便不自在……咳咳咳……”

“是……”

郑贵妃扶起福王朱常洵，浑浑噩噩地出了慈宁宫。

朱常洵万念俱灰，痛哭流涕：“娘，这一次，孩儿真的没有挽回的余地了？”

郑贵妃望着朱常洵脸上的指痕，幽幽叹道：“别哭了洵儿，娘回去为你准备就藩的东西。”

朱常洵一听，更是泣不可抑：“我不该自作主张，没有提前跟你商量……”

“现在说这些还有什么用？”郑贵妃咬着嘴唇，目光渐渐冷了下来，“就藩怕什么？当年成祖不也是个藩王，最后却成了名垂青史的永乐大帝！”

朱常洵怔道：“娘的意思是……让我造反？”

郑贵妃摇了摇头：“想要执掌大宝，不止造反一种法子。你曾祖世宗嘉靖皇帝，便是因这法子，从武宗那里继承了皇位。”

朱常洵急问道：“什么法子？”

郑贵妃一字一顿：“兄终弟及。”

更多精彩，敬请期待《徐霞客山河异志3》

《徐霞客山河异志3》
即将出版，精彩预告：

福王朱常洵就藩洛阳后，争储的风波暂息。可这份难得的平静，却被一名闯宫的疯汉打破，也由此引发了明末三大案之一、至今仍隐藏在迷雾之中的“梃击案”。

朝野间再度掀起轩然巨波。趁着时局动荡，几股暗流再度交织涌动——关外努尔哈赤建元称帝，朝中郑贵妃再筹诡谋，就连原本便摇摇欲坠的山河五脉，都出现了奸细的身影。

危难之际，徐霞客与朱常洛再度联手，闯关外、访徽州、下闽南、探荒原，而山河之间所隐藏的危机，也终于浮现了出来……